ALLEN GINSBERG
Collected Poems 1947-1997

金斯堡诗全集

——（上）——

惠 明 译

著作权合同登记号　图字 01-2017-5923

Collected Poems 1947—1997
Copyright © 2006，The Allen Ginsberg Trust
All rights reserved

图书在版编目(CIP)数据

金斯堡诗全集：全3册/(美)艾伦·金斯堡著；惠明译.
—北京：人民文学出版社，2017
ISBN 978-7-02-013178-5

Ⅰ.①金… Ⅱ.①艾… ②惠… Ⅲ.①诗集-美国-现代　Ⅳ.①I712.25

中国版本图书馆CIP数据核字(2017)第191115号

责任编辑　朱卫净　何家炜
装帧设计　高静芳

出版发行　人民文学出版社
社　　址　北京市朝内大街166号
邮　　编　100705
网　　址　http://www.rw-cn.com

印　　刷　上海盛通时代印刷有限公司
经　　销　全国新华书店等

字　　数　680千字
开　　本　889×1194毫米　1/32
印　　张　45
插　　页　6
版　　次　2017年11月北京第1版
印　　次　2017年11月第1次印刷

书　　号　978-7-02-013178-5
定　　价　199.00元

如有印装质量问题，请与本社图书销售中心调换。电话：010-65233595

目录

诗　集（1947—1980）　_1

作者前言，读者指南　_1

一　空镜子：愤怒之门（1947—1952）

社交场　_3

泥瓦匠的午休　_5

十四行诗二首　_7

读威廉·布莱克《病玫瑰》有感　_9

眼界变，世界亦变　_10

那只鸽子　_11

幻象1948　_12

我们了解彼此吗？　_14

石头的声音　_16

叠句　_18

西部歌谣　_19

面纱的颤抖　_20

一所毫无意义的机构　_21

疯狂一闪念　_22

骷髅对时光的愤懑　_23

赞美诗之一　_25

东部歌谣　_26

甜蜜的列文斯基　_27

赞美诗之二　_28

呸我的恼　_32

扯我的雏菊　_34

尸衣陌客　_37

诗篇：献给无线电城之夜　_39

最后，还有什么好说的？　_42

某日监狱蓝调　_43

请打开窗户，让我进入　_44

"今夜一切如故"　_45

费奥多尔　_46

来自油画中各各他的警句　_47

"我试图集中"　_48

形而上　_49

死后，人天相隔　_50

死亡的真相　_51

颂歌　_52

日落　_53

斜阳之歌　_54

帕特森　_56

波普歌词　_58

梦　_60

万岁，蜘蛛网　_63

尸衣陌客（外一篇） _64

书中一朵想象的玫瑰 _67

坠毁 _68

在思考现实的时候想到的 _69

夜苹果 _72

塞尚的港口 _73

蓝天使 _74

两个男孩走进一家梦幻餐厅 _76

孤寂 _77

纪念：威廉·卡纳斯特拉，1922—1950 _79

颂歌：人生二十四载 _81

他怎会困于一间缎带工厂 _83

原型诗 _84

一次典型的情事 _87

关于美国的诗 _88

读完《死魂灵》之后 _90

大麻乐谱 _91

格雷戈里·柯尔索的故事 _93

我增长了力量 _94

归途夜路 _96

"一人一世界" _97

我和自己做爱 _98

鬼魂将至 _99

我感到自己走进死巷 _100

一次非典型的情事 _101

15街西345号　_102

癫狂的圣歌　_105

荒野孤儿　_110

附：早期诗四首　_112

　　新的提议　_112

　　爱人的花园　_114

　　情书　_117

　　达喀尔的阴霾　_119

二　绿汽车（1953—1954）

绿汽车　_129

一盆水仙花　_136

我的晨曲　_137

释迦出山图　_139

哈瓦那1953　_141

绿情人蓝调　_146

在西瓦尔巴午睡　_148

歌（"世界的重量"）　_169

真实的背面　_172

伯勒斯之作　_174

在堪萨斯　_175

三　嚎叫，昨日今昔：旧金山湾区（1955—1956）

科尔尼菲西乌斯你的卡图卢斯是多么心神不宁　_183

记梦：1955年6月8日　_184

缪斯赐福　_186

嚎叫　_187

嚎叫脚注　_198

伯克利奇异的新屋　_200

加州超级市场　_201

俳句四首　_203

向日葵箴言　_204

管风琴曲的改编　_207

萨瑟大门的启示　_210

美国　_215

片段1956　_219

午后西雅图　_221

泪水　_223

偶得　_224

在灰狗巴士的行李房　_225

圣歌之三　_229

上路吧　_230

四　现实三明治：欧洲！欧洲！（1957—1959）

诗歌火箭　_233

尖啸 _236

昨夜之作 _238

梵高的耳朵已死！ _240

欧洲！欧洲！ _245

货真价实的狮子 _249

姓名 _252

在阿波利奈尔墓前 _258

消息 _263

至林赛 _264

致露丝姨妈 _265

美国零钱 _268

背靠时代广场，梦着时代广场 _272

笑气 _274

有趣的死亡 _290

我忧愁的自我 _291

伊戈努 _294

战舰的新闻电影 _299

五 卡迪什及相关诗歌（1959—1960）

卡迪什 _303

麦司卡林 _334

麦角酸 _338

愿你回归，愿你快乐 _344

圣歌之四 _348

献给一位秘鲁老诗人 _349

乙醚 _352

魔幻圣歌 _372

回答 _375

结局 _378

人的荣耀 _379

片段：姓名之二 _380

六 星球新闻：在欧洲和亚洲（1961—1963）

谁将掌握宇宙？ _385

午夜思绪杂记 _387

电视是爬向死刑室的婴儿 _393

这种生命需要性 _411

艾宰穆尔的落日 _414

萨拉米斯的海战正在帕拉马上演 _415

加利利海岸 _417

赞颂卡莉，这幻象的毁灭者 _419

至 P.O. _424

热 _425

题记：雨打在恒河的浴场 _426

死讯 _428

灵鹫峰：耆阇崛山 _430

巴特那到贝拿勒斯的速写 _433

昨夜在加尔各答 _434

要明白这是梦一场　_436

吴哥窟　_441

改变：从京都到东京的速写　_463

七　五月之王：从美国到欧洲（1963—1965）

1963年11月23日：形单影只　_475

上帝因何而爱，杰克？　_478

黎明　_480

在纽约醒来　_483

叶芝之后　_488

我是电话的受害者　_489

今天　_491

消息之二　_496

摇摆舞　_498

华沙的咖啡馆　_500

这时刻重现　_502

上师　_504

昏昏欲睡的低语　_505

善待何人　_507

对招牌的研究　_511

波特兰大剧场　_513

诗　集

（1947—1980）

世间万物，自成象征。

献给

娜奥米·金斯堡
（1894—1956）

路易斯·金斯堡
（1896—1976）

作者前言，读者指南

内容版式

作者将所有已出版的诗歌按时间顺序编为此册，是全集亦可视为自传。这本书包含由"城市之光"出版过的口袋诗集七卷：《嚎叫》《卡迪什》《现实三明治》《星球新闻》《美国的陨落》《思想之息》与《冥王星颂歌》，为作者三十余年写作的主干。

其间，一些诗集（除了那张《实验的蓝调》专辑之外）也曾由小出版社断断续续小范围传播。青春的诗意汇集于《空镜子》与《愤怒之门》。《吴哥窟》《铁马》《飞机梦境》集合了20世纪60年代作者散落于杂志插页上的诗歌。《哪儿哪儿都是诗》是时代中闪烁的光点，从肯尼迪总统遇刺，到1972年总统大选，再到作者生命第五十个年头的冥想修行。

还有几首诗出自散文期刊和信件誊录，作为一首奇异的狂想曲，《姓名》携带着《嚎叫》的音乐动机于1958年面世。《许多爱》的原稿中记载了与一位老友第一次情欲接触的点点滴滴，一直因为审慎与谦逊而小心保存至今日首次出版，这一系列包含《向日葵箴言》与《美国》的作品由伯克利大学于1956年出版。

时间顺序的优势

《愤怒之门》不完美的文字韵律与《空镜子》未经加工的素描诗作你来我往，点状分布。并行不悖中，前期风格在并置排列中突显由威廉姆斯博士所倡导的写作基准模式，"聊事情，不聊观点。"

《伯克利奇异的新屋》排在《加州超级市场》之前，因为稿纸上的顺序如此，作为一首诗的两个部分，在此重新合为一体。

旅行诗的轨迹是：加尔各答—西贡—吴哥窟—日本，1963年散见于三本不同的书里面，现在顺序一致了。

驾车横穿美国的诗歌记事于1965年始于西北部的边境（《美国的陨落》），一路穿过威奇托乱流的东部（《星球新闻》），继续穿过美国，从奥克兰到纽约（《铁马》），并于1966年在西海岸逗留，1967年穿过芝加哥北部的乱流，而后开始回归之旅，1969年从西北大道一路回到了家（《美国的陨落》）。

* * *

读者在翻阅《金斯堡诗全集》时，将会看到本书分成了十个部分，大致由时间、地理、主题或体验的"章节"一一组成。

读者会进一步发现这些诗意活力的周期性，灵感的高峰和低谷不断地在这岁月中起起伏伏。发自肺腑之音串起这一系列诗歌："尸衣默客夜行"（1949），"绿汽车"（1953），"在西瓦尔巴午睡"（1954），《嚎叫》《向日葵箴言》与《许多爱》（1955—1956），《姓名》（1958），《卡迪什》（1959），《电视婴儿》（1960），《改变》（1963），《五月之王》（1965），《威奇托漩涡箴言》（1966），《探访威尔士》（1967），《为化为灰烬的尼尔》（1968），《九月，哲索尔的路》（1971），《呼吸间的思想》（1973），《亡父蓝调》（1976），《吟游诗人的争论》（1977），《冥王星颂歌》（1978），《脑残！》与《国会之歌》（1980）。[1]

文本结构

"蹦出来的想法是最好的想法。"自然而发的洞悉——思

---

[1] 《白色尸衣》（1983）是《卡迪什》的梦幻终章，此本集子及其后出版的诗集，为该书一系列真情感怀中的较晚之作。——原注

想片段自生于一颗平凡之心。——是为这部艺术作品的主旨与方式。

句法标点与大写的使用具有特异性，使测量神经系统变化万千的尺度成为形式本身。在许多诗里，对句子半不规则缩排是一种谨慎的重组，为"蹦出来的想法"实现原始符号与间距的分类工程。"思想可塑，艺术亦然。"

尽管如此，对文本的雕琢也不时出现，在多年的朗读中做出过一些调整与小部分零星的改动。有缺憾的段落和用词从数首诗中被去除，包括《向日葵箴言》与《探访威尔士》。作者还改造了某些年复一年困扰着他的短句，消灭数个语焉不详的形容词，并修改了几个确凿的别称，使一些陈年老句重见天日，在《美国》中尤为明显。

印刷错误，之前排版中句与句的对位失误，以及无意识的语法怪癖都得到了纠正。显见的文法谬误被重新审视，获得放行或修改。

附录总汇

"注解"的目的是为面对晶体管电视屏幕的一代人传递一些文化原型，他们是不读陀思妥耶夫斯基和佛经的一代人。业力需要理解，摩洛神需要注释。另附几段小随笔，为年轻一代天真无邪的眼睛提供延伸阅读的线索。作者趁此机会在他的诗歌中去验证生命之短促，为后浪推前浪的古今同行们造像。

但丁、弥尔顿、布莱克和斯马特的脚注是学者们做的。玛丽·雪莱为珀西·雪莱死后出版的作品集做了大量注释。华兹华斯和艾略特用自己的注释来关爱读者；他们的做法是有先例的。

这本书的后部保留了原书名页的"题词"和"题献"，以追求原初诗歌小册子的味道，在美国诗歌从封闭形式到开放形式的突破中，这些小册子发挥了重要作用。小出版社的文化革命，帮助改变了超级工业化时代的公共意识，将狭隘的民族主义历史观对世界认知的短视症中解脱出来，为本土魅力与空虚本性提供了一种永恒视角。"致谢"按字母顺序列出了一个奢侈的首版清单，代表这期间法庭的文化审查在诗歌幽默下一败涂地的三十年。我们向它们致以敬意。一些参与合作的艺术家也凸显出来。威廉·卡洛斯·威廉姆斯关于两本早期书籍的"介绍"被保留了，以及"作者简介"，还有每本书封底散文诗一般的介绍文字。

"名称索引"旨在使得这个大部头比较"用户友好"。这本全集可以被看作是一部终身的诗，涵括了历史，其中世间万物自成象征。文本和注释间的参照性可作为这本书神话般现实的一种粗粝的和谐感，从卡萨迪①到中情局到释迦牟尼。"名称索引"和"标题、摘要和原书索引"承担起了这个任务。

艾伦·金斯堡
纽约市，1984 年 6 月 26 日

---

① 卡萨迪（Neal Cassady，1926—1968），"垮掉一代"及反主流文化的主要人物，出现在凯鲁亚克的许多作品中。

一

空镜子：愤怒之门

（1947—1952）

社交场

我走进鸡尾酒会的房间
迎面三四个酷儿
正大聊酷儿的那点事。
我正准备示好但一转脸
就进入了另一个时髦话题。
"很高兴见到你,"他说,
然后把目光移向别处。
"嗯。"我没说什么。
房间不大,有张上下铺
几件厨具:
冰箱,橱柜,烤箱,煤气炉;
主人似乎住在一间
仅能做饭和睡觉的屋子里。
我能理解
但让我住还是算了。有人
送来小吃,我吃了。
又吃了一块纯肉三明治;一块
硕大无比的人肉三明治,
嚼的时候,我发现
那玩意里还夹着个肮脏的屁眼。

客人慢慢多起来,包括一个
公主派头的皮草女。
她瞪了我一眼
甩了句:"我不喜欢你。"

就把头扭了过去,拒绝被
介绍给我。我说:"什么情况!"
愤慨无比。"凭什么呀你这臭脸蠢货!"
所有人都把目光投了过来。
"凭什么呀你这自恋的婊子!这是哪儿跟哪儿!
你都没见过我。"我大声嚷嚷着,
终于失控,一副
救世主的腔调,统治着整个房间。

      1947年春,纽约——丹佛,梦

泥瓦匠的午休

两个泥瓦匠
在绿影婆娑的丹佛街边
用刚刚新挖出来的泥土
为一所山墙爬满常春藤的
老木屋后面的地窖砌着墙。中午
一个溜走了。年轻的
小工吃完三明治
将纸袋丢掉,坐在那儿
无所事事。
他穿着工装裤,光着膀子;
黄头发上一顶脏兮兮
但色彩鲜艳的红帽子。
他无所事事地坐在墙头
两腿之间有个梯子,
他的脑袋耷拉着,漠然地盯着
草地上的纸袋。
他双手在胸前交叉
指关节缓缓地顺着
下巴两侧摩挲,身体前后摇晃。
有只小猫沿着墙头向他走来。
他抓住了它,摘下帽子,
在猫咪身上扣了一会。
此时天色渐暗似是有雨要来

风从街边树顶
近乎粗暴地吹过。

1947年夏,丹佛

十四行诗二首

写在读过了凯鲁亚克
《镇与城》的手稿之后①

一

我在人间的炼狱写下这诗篇,
我是沉寂的居民,身处燃烧的烈焰;
我目睹过天堂不洁的流年,
我虽为名城的租客,
却一文不名。这名气不属于我
非我所愿。空中的天使
唱着夜曲令快乐充斥我的感官。
聪慧的诗人、圣人
和美人与我彻夜长谈。
但街上已火海一片。
这座城将攀爬她巨厦的民众
——点燃。他们的炼狱我曾经历
也曾攀爬过那耀眼的巨梯。
他们消失于我望向的火光里。

---

① 杰克·凯鲁亚克(Jack Kerouac,1922—1969),加拿大裔美国作家、诗人,"垮掉的一代"中最有名的作家之一。凯鲁亚克创作的《在路上》及《达摩流浪者》也是"垮掉派"流传最广的两部作品。其自传体小说《镇与城》于1950年由哈克特布雷斯出版社出版。

一 空镜子:愤怒之门(1947—1952)

二

大祸临头，曼哈顿，大祸临头，
世界上的城市，你们大祸临头了。
忏悔，芝加哥人，忏悔吧；啊，还有我！
洛杉矶，你今天已是如此狂暴，
我认为你权势犹在，也确实如此，
当大地震动，旧金山陷落，
一个天使在烈焰中挣扎。
恐怖之都，地狱般的纽约，
还有多久你将沦为废都
一座灵魂的坟墓，一口颓唐的丧钟。
伦敦火光四射，死神笼罩莫斯科，
巴黎她铅灰色的躯体
全部卷入丧钟爆裂的哀鸣——
所有城市都将因其赫赫威名敲响丧钟。

1948年春，纽约

读威廉·布莱克《病玫瑰》有感[①]

心灵的玫瑰,光明的玫瑰,
无人不知的花朵,
这是我眼中的暗象?
魅惑的式样,
神秘魅力或是魔幻光辉,
哦,是火焰与恐怖的判决?

何等绵绵不绝的力量
在你体内,像人类心灵
囿于不朽之牢,何等的盛放
包含你我之中,无比震惊?
这可是叫作毁灭的症状?

1948年6至7月,东哈林区

[①] 《病玫瑰》是英国诗人威廉·布莱克(William Blake,1757—1827)的诗,收录于1794年发表的诗集《经验之歌》。

眼界变,世界亦变

多少人在盲目地寻觅,
谁能给予解答的良药
他们哭呵,他们闹
不去尝试就不会得到
谁知道是不是在梦中寻找
反正他们至死也得不到。
你去问别人,别人反问你。
这是一个不解的谜。

1948 年 6 至 7 月,东哈林区

那只鸽子

在死去之前
那只鸽子将得到她的爱;
心灵,空虚为鉴
甚至会在傲慢中爱;

不会爱的,也不会恨,
心灵需要满足;
心灵无法旁观,等待,
老鹰必要俘获猎物。

有一只海鸥在巨浪之上
独自翻腾;
夜莺在晚上
会从柔软尸衣下哀伤鸣唱。

1948 年 7 月,东哈林区

幻象 1948

可怕的灵魂栖息在我的身体
我尝试用写作驱逐你，
你可否听见这恳求，至少
请答复我无力的笔：
我是否该忍受，是否不应求证
你我已经相爱，
告诉我，魂灵，告诉我啊，后面怎么办？

如果这不是爱，为何，另一种激情
从脑海中出现
阴影，阴影，盲区。
静谧迷离的哑吼，
狂喜失控的影子，
跃然纸上的力量。
起舞吧，起舞，魂灵啊，魂灵，起舞吧！

世界正平静地在梦中安睡
是不是我的想象？
窗外，坚强的哈林意志
在黑梦中前行：
在心灵的呼号中，
有萨克斯风吹响，
如我疯狂地从深渊呼唤你们。

我就此领悟，颤抖不已

从沉沉的光亮中苏醒
听，一架庞大的机器
正徐徐降落，没有声音，
太亮，令我无法忍受，
它就横在我眼前，战栗着
世界还未运行，眼睛却已失明。

          1948年7月，东哈林区

我们了解彼此吗?

我的爱人来了,开车送我回家
回到我们的房间与床铺。
我在宽阔的海滨栈道散步,
而我的爱人,不在我身边
此时在漫游,愉悦又长久
横跨我们愤怒的国度。
我们置身一场奇妙漫游,
我仍温和,坦诚且忧郁,
而我的爱人,快乐,疯狂,
无拘无束。看!他到现在还没来。
这难道不是伟大的绅士风度?

我只记得海面卷起的巨澜,
还有我经过的群岛
还有,那片死亡与恐惧的景象,
一座城,我灵魂曾
造访过它那条宽阔的
死者的通道。
我爱人的永恒
我从未进入,终于
我的爱人再次发怒,说道:
"我为爱你感到羞愧。"
这难道不是伟大的绅士风度?

公路上有一辆汽车

载着我和我温柔的爱人。
一路上交通如此混乱；
我爱人手握方向盘，
在车流里左右穿梭。
我的眼神柔和平淡。
啊，我的爱人如此欢快
别的车吓得魂飞魄散
"如果他们为我停下，
呀，那么，我也为他们停下，我的小乖乖。"
这难道不是伟大的绅士风度？

          1948 年 7 月，东哈林区

石头的声音

我睡不着,我睡不着
直到一个受害者得到宽慰;
这影子缠绕着我
搜寻他必须找到的骨头;
而蜷缩在尸衣堆里的死者
睁着眼睛,流着泪,
缓缓爬出棺材,
谋杀的梦魇心中萦绕。

谋杀派来羞耻的鬼魂
与我一起长眠地下
败坏我的名声。
从石棺里传来石头的声音
有个影子呼喊着我的名字;
他为我的冤屈抗争;
我的死与他的不同,
我的什么伤口让他疼痛?

如此一种谋杀
我灵魂的血液流出,
但影子会变成白骨,
思想已在我脑中翻倍;
他知道的加上我已知的
像失落于岩石的水晶,

藏于皮肤里下葬,
隐蔽如死者所见。

1948年8月,帕特森

叠 句

黑暗的天,断魂夜,
无眠的我,叹凄楚。
人对疯子,恩断义绝:
他难过,上帝喜悦。
影子会变成白骨。

每个影子都有个名号;
想到自己的我便哀叹
听到关于我名声的流言
不为荣耀,只为羞耻,
影子会变成白骨。

我羞愧,喜泪沾襟,
笑声跌宕,似岩石:
这男孩用老朽的笑音
看望不老的死者,如此腼腆。
影子会变成白骨。

1948 年 8 月,帕特森

西部歌谣

当我死去,爱人,当我死去
我的心在你的关爱中破碎;
我从未遭受如此美妙的爱
如我现在遭受和容忍的这样
当我死去,爱人,当我死去。

当我死去,爱人,当我死去
我厌倦这无尽的迷宫
人们世代徘徊其中,
像大门一样宽广无边
当我死去,爱人,当我死去。

当我死去,爱人,当我死去
曾有一场战争爆发在天际;
要发生的,都会发生;
曾有位天使在我身边
当我死去,爱人,当我死去。

1948 年 8 月,帕特森

面纱的颤抖

今天窗外的
那些树好似
月球上的生物。

枝杈纷纷伸出手臂
用树叶遮蔽北边的尽头,
像一个绿色的

毛茸茸的瘤。我看到
阳光下
粉粉红红的叶芽

在微风中
轻轻摆动,
当风
吹动它们

所有树的手臂
弯曲着伸向大地。

1948 年 8 月,帕特森

一所毫无意义的机构

我得到一套寝具,一个铺位
在一间巨大的病房,
周围是数百名哭泣着的,
慢慢腐烂的男女。

我坐在床上,第三层铺位,
头顶是天花板
俯视灰色的过道。
老的、瘸的、哑的,正弯腰

缝缝补补。有个
裙子脏兮兮的胖姑娘
盯着我看。我只等着
管事的人来

给我指示。
过了一会儿,我向
空荡荡的走廊溜达过去,
寻找厕所。

1948 年秋,帕特森,梦

一 空镜子:愤怒之门(1947—1952)

疯狂一闪念

回到埃及,回到希腊,
那时的巫师深信
人类与浑身鲜血的鬼魂通灵之地
必有妖魔出没。

回去吧,回到那古老的传奇;
灵魂不会忘记,没错:
那些彻头彻尾想象出来的事物,
毫无例外,并无新鲜可言。

巨大的幽灵正在上升,
朝着它的加冕礼,身穿长袍
伴随着无人听到但永不结束的音乐:
与花朵一齐落向大地。

1949 年 1 月,纽约

骷髅对时光的愤懑

带走我的爱,它并不真诚,
别让它诱惑新的肉体;
带走我的姑娘,她总要叹息
无论我躺在哪里的床;
带走它们,骷髅说,
但请别碰我的骨头。

带走我的衣服,天凉了,
送给某位贫苦的老诗人;
带走这包裹真理的皮肤
如果他的年纪可披上我的青春;
带走它们,骷髅说,
但请别碰我的骨头。

带走我如风的思想
它吹得我身体发狂;
把这颗心也一道带走
让老鼠们把它传递下去;
带走它们,骷髅说,
但请别碰我的骨头。

带走这艺术,我用一首诗疯狂的
语调为之恸哭的艺术;
折磨我,我或将呻吟,
从头到脚地折磨吧;

一 空镜子:愤怒之门(1947—1952)

带走它们,骷髅说,
但请别碰我的骨头。

1949 年初

赞美诗之一

这些赞美诗来自被幻想纠缠的思想并非一成不变的理智。

我生为血肉之躯，但思想是交汇的雷电。

我随气候、财产的状态、做的事情、我的伴侣而变化。

但它们都不应为使我大脑陷入幻觉的我思想中巨大的缺陷负责。

这一切都是我脑中叽叽喳喳的话语的描摹。

这些闲言碎语是一份光怪陆离的档案将失落在一间图书馆当圣灵① 降临它将重现世间。

1949年2月，纽约

---

① 圣灵，也作鸽子，基督教典籍里记载，耶稣的父母用鸽子作为祭品为他施行割礼（《圣经·新约·路加福音》2：24），后来，圣灵化身鸽子降临于耶稣的浸礼（《圣经·新约·马太福音》3：16）。

东部歌谣

我谈起我脑海中涌现的爱:
月亮是忠诚的,尽管盲目;
她在思考中穿行,她不能说话。
完美的照料使她荒凉。

我从未梦过这么深的海,
这么黑的土地;睡了太久,
我已变成另一个孩子。
我醒来为目睹这世界的狂乱。

1945—1949 年

甜蜜的列文斯基[①]

甜蜜的列文斯基在黑夜游荡
甜蜜的列文斯基背靠着灯光
你是否出于恶意而菲妄
还是有欢快的笑声朗朗
甜蜜的列文斯基呵,甜蜜的列文斯基?

甜蜜的列文斯基,你可曾颤抖
当那雄鸡鸣叫,你是深藏不露
如何从悠闲漫步变成嬉戏欢闹?
为何衣冠楚楚,当你疑惑踌躇
甜蜜的列文斯基呵,甜蜜的列文斯基?

甜蜜的列文斯基,你为何含着泪,
甜蜜的列文斯基请别再去受罪,
甜蜜的列文斯基天使给你慰藉
你耳边将有鸟鸣般的欢歌萦绕
列文斯基呵,甜蜜的列文斯基,
甜蜜的列文斯基呵,甜蜜的列文斯基。

1949年春,纽约

---

① 凯鲁亚克自传体小说《镇与城》中以金斯堡为原型的人物名字。

一 空镜子:愤怒之门(1947—1952)

赞美诗之二

啊,平静的上帝,啊,可爱的神性
具现于我们的坟墓与圣物,
却被限制在着了魔的无尽时光中
这世界,它转动着的脸有三面,①
从地狱开始,囚禁快乐不可知的思想,
到山的顶峰,在瑟瑟发抖中孕育,
再变成天使,秘密诞生于这不完美的世间,
翻译玫瑰花内心中无言的诗篇
到我的诗中,我发誓复制
每一页上的每一瓣;芬芳
我思想未曾开垦的荒园,
那杂草丛生的土地;
请把这些黑暗的枯叶用想象点亮
如一道闪电划破永恒的思想,
任何光线下,真理都不可见
它不断地变幻如同时代,如同理论或肉体,
极易腐败,就像肉做的时钟
不停地生病,向着死亡运行
带着它一身的结构与机械
那筋骨将破裂,将回归海洋
化作珊瑚和绿盐。

夜莺,天堂的鸟

---

① 即三位一体,基督教中,上帝作为三种存在:圣父、圣子及圣灵。

我曾为你哭泣,诗人的
凤凰,情欲的天鹅
在时光中变幻,代代相传,
的确,但还是毁灭吧,我寄托
的圣灵已经显现,我看见了,
奇迹啊,没人了解你的谜题,
也包括我,但我有游魂作先知,
我捕捉头顶上的游魂,
用他们写作,游魂才变成骸骨,
固定成词语,与预言的图景
超越我们现实的肉体所能承受的力量,
将雨和海捏作人形,
与我们对视,但不通过双眼,
多么好的美梦!具有不被动摇的
神性,无名但有形,
承受着肉体变质的苦难。

圣洁灵魂的异象
思想公然从婚姻里向外窥视
犹如沉睡的心脏,在黑暗中凝视,
凭空想象她的激情如同天堂一样。
在肉和肉间,不完美的灵魂神交
异象接着异象,想象连着想象,
所有物质的都在毁灭,直到心灵
被时代逼疯,鬼魂仍会缠绕
凡人的居所,从坟墓出发
把他的尸体丢在泥土。
我害怕,直到我的灵魂忆起天堂。
我的名字是天使,我的双眼是火焰!
啊,奇迹,但不只是地上的奇迹!

我为爱已经挖好了坟墓
那儿有粉刷干净的思想，在灰尘中守候经年，
哀悼那失落的被奉为神明的死者，
而他，出现在这死者的眼睛中，
而他，出现在我醒来时头疼的记忆里，
而爱在物质中流动，清澈如骨，
在致命的瞬间，传来美妙的音乐，
钟自己停了，或是它把指针隐藏。
他的话语跌宕，产生空洞的回响。

啊，但也曾目睹过寂静的圣灵
神性顺着夏日丝般的光线滑落人间
顺着那些无知的骨肉，愚昧的身体。
天色已暗，我一败涂地！这是我的青春祭，
我的青春，死亡和美丽一齐呼喊
如远方船舶轰鸣的发动机和汽笛
若隐若现，回声反射直入海底，
拂晓将死亡和美丽再次召唤，
一个白色幽灵的世界的预兆
如同另一具苍白的纪念碑。
啊！但请再看一眼圣灵，再去失明。

我将变老，成为满头灰发的肺痨，
时时刻刻，做着不同的思考，
每个思考都是相同的否定。
我是否用我的一生赞颂上帝的思想？
时光中没有希望，没有留给我们一点爱；
我们缓缓而行，我们等待，我们等待，独自前行。
何时心才会为它的轻蔑而疲倦？
时光的忍耐中毁灭

这最后的思想,圣灵的思想?
贪婪的动机是否会自我消耗?
我们的灵魂被时光净化,
无知如肉体消耗着自身。

门一扇大过一扇,这是你的赠予,主,
死亡也愈发广袤,死亡并非经我之手,
直至每一个季节,如同花园的颓败,
我在每个季节死去,在我死前
时光中不会有更多的死亡,抵达最后的门,
一束纯洁的光芒,最后穿过珍珠的颜色。
请带我去您的屋邸,我被
泥土覆盖,凄惨的色彩没有愉悦。

看!您的神话在我的肉身中显现
也显现在您的圣歌里,哦,主啊。

1949 年 3 月,纽约

吓我的恼 [1]

扯我的菊,
倒我的杯,
削我的思想
为椰子,

骨头我的影,
圣灵我的魂,
放个光环
在我的脑壳,

约柜我的黑暗,
架子我的缺乏,
黯淡我的潜伏,
愚弄我的脸,

开始我的阿尔丁
大门我的阴影,
丝绸我的花园,
玫瑰我的日子,

---

[1] 《吓我的恼》是由"垮掉的一代"的三位领军人物(金斯堡、凯鲁亚克、卡萨迪)联合创作的三个版本的诗歌中的第一版。这个版本是凯鲁亚克和金斯堡在1950年"头脑风暴"时所创作,最初是作为一首"歌"写的。本身可视作一种接龙的文字游戏。

娼妓我的门，
石头我的梦，
牛奶我的思想
给我做奶油，

说我的哎哟，
打开我的壳，
滚我的骨，
敲我的铃，

教皇我的零件，
砰我的罐，
戳我的奶头，
洞我的李子。

1949 年春，纽约

扯我的雏菊[①]

扯我的雏菊
倾倒我的杯
全开了我的门都
削我的脑壳
做成椰壳
全碎了我的蛋都
举起我的林子
开门我的阴间
哎我的路能说话了都
丝绸我的花房
玫瑰我的岁月
呀我的祈祷成真了都

骨骼我的影子
鸽子我的梦境
开始我光环的渗血
牛乳我的思想
为我做成奶油
准备好了就喝掉我
跳上我的心脏
聊聊我的身高
六翼天使把我抱紧了

[①] 1949年春至秋，纽约，艾伦·金斯堡、杰克·凯鲁亚克与尼尔·卡萨迪共同创作。

臀我的天使
推我的灯
当送给穷苦人

治愈那雨滴
撒播那眼
继续毁我的土
痛那虫
治那智
戳我的锹一致
停止那模仿
什么是魔法
哪儿在守丧
乡下人怎样
带走我的金光束

抢我的柜子
舔我的石子
飞过我的阳具去学校
榨我的渣
拉我的脸
跳进我的洞
娼我的门
敲我的民
吃下我的傻瓜蛇
狂热我的头发
空乏我的贫穷
屁眼修剪为羊绒

说我的呸

嗑我的壳

咬我的裸坚果

卷我的骨头

敲我的铃

叫我的虫来晚餐

宗主我的零件

抛出我的水壶

高举我的雏菊

拨我的波

埋我的梅

愈合我的裂缝

　　　　艾伦·金斯堡、杰克·凯鲁亚克与尼尔·卡萨迪
　　　　　　纽约,1949年春至秋

尸衣陌客

我的裸体像麻袋皱巴巴
惹火的美男往我背上趴
寒冬从烂布堆里抓住我
我就拿破布条把腿来裹

雪是我的脸煤渣是我的肉
沿着铁道向前我不回头
城市的街道是黑暗与死亡
我把铁道路基当睡觉的床

我喝汤用破铁罐头
找甜头下第三只手
是我在监狱外的虎豹巷
弄翻了被洗劫的垃圾箱

漆黑的夜伸手不见五指
工厂的排泄物近在咫尺
我踩着石头光脚紧绷
去听老东西的呻吟声

像个小孩我不声张
藏在桥下小鹿乱撞
我尖叫在失火的河岸
我献身给老旧的油罐

我梦见头发开始燃烧
烫熟的胳膊举得老高
还有那裸体的铁金刚
与我背上的断翅一双

谁欲潜入黑夜去嫖娼
伴着无尽长路黯淡的月光
贵人、贱人或壮汉的傲气
我也愿和婊子同穿尸衣

谁会在黑暗中与我休息
肚子贴肚子,膝碰着膝
谁会凝视我盈盈的秋水
谁会枕着我变黑的大腿?

1949—1951 年,纽约

诗篇：献给无线电城①之夜

如金钱能让心灵变得更加理智
或是金钱能柔美地翻滚在肚肠
让饥饿跨越饥饿分泌的苦汁
如金钱能停止凡夫情绪的激荡
能使呻吟的苦主展露欢颜
还能让傻笑的绵羊获得胆量
去躺在沉睡的狮子身边
我就要去赚钱，镀一身金黄

性没法安抚灵魂的疾病，
那神圣的运动只延续一个小时，
握住心脏那黄金的权柄，
却不能拯救银色的浴池，
也无力将残破的医治。
爱情是名独行的隐士，
斗篷下藏着微薄的施舍，
如若不是，我将爱你们每一个。

许多灵魂遭遇了海难，
剩下的日日含辛茹苦：
机械的双眼非我所盼
楼群间我发现了骸骨。

---

① 无线电城音乐厅（Radio City Music Hall），位于美国纽约市的第六大道的老牌演出场所，1932 年 12 月 27 日启用。

还有些从城市间消散，
苦役令他们戴上面具；
我也欺骗了那台机器，
如果这是温柔乡，我宁愿死去。

艺术生来短暂，风格不停变换：
语言把我们纯洁的思想背叛，
时间将最天真思想的蹂躏，
能做出判断的，自有他们的判断；
假如我们的女儿们无意抗拒，
我们也不用唠唠叨叨，废话说尽，
男人既然把我们的美丽视为娼妓
我们就尽娼妓的职责，就去卖淫。

城里嬉皮的风衣令人侧目
阁楼上，手里拎着棒子
高大的中国佬，神色飘忽
有一条龙藏在他的帽子：
他在等待一个暗号显露
那暗号隐含在迷茫或瞌睡
那阵风也将花朵碰触；
不是罂粟，是玫瑰。

如果名气不是易逝的萤火，
这世上出名的人应有许多：
男孩美丽的臂弯或将世界包裹：
如果他们的吸引力再次翻转，
人所敬畏的英雄将制造灾祸，
但那跛行的人是冒牌货；
那天使牧场的羔羊越多

他们越有更舒适的生活。

再也不需要这些漂亮话
天启日前的最后一瞥:
孩子站在石头上把尿撒,
女人的嘴唇开始凋谢,
冥思苦想那根看不见的鸡巴
它能让所有野兽发出狂喜的嚎叫
游离在时间外的圣徒
将他们死眼所目睹,向人们大声疾呼。

降临吧,无可比拟的桂冠,
爱,我的爱已无力申辩;
哦,空洞的虚名让我无言;
我们是国王,名号已消失不见:
收复名誉,令其再与你的天使相伴,
还有思想被人遗忘的草地,
那儿的石头下沉睡着最明亮的幽幻
人类追逐着自己的倒影,奔跑不已。

1949 年 3 月,纽约

最后，还有什么好说的？

当我坐在稿纸前
准备动笔我的思想
却变成女性特有的
愚蠢的闲言碎语；
还是想想，看看外面
家才是宇宙
在你四周砌起的高墙
我等待：等待天空
还原它本来的模样，
等待一个时刻
等真正的诗歌
让我脱口而出，不去
慷慨地颂扬什么，不，
只说真理。

1949 年早期，纽约

某日监狱蓝调

某日我将放下我的愤怒,
如同我将身体放平
忍耐呼吸与呼吸的隐痛
在金色梦乡旅行。

思想是颗宝石,无论杰出或抱憾,
它冲破高高的险峰:
钱啊钱,工作辛苦夜难眠,
是时光中漫无目的的奴隶。

某日,我寻找光
疲惫的太阳落向西方;
某日,我寻找月亮
她却睡在云儿做的床。

某日,死亡的眼泪将让它失明
那不过是尘世,是聪慧或美丽,
不过是心灵腐朽后杜撰的美景
我的鬼魂愿徘徊于萧瑟的空气,

我凝视,以鬼的面孔注目,
不在乎什么是公平或失落,
没兴趣弄清腐烂的躯体是哪一个
或让他获得鬼与鬼的和睦

1949 年 4 月 24 日,布鲁克林

请打开窗户，让我进入

哪个夜的来客将自己紧紧包裹，
是谁绿色的眉毛如残垣断壁，谁发红的眼睛
在窗棂的微光中藏躲，
恐吓着老人，弄哭了孩子的脸？

哪个旅者在马路上浪笑，
如木乃伊在小巷行走，恶臭入骨，
是谁胡乱的蹦跳，用阴暗的、缠满布条的脚
追赶着孩子佝偻无力的病步？

哪个饥渴的模仿者已经错乱，
如枯槁的守门鬼，挂在门框边，
这双面的哑剧演员朦胧地凝视
世界又对世界摆出召唤的手势？

1949年5月，帕特森

"今夜一切如故"

今夜一切如故……多么
艰难的前途。二十三岁，
这个生日我该变得坚强，
走过黑暗之门。我病了，
身心俱疲
整整一个月堕入疯癫。
我突然发现我的脑袋
已不再和身体相连
我明白，这是前几天
只因我曾，
躺在沙发上彻夜难眠。

1949 年夏，帕特森

费奥多尔[1]

现实主义已腐烂的头颅
和超人论的铁面
从《群魔》[2]的字里行间泄露
这就是：陀思妥耶夫斯基。
我对大写字母 D 的第一印象。
在读他之前，他是黑暗
鬼屋的主人，野蛮，苍老，
游魂般的俄罗斯人。我呼唤他
虽已化为尘埃，但他是
陀思妥耶夫斯基。这预言
来自我的童年。

1949 年 6 月，帕特森

---

[1] 费奥多尔·陀思妥耶夫斯基（1821—1881），俄国作家，著有《罪与罚》《白痴》《卡拉马佐夫兄弟》等。
[2] 陀思妥耶夫斯基于 1872 年出版的小说。

来自油画中各各他①的警句

这无用之地光秃秃的树上,
失明人形受辱的面庞;
看,天堂被摧毁的地方,
吊着空虚的容貌。

1949 年夏,纽约

---

① 又称髑髅地,基督教中耶稣受难的地方,位于古耶路撒冷城郊。

"我试图集中"

人生哲学那条本真的正路大概就是去谦卑的记录它表象所产生的不同解读。

——托马斯·哈代 ①

我试图集中
太阳全部的光
射入每首诗,用手中的杯子,
尽管被放大的光,如此明亮
却也无法点燃纸张。

1949年夏,纽约

---

① 出自哈代1901年《过去和现在的诗》的前言。托马斯·哈代(1840—1928),英国作家,诗人,著有《德伯家的苔丝》《无名的裘德》等。

形而上

此乃人间唯一
苍穹；因而
世界是绝对的。
无它。
圆满。
我在永恒中呼吸。
这世界的轨迹
是天堂的轨迹。

1949 年中，纽约

死后,人天相隔

我们对死亡有准确的判断
我们全然知晓,因为
我们都曾经历过
出生前的黑暗。
生命似乎是条走廊
通往两扇门后的黑暗。
它们一模一样,全然
不朽,或许我们约好
在那黑暗中见面。
时光的本源被
这永恒终点的会面照亮。

这真是一个奇妙
的思想,人的品格
竟被及时保存
当他走过那直抵
不朽的走廊。一瞬
就是永恒,如果你以
坟墓主人的视角。

1949 年中,纽约

死亡的真相

你唤醒他对于
真实存在的记忆
不应忘记,存在,
这是宇宙天地间
一起呼喊的回音。

只有思想回归本源
才能让思想圆满。
只有行动回归本源
才能让行动圆满。
听听吧。

1949 年中

颂　歌

没有任何风信子般的想象可以表述出这只肉的时钟如何阴郁地惦念他甜蜜无形并被我用一首接一首的酒神赞歌颂祝直冲到心灵那所天使般恬静正被诸世纪炙热的光的钟摆烘烤着的九苍之巅顶端的天堂：

这段特殊的总结和梦想那源自纯粹的似珍珠般涓涓细流的终极愉悦显现出的圣灵和那美好的心灵都如空幻的香精使我们的心从那里盛满了无与伦比的无人知晓从何方降落世间的美妙膏脂，

所有这些灵魂中的污秽那些包含邪恶之囊①与水牢与万里无云的天空下冰锥凝冻的唤作冰窖的水晶路的上古的名号与十四名迟暮的天使不断聚拢并入神地凝视着我们的天道都有赞歌传至

在若隐若现为感激牛乳与蜜糖祷告的声音中不再有为世界上饱含折磨与渎神的莓果的叹息他们已经登踏光芒的斜梯与天堂居民的防火出口无需继续承受我们年复一年头佩荆棘的苦痛

我们也不应继续承受看啊那座终极的大门开启当那金刚不坏的炽天使手持三只闪电的利戟七股惊雷十一响的爆笑看啊一千滴眼泪从他丝般柔滑的颈滚落向他光芒四射的裸胸他命我们彼此分享那份在地球上早已失传的天堂之爱。

1949 年 9 月

---

① 原文 Malebolge，但丁笔下地狱的一部分。

日 落

那朦胧的尘世
与紧箍着我脑袋的扭曲铁条
装在一辆火车
的车厢里,而我的思想摆脱铁锈
进入来世遨游:
我见那太阳落向
这肉欲的原始的
世界,留下了黑暗
笼罩着我的火车
只因世界的另一面
正在等待黎明。

1949 年 11 月,纽约—帕特森

斜阳之歌

十一月的傍晚,从萨斯奎哈纳河畔的铁路远望,
有雨落在泽西沼泽

这愤怒的东方
烟与铁挤在你破碎的王冠里;
这泽西沼泽的射手
褪色长袍包裹着赤裸的躯体;
铁路缓缓延伸向失火的远方
那是肉欲的太阳下落的方向。

阿波罗① 耀目的战车的阴影
在凡间颤抖;
牧场之上的琥珀海岸
法厄同② 曾在这儿跌落,被遗弃
遁入明暗对比的阴郁,
成为炙热黎明的幽灵。

向西,到那世界失明的凝视,
那乌云笼罩的葬礼,
天空中冰冷又了无生趣的云霞,
诞生在将死的人群只间;
为世界末日黎明的
血色光芒披上寿衣。

---

① 罗马神话及希腊神话中的太阳神。
② 希腊神话中太阳神阿波罗的儿子。

夜的穹顶笼罩着大地
它是召集预言的主人，
直到那，云雀帝国一片啼鸣，
当我们还在做梦时，它们已唱响，
穿走我们的衣裳，与炫目的
皇冠，尽管看不到，但光环犹存。

地表之下，有一只眼睛
从无光的洞穴暗自注视，
头盖骨伴着永恒的赤裸
对于坟墓十分冷漠，豪不关心：
地球转动，必消耗一日，
而让海洋承载着波涛。

火车载着我的骨骼
西去，到日沉的彼端；
夜雨袭来，熄灭了光，
也再难有彩虹的日子；
平原上的城镇正在老去
炊烟升起，顺着石墙滚滚而上。

1949—1950 年 11 月，纽约—帕特森

帕特森

在这用钞票的幻影当墙纸的房间里我能渴望什么？

如果我给自己理发能赚多少？如果我给自己的鞋换上新的高跟，带着洗完澡后散发的手淫和甜腻混合的雾气又能赚多少，一层叠一层的粪便

风干在职业介绍所，供人读杂志的门廊，统计学式的小隔间，工厂的楼梯，

风干在总在微笑的精神病学的上帝们的衣帽间；

或许传达室里我将面对的傲慢是商店大堂领班式的，

老职员们躲在由他们脂肪堆砌成的避难所，这些笨蛋蠢货充满金钱与权力导致的自负

去雇用与解雇去翻云去覆雨去放屁去证明他们愤怒的合理性解释针对厌倦了愤怒的人愤怒的谣言，

我卷进了一场什么战役又为了什么奖赏！这老生常谈的强迫症那致命一针，

泼妇的幻觉在晚上过电般地出现，白天是吸吮拇指的愤怒产生的痛苦

我宁可变成疯人，走上通往墨西哥黑暗的公路，或让海洛因一滴滴流如我的静脉，

眼睛和耳朵被塞满大麻，

吃着神赐的佩奥特仙人掌[①]，坐在边境线附近泥屋的地板上

[①] 佩奥特仙人掌（Peyote），又称鸟羽毛玉、僧冠掌，是一种细小无刺的仙人掌，原产于美国得克萨斯州西南部至墨西哥。

要么躺在某个旅馆房间中痛苦的男人或女人的身边；
宁可把自己扔到路上，在西部落日下的小饭馆前哭泣；
宁可露出肚子爬过有无数的铁罐的辛辛那提；
宁可把一条锈蚀的铁轨拖向落基山各各他的十字架；
宁可，在加尔维斯顿①带上荆棘冠，在洛杉矶被手脚打钉，死在丹佛的十字架上，
在芝加哥被拦腰刺穿，在新奥尔良凉透下葬并在1958年复活，在加勒特山②的某处，
下山时我会发出惹火的跑车和垃圾山一样的怒吼，
街角的福音书在市政厅的对面，被一群表情痛苦的狮塑环绕，
带着满嘴的粪便，怒发冲冠，
叫着跳着，去赞美永恒将人行道泯灭，将现实泯灭
叫着跳着，抗议着世界脆弱的舞台上差劲的乐队，
血液奔腾在我的腹中与臂膀
这城市被它恐怖而狂喜的洪流吞没，它冲过街道与高速公路
冲过港口，森林与起重机，把我的骨肉静静留在林间的树梢

1949年11月，纽约

---

① 美国得克萨斯州东部的一个海滨城市。
② 位于美国新泽西州的一个自然保护区。

波普歌词

当我想到死
我感到愚蠢；
让我喘口气：
"无"真动人，
"有"很苍茫
"聪明"已疯狂，
"聪明"已疯狂。

　　　＊

脑中有鲜花一朵
从我的眼前掉落；
某日我将死去：
我爱云端的上帝，
希望他扯我的雏菊。
"聪明"已疯狂，
"聪明"已疯狂。

　　　＊

我问女人玫瑰代表什么，
她一脚把我踢下床。
我去问男人，他就这么，
打得我眼冒金光

没人知道,
没人知道,
至少没人愿意让我知道。

*

有一次我去中国混
当上童子军的大佬
孩子弄沉了我回家的客轮
我只说了一句"呸!"

*

疯子一个,医生们的诊断说
事实真相是:我非常懒惰
我编出瞎话逗他们玩儿
直到他们把我关进疯人院

*

我是个陶罐,上帝是陶艺家,
我的脑子是一大块油灰渣
约柜我的黑暗,①
愚弄我的脸,
真幸运我是个傻瓜。

1949年5月至12月,纽约

---

① 出自金斯堡《呸我的恼》。

梦

我独自步入夜的中央,
灯火阑珊如摇曳的风铃,
房中的光照亮破旧的门廊
包裹着它好像精灵的微冥。

我起身吹灭了如角的火焰,
注视着房间里的暗影
缓缓移动,沿着墙面
月亮从窗外送来凉风。

我凝视着黑暗那蜗居的幽灵
阴郁的外形有着四射的光芒
我的奇思妙想和心中的百灵
正为死亡哭泣因他已在近旁。

那些满脸倦容的夜行客,
穿行在屋舍与楼梯间,
在迷宫中徘徊的我,
游荡于失眠中的梦魇。

我出门向钟楼走去,
这一座,石头的牢房
囚禁着时光,午夜钟响,
是十二时的倾诉。

我在街角遇见一个男孩，
美丽的头发，美丽的眼睛，
在尸裹布中一路走来
和我的伪装一样轻盈。

他走着，身上披着白袍，
他的面颊白过他身上的布。
他看了看我，大声说道，
但听起来只是模糊的哀诉：

"我的爱人正将我梦到，
在梦中我也总在他的怀抱
钟声响了，我要去那儿找他
走过睡眠这片阴森的泥沼。

我走着，边走边说
他会听到，明白我的深意
如果有在时光中游荡的孤儿找到我
请让他将我的手牵起，

我要带他去看那墓碑
我要带他穿过寂静的坟场
请他不要怕白垩的骨灰，
也不要怕黑暗的巨浪，

我们会走向一扇双开门
那是不朽的夜的出口，
我从那里来，也会回到
那里去，就将光明弃守。"

一 空镜子：愤怒之门（1947—1952）

这黑暗的脸半遮半掩
浮现在我梦中的十二宫①
盯着我,用它冷酷的双眼,
我遁入了我伪造的想象中

而我的王冠是丝质的黑缎;
我梦过它,我已睡得太久。
面颊被它侵蚀得破败不堪
我要醒来,将预言作吹响的号角,
作翩翩的杨柳。

1949 年 12 月,帕特森

---

① 十二宫(Zodiac),古希腊将天空划分的十二个部分,用动物和神话的形象命名为十二星座。

万岁,蜘蛛网

消耗了七年的词语
静静留守在蛛网:
七年的思想
在巢穴里等候
七年的得失
用感知为幻象命名,
最后塌缩成无用的
姓名,
七年:
恐惧
用蛛网古老的维度;
测量死亡的语句
苍蝇,捕获的
鬼魂,
七年:
蜘蛛已经离去。

1950 年春,帕特森

尸衣陌客（外一篇）

一

隐蔽的局外人是他王国的流放者
他愤怒地坐在城中的垃圾山上。
他破碎的心是一团粪便。
无边的暴雨，空荡的镜面。

二

一个梦

他爬上巨塔
边缘
恐惧地向下望，
身处绝壁

石堆之上，
铁路平交道的沟堑
与横跨水面的巨桥
紧靠着小丘

高架铁路底，
有溪流穿行
向着小树林旁
静静的牧场

他曾站在赤裸绽放
的花丛中颤抖,
走过橡树的浓荫
去探访民居。

三

我梦见我在做梦
梦中的我决定步入岁月
寻找隐蔽的局外人。
我知道那个老混蛋
正在某处闲逛。
我一时找不到他;
我去床下找他,
我扯下床垫
终于发现他
躲在弹簧下
蜷缩在角落里:

终于,我们面对面。
我甚至没有认出他。

"我打赌你肯定
没想到这就是我,"他说。

四

纪念片段

它拥有一个结构,它

要讲一个故事；
那将是在纸面上的
风卷残云，中间还传来
空洞的嗓音；
有关于时光和永恒
的传说；就在从天而降
雨中的雾与月，结束在
给这世界有型轮廓的
街灯的光芒中；飞越
墨西哥山峦云端的秃鹰，
跨越整个美洲
栽倒在沿河街的垃圾中；
他的第一句话
"给我穿上尸衣，现在——"
最后一句是"——裸体
躺在砖墙边的
破瓶子上，"
这就是夜的隐蔽的局外人的幻象。

1949 年 9 月至 1950 年，帕特森—纽约

书中一朵想象的玫瑰

啊,上帝干枯的旧玫瑰,
还带着黯淡的香气
美景化为鲜血
身体走进了墓穴,

你丢失了何等的芬芳,
你已凋谢,仅留下
深红色神秘的残骸
与枯萎的记忆中

一座永不褪色的花园
那里生机勃勃
花团锦簇,
没有剪刀把它们杀戮。

1950 年初,帕特森

坠 毁

世上还有许多的狂乱
超过人类有限的心灵
谁在操控平庸的陪审团
用一架平庸的引擎。

在一架旋转的飞机里面
有一架出错的机器,
飞行员坠地,火焰
不知从何而起。

1950年初,帕特森

在思考现实的时候想到的

一

现实就是
去揣摩世界有多
接近真实。

时间是永恒的
终极,坚固;
每个人都是天使。

变化着的完美
是天堂的奥秘:
永恒绝对是在

变化的!汽车总是
沿街而过,
街灯灭了又亮。

在浩渺的平原;
在高地上。
我们将一切尽收眼底

蚌在桌子上开口,
羔羊在平原被虫子

吃光。这

改变的动作很美,
这就是所谓
连续不停的存在。

二

继续：区分出它
特殊性中的过程
要着眼于

现实中人所渴望的
令人满意的新局面
最初的启蒙
让我们受宠若惊

带着这种不愉快的细节
我们再次梦到天堂。
而世界是一座粪山：

如果它被
移走，一定是被
一小撮人移走。

三

人活着，像一个沿河街上

郁郁寡欢的妓女
在永恒中

只讨到几块硬币，
付出肉体的回报
只得到卑鄙的流言蜚语

她知道那最好的方法，
就是充耳不闻那些所谓
快乐地工作，美妙的婚姻或

心灵的差异：
或认定那不是她的命，
是她最糟糕的不幸。

1950 年春，帕特森

夜苹果

昨晚我梦到
爱了七年的
相好,
没有脸,
只有身体熟悉的
存在:
汗水　皮肤　双眼
精子　尿液　粪便
与唾液的总和
还有气味
与凡人的品位。

1950年春,帕特森

塞尚[1]的港口

我们看到前景中时间与生命
在飞快地进行着
一场奔向画面左边的赛跑
那里海岸相接。

但是相接的部位
没有呈现；
未曾出现在画布上。

海湾的另一边
是天堂和永恒，
淡淡的白雾笼罩群山。

埃斯塔克[2]广阔的水域
为几叶小舟做媒。

1950 年夏，帕特森

---

[1] 保罗·塞尚（1839—1906），法国艺术家，后印象派画家。
[2] 法国马赛西部的一个小渔村，行政上归马赛管辖。

蓝天使

玛琳·黛德丽① 正为
机器之爱唱着挽歌。
她靠着海滨的高坡
一棵灰泥板的树。

她是人形的玩具，
是永恒的洋娃娃，
头发像顶白铁打的
超现实主义的帽子。

她的脸上涂着粉，刷白
面无表情像个机器人。
眼睛边上，太阳穴探出了，
一把白色的小钥匙。

她用白眼球中央
呆滞的蓝色瞳孔凝视。
她闭眼，钥匙
也就跟着转动。

她睁眼，是如此空洞
似美术馆中的雕塑。
她的机械部件开始运行，钥匙

---

① 玛琳·黛德丽（1901—1992），德国女演员、歌手。

又开始转动,她变换眼睛,她开始歌唱

——你一定觉得我找到了
结束内心纠结的好办法,
也许,不过是在我找到
占领我思想的男人之后。

1950年中,帕特森,梦

两个男孩走进一家梦幻餐厅

吃了太多饭,账单要五块,
他们弄不清
怎么搞成这样,
所以他们去铲

后厨的垃圾到卡车上
来抵饭钱。
五分钟后,哥俩琢磨
到底需要铲多久

才能清账,他们去问
餐厅老板,此等苦行
或曰偿还是否已到头。
老板笑了。

他们没发现——自己是
多么天真——
一个成年人铲半日的薪水
才能清账。

1950 年中,帕特森

孤　寂

思想终如
万里无云的晴空。
是时候该在荒野
为自己造一个家。

除了带着双眼
在树林间闲逛
我还做过些什么？那么我
将构建：妻子
家庭，再去
寻找友邻。

否则
我将死于寂寞
缺粮，雷电
或熊掌一击
（必须驯鹿
把熊皮做衣裳）。

或应绘制一张
我流浪的画片，小小的
画片——供奉于
路边
告诉往来旅者，就说

我在荒野生活，
清醒，有家。

1950年中，帕特森

纪念：威廉·卡纳斯特拉[①]，1922—1950

他褪去金色长袍一身
在夜里躺下沉沉睡去，
梦中他看见命运三神
淡淡幽光，一台机器[②]。

他喊道："我等待时光终结；
伴我而行，尸衣，此刻，在我的愤怒中！
我的坟中有一盏灯笼，
有那盏灯，就有了光。"

哀哉！这梦中的预言
在无言的气息中沉陷：
几近完成，几近遗忘
在时光破碎而狂野的爱恋中。

死亡使人生似大梦一场
而天堂的光耀不过一浪洪波；
跌落海底的光
被饥饿的洞穴吞噬饕疑误。

肌肤或可显见，直到

---

① 威廉·卡纳斯特拉（1922—1950），垮掉派早期成员，被唤作"狂野分子"，曾是多位作家注重观察与描写的纽约现实人物之一。
② 命运三神与机器所指下文中帕耳开和定夺生命的纺织机。

一 空镜子：愤怒之门（1947—1952）

水晶般的头骨在岁月的阴影下煤化，
可地底的灯笼灭了，
尸衣定将腐烂，回忆消褪。

如今谁在谈论死亡和天使，
大天使光芒暗淡魅力不再？
尸衣包裹起你耀眼的判决，
沉默的帕耳开①变换了速度，

天启之人
与他的愤怒在地下长眠
直到无性的子宫结出爱情之果，
坟墓也开始厌倦死者，

悲剧之主分崩离析
化为自我呈现的坟墓，
对死亡景象视而不见死亡刺瞎了双目，
坐在无光的织布机前织造。

1950 年 9 月，帕特森

---

① 帕耳开，罗马神话中命运三女神的总称。

颂歌：人生二十四载

我已成人
所知不过凡人
本性中每声叹息我所亦叹，
慢慢越过孩子隐现的骨骸
和一切童真的神性，
如影随形中那隐隐运转
是尸衣织造不停

万物皆唯一；而
最初的记忆还未消退，我便
剥离那让思想变糟的肉欲之思：
可它已陷落时轮之下
惊奇老去，化为哀痛
日后更多的命中被注定：
光阴越长，光芒越暗淡。

我再次失明，
思想的星空一颗颗熄灭
它曾是黎明的第一盏烛
烛台已变为荆棘
黎明展现前一切皆是梦幻
夜玫瑰退回到阴暗，
弥赛亚[1]自苍穹再现。

---

[1] 弥赛亚（Messiah），西方宗教预言中上帝所选中的人，隔一段时间就会降临世间，具有特殊的权力。

此刻我无法进入癫狂
或倾听，以孩子的角色
他美妙地降生于天际
他被熊和鹿围着
在碧绿的廊拱下青春永恒
无论在花岗岩下沉睡
还是在花岗岩的台阶上伫立。

没有回头路，在思想圆满之处；
让那鬼魂最后的凝望被欺骗：
我不会再把时间浪费在
精神战场的冥思苦想。
茫茫中我身处何方？
何等造物将我这把骨头生于此？
此处不是伊甸：此处是我的商店。

1950 年至 1951 年，九月

他怎会困于一间缎带工厂

女工歌队的合唱:

有个家伙走进来
捡起所有断的纺线
把它们系回织机。

他以为他没掌握的事物
也能顺顺利利,他试图
把线头打成小小的结。

看,他的脚在鞋子里发抖
显出他试图做所有线头的上帝
我们将把技艺痛苦地练习。

几年后史密斯先生雇我们
去打这些结,我们花了六个月
达到完美的境界。可是他却

没有任何像样的进展,他苦苦
熬过止步不前的五个礼拜,
我们一致认定

他没有希望。显而易见,
他不算男人,他是笨蛋。

1950 年末,纽约

原型诗[1]

有个家伙痛下决心
再也不做
　　娘娘腔。
他把自己牵扯
进各种不靠谱
　　终于碰了
个钉子叫玛丽。

他和她上了床
　　表现得
和他心目中
平日里正常
　　的水准接近，
就是说那种应该
　　特棒
　　可惜不是棒的棒。

什么出了状况？
　　他张口
自问。我想
　　拥有她
可她不想

---

[1] 原型，也作原型意识，一种将人的行为与动机中的共性做出本源判断的文学分析方法。

拥有我。

我觉得我
 给了她 ***
而她给了我
 男性在世上
应扮演的角色。

她忽然
 斩钉截铁。
我很累,她说道,
 你走吧。

就这么完了?他想。
 我不想就这么
结束,我可
得让自己摆脱
 这步田地。
 所以问题
迎刃而解:你选择
 和她成家
还是滚蛋?我不会
 给你一分钱,
你反正也不是
 什么美妞。而他

捡起地上的尊严
穿上他的裤子，觉得
　　——有裤子穿
　　已经很好——
　　出门离去。

为何这些
交流障碍的各种版本
放之四海
而皆准？

1950年末，纽约

一次典型的情事

和一只绝育的猫同居一室
我发现了这位女士——我没下手。
我等着更好的机会;而她的姑妈,
那位姑妈是个可怕的讨厌鬼。

说真的,关于我俩,我觉得
算是步步为营。我会再和她见面,
会建立友谊(不是爱人)因为我还要
和她在同一间鞋店里共事。

她全明白。明天看她作何反应
将是件趣事。如果
她给我友情(甚至爱意)我会作出抵抗:
在彬彬有礼的外表下的她会

将这视为一种恭维。在某个喝大了的夜
我们说不定能共舞一曲。

1950 年 12 月,帕特森

关于美国的诗

美国和俄国很像。
阿西斯和加拉蒂亚坐在湖边。①
我们也有无产阶级。

阿西斯和加拉蒂亚坐在湖边。
韦尔西洛夫② 身着粗布衣衫
幻想着那些经典画面。

那小巷,那染坊的苦差,
尘烟中的磨房街,
酒吧里飘散的忧郁,
那漫漫长路上的哀愁,
黑人们在河岸的锈铁间
爬上又爬下,
藏在缫丝厂后巷
暗处的浴池
在使用循环的废水;
这些景象在我们脑中挥之不去

三十年代的一幕幕,
大萧条还有阶级意识

---

① 出自古希腊罗马神话,牧羊人阿西斯与海仙女加拉蒂亚的爱情故事,以悲剧收场。
② 俄国作家陀思妥耶夫斯基小说《少年》中的人物,一个具有双重人格的贵族。

变形上升超越政治
充斥着烈焰
与上帝的显现。

1951 年初

读完《死魂灵》①之后

美国啊你开着
你闪亮的汽车
要奔向何方，歪歪斜斜
一路向前
是要冲向哪里
是撞毁在那
西部落基山
深深的峡谷
还是要去金门桥
和落日赛跑
你要冲进哪座
爵士乐喧嚣于
太平洋之上的
狂野之城！

1951 年春

---

① 俄国作家果戈理代表作之一，金斯堡所珍视的小说，他曾在与凯鲁亚克通信中说："我家有两本圣经，《死魂灵》和《一千零一夜》。"

大麻乐谱

我病得不轻啊!
这种想法
经常出现
伴随着恐惧。
对他者而言
这是否奇怪?
可这起伏的情感
一直是
我的手艺。

波德莱尔——他则拥有
欢喜的时刻
凝视着天空,
望向
地平线的远方,
于不朽间
注视着他的意象。
这都是他的
代表性时刻。
人去思考这些
该有多孤绝。

十二月了
大概是吧,他们唱起了
圣诞颂

在十四街转角
小百货店的
台阶前。

1951年11月，纽约

格雷戈里·柯尔索[①]的故事

那是我第一次
去新罕布什尔的乡下
我九岁未满
有个姑娘,我总和她
用胶合板的桨一起划船

我们曾相爱,
那最后一晚
我们在月光下脱个精光
向对方展示各自的身体,
再唱着歌一路跑回家。

1951 年 12 月 10 日

[①] 格雷戈里·柯尔索(Gregory Corso,1930—2001),美国诗人,垮掉派中最年轻的成员之一。

我增长了力量

在死亡这门学问里。
（海明威也被它吸引。）
我的幻想世界和现实世界
已愈发
清晰与独立。
我现在看清
我在某人的七年里
找寻的事物
不过是
床上赤条条精疲力竭的
征服或牺牲。

再次怀念
那些岁月中褪色的天赋
冷却的激情……
扰乱心绪，
现实世界如一潭死水。
而时光，如现实般，
露出卑鄙的一面，
如同莎士比亚曾说：
毁灭，卑鄙，肮脏的时光。

关于死亡这门学问：
和生活本身一样，无法
预测结局

是完美的欢悦或激情
（我是否夸大了灾难的
恐怖？现实可以快乐或恐怖——
还是我夸大了快乐？）：
生活如此卑鄙，如此痛苦，
如此悲惨（这种悲观情绪
是某人所珍爱），
如此残忍，不仅仅是冷酷：
那机遇是无情的。
——从精神病院出院后，卡尔[①]写道，
"我经常目睹
存在展示出的矫揉造作
如一个嗜血的
黑人同性恋。"

1951年12月

[①] 卡尔·所罗门（Carl Solomon，1928—1993），美国作家，金斯堡在精神病院偶然结识并成为好友。《嚎叫》中的卡尔也指此人。

归途夜路

快到我的地儿了
我看到港务局的大楼
高耸于我居住的
老贫民区之上
与名不见经传的
巴托比们与犹大们为邻
面无血色的人，
身披尸衣的人，
柔弱白肉的
失败者缓缓蠕行
进出着房间，和我一样。
想起了我的阁楼，
我把手放抵着额头唏嘘，
"啊，上帝，真是糟透了！"

1951年12月，纽约

"一人一世界"

一人一世界，
从每个我爱的人身上
我学到他们的世界；
数不胜数，却没有
十二宫的一个。

1951 年 12 月，纽约

我和自己做爱

我和自己做爱
在镜子中，亲吻我自己的嘴唇，
说，"我爱你，自己，
爱你胜过任何人。"

1951 年 12 月 30 日，纽约

鬼魂将至

我书桌的元素——
钟。
一切生活简化于——
这滴答声。
落满灰尘的现代台灯,
它的形态、空间与曲线。
尽在不言中。
那手柄上刻着
稚气鹰头的
墨西哥匕首。

       1951年12月30日,纽约

我感到自己走进死巷

我觉得我穷途末路
我完蛋了。
我对灵性的一切认知
得以证实但没有一天
我没觉得自己被囚于
自我的污秽,
与言行的
徒劳中。
或许我这么继续
事物将带来安慰但
今天的我没有希望,我很累。

1952 年初,纽约

一次非典型的情事

——记忆挥之不去的一个姑娘
她曾在公园大道 ①
药店的霓虹灯下
向我求爱
(一旁是她的女朋友
在夜色中边走边乐)她对
我的冷漠有着可怕的精神洞察,
这两点相结合,对我而言
是一种不值得信赖的性格,

没几个月,她死了,
有差不多一个月,我就不再去想她
和她那颗没人能预见的脑瘤。
事后诸葛,我其实早该明白
这位本地姑娘的赤诚是一种
死前的回光返照。我该对她好一点。
这事后诸葛走向反面,
无论如何,人在面对死亡时
也不过是一个普通的人而已。

1952 年 1 月,纽约

---

① 原文 Park Avenue,纽约市曼哈顿区东部一条南北向的大道,沿街建筑多为老式高级公寓,为上流阶层居住区。

15 街西 345 号 [1]

我从散场的电影走回家大脑一片空白,
拖着沉重的脚步从第八大道到十五几乎失明,
等待一艘客轮带我出海。
我住在港务局边一间群租房的阁楼里,

一所巨大的城市仓库慢慢变成棕色
对面老褐石屋的防火梯垂落
这是金门外苏联式的街景
或是非美国的一种中古掠影。

我想起在郊外的家,渴望我归家的父亲,
我姨妈在救济院,我是无业游民。[2]
我打开门,踩得门廊嘎嘎响。
住在外屋的波多黎各人晚上笑声浪荡

我看见二楼上的那对儿同性恋
爱玩孤独,[3] 住在不同的隔间,
我在三楼停步,朝对面的内德致意,
那驼背老头像时间老人卧床酗酒不已。

---

[1] 金斯堡故居,根据传记作者比尔·摩根考证,这首诗实际的创作地应在 15 街西 346 号。——2006 年 5 月,金斯堡基金会。
[2] 原文 Nome or Rome,两地相距甚远,作者用发音近似但无关联的地名自嘲居无定所。
[3] 原指一种单人纸牌游戏,此处指这二人性格迥异,各有隐秘。

我爬到了付四块五租到的阁楼。
有一只孤独的蟑螂在我的门口。
它出门。我进门。这儿没什么值钱的玩意可看
借着天窗透射的光。我环视我在地球上的财产。

赤裸裸地构成孤独的元素：桌子，椅子和钟；
床单上丢着两本书，杰克·伍德福德和保罗·德·科可。
我坐到书桌前翻阅一本巨著
与超级都市有关我读不下去。

什么样的悲剧被抛向这块永恒的土地
我在现实里沉思了六十分钟琢磨这问题。
打开收音机里面传来了洪亮的声音
炫耀着它无与伦比的高保真技艺。

是杰出的音乐家们在演奏《桃花木大厅》①
听到最后的高音和声。我的邻居开始敲墙。
我抬头看到日历上的插画
一对儿爱侣，满头金色的秀发。

我对着镜子研究我最深的恐惧。
我的脸很黑但还算英俊，只是多年缺少爱侣。
我躺下，打开报纸，去欣赏时光最新的锻造：
和平遥遥无期，太多战争的思考。

年仅十六岁的追梦人蒙羞的暗影，
谋杀完高中校花后钻进插页直视我的眼睛。

---

① *Mahogany Hall Stomp*，桃花木大厅的顿足爵士舞。美国新奥尔良音乐家 Spencer Williams 作曲的一首爵士音乐。

我脱光，头靠着枕头眼睛看着龟裂的蓝漆墙。
刚才那只或另一只蟑螂继续沿着墙壁攀爬向上。

我用过什么样的昏话，什么样的耳语欺骗了孤寂？
渴望圆满的是什么？心脏中流出的又是哪种甜蜜？
我希望我能娶个感性又体贴的姑娘。
我会变成一个温柔的农夫，已婚的能工巧匠。

我希望我一年能挣满一万。
我穿着西装还算体面，但心脏因恐惧微弱地震颤。
我希望我拥有上东区①的公寓，
那样我的温柔才能繁育，不会死去。

我希望拥有一种审美，能以金去计算它的重量。
神话还未写就，白发竟已成霜。
我闭上双眼，被打回到无助的羞愧。
到工作和爱情的荒废，幻灭的崩溃。

我闭上双眼，飘向未来流逝的岁月，
从散场的电影走回家倒向床铺度过漫漫长夜，
倒向书本，演出，音乐，在春日午后的酒吧踌躇，
那儿有来自年迈国度的恶臭，浅黑色雪茄的烟雾。

1952 年 2 月

---

① 纽约曼哈顿的高级住宅区，为富翁和名流所青睐。

癫狂的圣歌

一位戴假肢的
老实小伙儿
曾经开着他的破车
把得州一座座小镇经过。

哪儿都驱逐他
从加尔维斯顿的
公立医院,到墨西哥
海边的疯人院

痊愈之后。
他们给了他一辆车
一条杂毛黑狗;
名叫弱点。

他是个瘦小的孩子
满头金发
灯心草般纤弱的身体
压在了电线似的双腿,

这从未把车开到过
北方的家伙
小心翼翼走在路上
时速二十迈。

我顺路搭上车
又指给他往哪走。
我在某小镇下车
并偷了他的狗。

他尝试起步，
但车子失控。
骑上了人行道
差点撞到垃圾桶，

然后车门被撞坏
然后保险杠上树
然后把车停住
然后开始踌躇

警长出现，
阻止并拯救
拽他离开了
失事的魔咒

我看得一清二楚
从午餐菜牌后面，
用一条旧绳子
牵着狗。

"我孑然一身
自疯人院来此。
谁看见
我的弱点了？"

他们在议论什么?
"叫联邦探员来。
这是疯子吧?啥
他是同性恋?"

他肯定和女人
干些奇怪勾当
咱赌他准是个 ***
他们准一起 ***①

可怜的孩子此时
躺在那儿崩溃了
带着一脸的无辜
挣扎着要站起来。

那最高法院的正义
独行而至,
坐着天蓝豪华轿车
穿过城市。

他被人们拦住
打听来打听去
他拖着瘸腿逃跑
脸上是愤怒的笑

"嘿看见没
他没腿?
瞧啊白痴

---

① 原文如此。

这下知道啥是疯了吧。"

他把男孩儿从
马路上扶起。
狗越过了餐牌
向他们跑去。

他把他俩
塞进车后座上
环视着广场上的人们
放声大唱：

"撼动　撼动　撼动
这个国的
人民的
压力

撼动　撼动　撼动
美利坚
人民的
疯狂

不安是块顽石
上帝终会
撼动我们的顽石

主啊愿我们都能
变回慈悲的人吧。"

他拉起裤管给那男孩

看他的木腿，说：

"向你保证就算横穿整个美国我也会送你回家。"

1952 年 4 月，帕特森

荒野孤儿

母亲温柔地
带着他流浪
沿着河岸,沿着铁路
——他是亡命天涯的
改装高速汽车天使①之子——
而他想象出汽车
在梦中驾驶着它们飞驰

他孤独地成长,伴着
虚构的汽车
与塔里敦的游魂

去创造
他想象之外的事物
他狂野祖先
的美丽——是他
无法继承的神话。

他能否幻造
他的上帝?于神秘的仪式间
苏醒,带着回忆间
疯狂一闪念?

---

① 指抛弃男孩离家的父亲。

那种烙印——
在他灵魂的成分中
极其稀有,
只在梦中相见
——只在前世的
乡愁间。

一个对灵魂的拷问。
伤者
在纯真中
伤口渐渐褪去
——一根阳具,一次十字手势
一场爱的美德。

而父亲忧伤地
坐在一间廉价旅店
内心翻涌波澜
不知千里之外,
有个年轻的不速客
正朝他门廊
的方向流浪。

1952 年 4 月 13 日,纽约

附：早期诗四首 ①

新的提议

来和我同住做我的爱人吧，
我们一起追寻古老的快乐。
像我这样的人已用诗韵偿付
这昂贵的殷勤，或诅咒；

但我会用我的艺术来讨价还价
（从思想，到心灵）
我那些象征，想象与征兆
在诗行外给我更多的慰藉。

你的分享与回报
传授给你新的感观：
那微微蝼蚁的智慧
会在你的形态中达到完美。

你的灵魂并不需要
知识的判定来塑造，
但心灵的优雅能让你
多些智慧，多些美妙，

---

① 这四首诗是金斯堡献给尼尔卡萨迪的，原以"早期诗：1947年"附于《愤怒之门》之后，现仍附录于此辑。

直到这世上所有滚烫的心肠
在你的找寻中有了归宿
甚至我这颗，怀疑论的脑袋，
一次真正的复苏。

这些赞美，以我的方式，
为我得到的，我付出回报；
由此一切智慧成了白纸黑字
一切的美妙可在爱里寻找

1947 年

爱人的花园

爱人们的惊奇有多么自负,一切集合
构成身体,思想与灵魂,
是谁,赢得了优雅的白夜,
将在未来一年的白昼中哭泣,狂怒,
或是存于一吻中的缪斯,
如果那个赢家是个多愁的情妇——
所有的爱人是否都爱得孤独,
就像他和我,无疾而终?

啊,思想中的一切美德
是否都为这次的爱打造?
时钟的秒针仍在表盘上移动,
每一次都在为爱的思考记录;
思考紧跟着思考,我们盘算着
每一分钟的时间与它对照,
直到,整点的报时响起,
我们群居于雄辩里。

我们思想中生出的争论
我们去做,去卧床,求证;
愉悦我们的,我们也不会鄙夷
为讨好亚里士多德:
在一个刹那里,我们

撑起了整个永恒，
在自身暗淡的形态里找到
周遭广阔的天地。

在这社会，灵魂
变得冷淡无情，
如同，受困于一种机械的喜乐，
在颤栗中烟消云散——
每个人都会有三种品质死去
为了团结撒上狗血演戏。
同一时间，同一地点，好戏开始，那时，
我们坐着歌唱，唱着，笑容满面。

这是什么样的生活？是什么让我快乐！
那时无法描绘的画面：
没有悦耳的音乐，理解，
夜晚的柔软，在孤寂中
面对一扇窗，眉间
波澜不惊：我呼吸，
我走过大地，做我想做的，
呼喊和平！和平！四周万籁俱寂。

尽管在这儿，似乎，我必须继续，
我这鲁莽的世界，人在其上损耗消磨
经过那些木然而行的生命，
别了！在这种仁慈里——

所有人，包括我，都可安排
一种简单的、甜蜜的、奇异的爱
只被极少数知道，我也无法描述，
只有把告别仿效。

           1947 年

情 书

不要让那缺席的爱
产生的悲情之惑夺去了你的幽默:
我耗尽所有的叹息,眼泪,咒骂,还有大笑
只求与你欢乐地嬉戏;
最聪明的批评家已经同意
最真的爱是出喜剧
难道万劫不复的争吵不会令你身心俱疲?
你可会将爱变得倔犟,
荒谬,潦草,如我的笔记?
你不是诱惑的爱神(他比我更聪明)
去吸吮你悲伤荒唐的苹果。
爱,是人的朋友,
你释放了恶魔:
我应再次被放逐,不幸啊,在你那里。

和我一起缔造和平,并于我的思想,
和思想中的爱神,天使在一起,
那些爱我的,也爱着你,在我们的喜乐中
被每一个爱着,也找到了他的幸福。
规划出如此简单的快乐
为了在岁月中找点乐子,我找寻,
你也应如此,下次我们可因此共度一夜。

这个春天疯狂还不会找上我们,
只是缺席的爱人们,和生出的悲伤,

所以快乐也不会多到应该的那样——
我们或许能以奇异的方式习得，爱神简单的爱。
难得的风趣给我愉悦
春天里没有冬天的一切，
因而这些夜晚，是我思想的暗影。

在一座花园里悲伤，然后，沐浴夏日的曙光，
想着你的爱，春天已从我手中流走。
如果你愿意，如果皓月当空，
让你所有的魂都与音乐共舞，
为魔幻，夜莺与不朽；
如果那能给你安慰，又为什么，要思考死亡；
夏夜里，死亡是多么怪异之事，
那一闪之念会抓住你的呼吸，
冥想自有冥想的美丽；
无论你因何哭泣，我也会陪你沉浸在悲恸里。

1947年，复活节

达喀尔的阴霾

一

最亲爱的,我此时此刻最最亲爱的,
我对你的爱已自由自在
远离我的患得与患失;
最亲爱的,我从你那里飞到最近的地方:
你最圆满的爱就是缺席的爱,
一半是对你想当然的信任,
另一半是和你欢愉的点点滴滴——
你的艺术充盈又美好。

没有你一半的妙我害怕的是命运,
为何我的悲伤从这个季节出发
在哪里才能有你的爱我的亲爱,
我有一个更好的背叛你的理由。
我是一剂野蛮的兴奋剂,我知道
欲望或是它的圆满无法抹去
这些精神的痛苦,这如悲伤的面具:
能让我平静的人是我,不是你。

可是,甜美的灵魂呵,已为你的爱着了魔,
你脑中对我的冥想,
已有一半被蒙蔽将被疾病展露。
那是命运优雅的一瞥,这喜剧的一幕

预示我年轻时一幕幕的悲剧。
但这并非我的假面,并不仅仅是一出悲剧
舞台空空的奇景——
我的人生更不真实,另一种方式。
向你撒谎,用欲望触摸你,
用你的一丝存在愤怒整个夏天的夜晚——
肉体拥有如此的愉悦,如此的甜蜜,如此的炙热!
白色鬼魂落我于身,从那儿远离。
从今后我必须换上冬天的情绪;
深爱的姿势在苦冰中冻结,
目光穿透寒窑,
恐惧将我的思想冰冻:所有的喜乐到此为止!

憎恶就在秋天的这个月份!我落败
我圆满的美好的亲近的亲爱的仁慈的。
我只得忍受我的角色,在我自己的海里航行,
远离我思想中阳光的海岸。
这远离的自我残影结束了:
啊!面前来的人是何等的惨状,
此刻那幽幽的凶兆正在下降,
今后我就被恐惧笼罩,怒气全无。

二

主,宽恕我的激情,它们老了,
多年来躁动不安。
向着我预知到的何种遗弃
我的束缚?放开我自己的爱!
我的年轻岁月是多么疯狂,领圣餐的一条路!

而我梦到这九月的旅程清晰可见：
那情景中的五天如疾病般流动，
我呕吐出我的嘲弄，我所知的一切。

三

昭示之中的五个夜晚我深陷苦海
五个黎明中，熟悉海鸟的叫声令我面目苍白：
现在还没事，我已经看到了画面
海面上没有夜莺。

——我的爱，那稀有的形象
在我离开后，可仍在悲伤的花园歌唱？
我唱的赞美诗，歌者宁静非常，
他们伤了我的心，只为你歌唱。
夜莺就是死亡这对你来说是个秘密；
所以这些形象都是我所创造。
为了你我呼吸了另一次呼吸，
把我的死亡营造成你美丽的模样。——

比这更糟的是那无边无际的景象
关于海，在理解范围之外。
昨晚我凝视着古巴山，
薄雾笼罩的悲剧，也笼罩了我的灵魂，
镶嵌于黑暗的群星，被暗海包围
仍然是，一场帝王的葬礼，
风吹过破烂不堪的尸衣与月牙般的皇冠
葬在荒无人烟没有生息的海滨。

一　空镜子：愤怒之门（1947—1952）

此处的岁月积累下恐惧，此处的夜潮，
死亡的永恒之妻洗刷了这些骸骨，
随着夜幕回到海里，永恒的新娘：
她抱紧我的船，摇晃着听船发出呻吟。
在我的想象里，我知道这片海，
我曾目睹过这一切；
来到这儿是有先见之明的，这就像我心中一座巨大的舞台，
在梦之外，许久我便不再梦。

在我的想象里，我知道这片海，
在我的诗节中它如一头巨兽般狂暴，
直到我，激怒的生灵，很久以前
引发于此，在我的想象中吼叫：
"你还要离开多久啊漂泊的人，
苍老的灵魂日见苍老！这里可是家
这片海害的你受苦；
的确，的确，我已得偿所愿！"

啊，我的啊，告诉你真相，不掺一点假
我孤单地在你铁的船头注视：
我解释我凝视感到恶心
面对下方潮水的变幻；
还有翘起的阴郁船桥，和周遭的一切，
令我眼前直冒金星，
直到我喊出停下！停下！放弃抵抗
我被撼动的灵魂飞向步步逼近的恐惧。

下潜的时候我喊叫，钻进深深的泡沫，
"在这水草间闭上你那水波唇的子宫吧，情人！"

但她打开了她泛着水的伤口把我拽了下去
令我在被白色笼罩的黑暗中起舞。
尽管我直直不动挖掘深处的回忆，
睁大眼睛望向高处，
我的灵魂恐惧，日渐衰落
我的灵魂转向，在那众人皆知的飞行。

四

哈！我到底是不是死了，我怕这潮水
让我动弹不得，冷的要命，涌过我站立的地方，
太温和，去凝视我死过很久的地方，
或者是否，也要，望向未来的孤寂。
还有哪些海滩我还能记起呢？
我站在白沙上，视线穿过清透的景色
在一个苍白的黎明，眼睛半睁半闭。
哀哉！哪个港口才有想象力呢？
哦，那透明的往昔有一座白色的港口，
在眼中有了色彩，他们出现在
有时在黑暗的白昼，更多是在晚上，在运动
命令的影子像是银币闪闪发光，
在暗红色的沙在绿色的火山岩海岸。
我在多云的午后构思这些诗行，
经过古巴，经过海蒂多石的嘴巴，
到最后一段时到了达喀尔。那月亮

孤零零地挂在天上，可是整年中最圆的，
黎明是橘色的，有一种古怪，是我眼睛的原因
不是非洲，这里：他们发出的光多么纯净

每个岛都在甜蜜的惊奇上漂浮。
硬币,之后,在佛得角高耸的圆锥上
闪耀着各式的白色光芒。
飞过这些凡间的城镇让我成为了神:
现实中的人在含硫的山坡身患疾病。

在岁月中我见识过我不得了的城市们
爱使它们五光十色,夜莺给他们旋律
建筑学与幻想的结合,
还有学校里的傻瓜,和监狱里的天才。
在七彩的梦中那彩虹升起,
孩子的幻影随着音乐翩翩而舞,
我站着看:滚烫的翡翠是他们的双眼!
我的双眼是冰,哀哉!醒来眼前一片白色!

五

在清醒中漂泊了二十日
在这艘驮着煤的,上了年纪的慢船
从得州到达喀尔。我,为了
一点点灵魂的无因性,
引出我冷静的脑半球
向着地球上不熟悉的一个夏日。
我用这些日子冥想了恐惧;
每天我给大海一个死亡。

这是我外出旅行的最后一夜,
黑暗从西边笼罩了你;
而我,必须结束这晚的劳作,

这最后长夜的一切，白昼的一切：
它带来和平，并使灵魂苦恼，
直到它从意义与形式中分离，
直到它弃绝所有的认知，
从失眠的恍惚中看这个世界。

和平落在了这些诗行上，
我的旅程经过了这些图景
最后的终点没有景色。
所以我们在这诗篇中圆满了，
在命运中最近的，最亲的与最遥远的。
我的意思是，不仅仅是甜美的哲学，
于是我，向着一个我必须创造的世界，
转过身，没有承诺也没有预言。

1947 年，南大西洋

二

绿汽车

（1953—1954）

绿汽车[①]

如果我有辆绿汽车
我要把它开到老友
西海岸的房前。
哈!哈!哈!哈!哈!

我要在他大门口按喇叭,
屋里他老婆和
三个孩子正光着屁股
在客厅地板四仰八叉。

他定会飞奔向
我装满壮烈啤酒的车
跳起来冲着方向盘尖叫
说他车开得更好。

我们要去最高的山朝圣
寻找心中的洛基幻境
在彼此的怀中欢笑,
笑声冲破洛基山的顶峰,

---

① 《绿汽车》是金斯堡为他亲密的朋友,恋人尼尔·卡萨迪(Neal Leon Cassady,1926—1968)而作的诗,此人亦是凯鲁亚克《在路上》中主人公迪安·莫里亚蒂的原型,是垮掉派的重要成员。标题中绿汽车是代表凯鲁亚克《在路上》美国公路之旅的怀念,诗人造出一台不存在的汽车,并漆以代表"同性恋和妓女的绿色",与他想象中的恋人朋友在一种"轻快的厌世情绪"中游荡。

二 绿汽车(1953—1954)

回忆老套的苦,饱醉新年的酒,
向白雪皑皑的地平线飞驰
再把仪表盘的指针一击报废
在山路尽情狂飙

我们将痛击阴云密布的公路
那儿的焦虑天使①们
在树林里斜身穿行
自引擎发出阵阵尖叫。

我们将在夏夜从丹佛眺望的
山顶短叶松间消磨一宿,
森林散发出超然光影
将使山顶遍布光明:

童年,青春,老年与永恒
像一颗颗芬芳的树敞开怀抱
在下个春风轻拂的夜晚
使我们因爱哑口无声,

我们还能一起看到
灵魂的美丽
就像那钻石藏于
世界的钟里,

如同中国魔术师可用
我们雾气笼罩

---

① 在飙车的速度体验中,诗人将窗外略过的树影和引擎的轰鸣合为一体,创造出焦虑天使的意象。

的知性
将不朽者唤醒,

开着绿汽车
那辆我发明的
想象的,梦见的
在世界的路上行驶

比行驶在沙漠铁路
上面的火车要真实
比灰狗巴士纯净
比实体的喷气机敏捷。

丹佛!丹佛!我们会回来的
咆哮着经过了城市乡村楼房与草坪
那种绿伴随着我们的风驰电掣
燃起了翡翠般透明的熊熊烈火。

是我们买下整座城市的时候了!①
我向自己脑袋里的银行兑现了一张伟大的支票
资助了建在汽车总站房顶上面
身体里的那所不可思议的大学。

但首先我们要驶向城里的车站
台球厅大车店爵士酒吧监狱
妓院,从福尔松街
驶向赖玛瑞广场最黑暗的小巷

---

① 原文"buy up",也可理解为买下城里所有出售的一切。

向丹佛的父亲致敬吧
迷失于蛛网般的铁轨
酒醉的眩晕与沉默
他长居的贫民窟圣光笼罩,

向他和他一整箱圣洁的
深色麝香葡萄酒致敬,喝光
并将可爱的瓶子一个个忠诚地
摔碎在柴油发动机上。

我们会喝醉把车开到
士兵们从那些隐形的现实标语下
行军并一路游行
蹒跚而过的大街——

街道从眼前飞速闪过
坐在我们命的车
分享大天使赐福的香烟
并为对方算命:

关于超自然启示的传说,
与时间缝隙里的阴风苦雨,
荒芜中习得的伟大艺术
和六十年后我们的别离……

接着在一条柏油十字路口,
和对方再次如王子般
相敬如宾地,回忆起一些
其他城市的往生者语。

挡风玻璃满是泪，
雨水打湿了我们的裸胸，
我们在阴凉处一齐跪下
身旁是天堂之夜的车来车往

现在让我重新念出那隐士之誓
我们在德克萨斯
彼此信誓旦旦曾经的誓言：
我不能写在这儿

……
……

将会有多少周六的夜将被
我们这传奇所灌醉？
将会让年轻的丹佛如何为
她被遗忘的性爱天使哀悼？

将会有多少小伙子死命弹着黑色钢琴
去模仿一个才华横溢的国产圣人？
有多少姑娘在伏在那幽灵的裤脚
在高中毕业舞会上为他变成荡妇？

永恒中的全部岁月
这诗句中震颤的微弱光芒
我们坐在夜所遗忘的角落
聆听每周六收音机里爵士的迷惘。

尼尔，我们就要成为真正的英雄了
在这场介于我们的性器和时光之间的战争中：

二 绿汽车（1953—1954）

让我们变成代表世界欲望的天使
在我们死之前把世界拉上床。

独自睡着,或旁边有谁,
姑娘或是同性恋,数羊或是梦乡
我因缺少爱而一败涂地,而你是过剩的:
人的结局都是一败涂地,父辈即是明证,

但让这堆迷失的肉振奋
也只是脑子一转的功夫:
爱那一瞬间的不朽
浮现眼前:

我们的躯体将被塑成为纪念碑
被一首未知的诗消磨——
我们站在丹佛瑟瑟发抖,忍耐着
尽管鲜血和皱纹弄瞎我们的双眼。

看,这辆绿色汽车:
行驶中,我把方向盘给你
这是一个礼物,一个来自
我想象的礼物。

我们将翻越
落基山脉,
我们整夜兜风
直到黎明,

再回到你的轨道,那南太平洋铁路①
你的家,你的孩子
瘸了腿的命运
你将驶过平原

在清晨:我将恢复
我的视觉,我的办公室
东区的公寓
我将回到纽约。

1953 年 5 月 22 日至 25 日,纽约

---

① 凯鲁亚克曾在铁路公司做过搬运工人。

一盆水仙花

啊，挚爱玫瑰的芳香
高不可攀的欲望
……何其悲哀，
　　　无法改变
种在土里的水仙，那
现实的实景……

正从表面绽出
花瓣——看来灵感
还真能出现在
起居室里躺着
做白日梦的
裸体醉鬼的大脑，在这停电
的时刻……
一点一点啃食着水仙的根须，
灰色的命运……

世代相传
在这张花布沙发上
就像在奥登河岸上——
今夜我唯一的玫瑰
是我裸体的描绘。

1953 年秋

我的晨曲

我已在曼哈顿
浪费了五年光阴
生命在消逝
才华如白纸

说话上句不接下句
是理智与疯狂
是算尺和号码
书桌前的码字机器

写一式三份的手稿
大纲和报税
应付账单
付给我微薄的薪水

我占领了低端市场
用我二十岁的青春
在办公室里昏厥
在打字机前哭泣

在巨大的共谋中
欺骗着大众

为战舰
和工业集团除臭

每隔六周，
谁都可痛饮我的血库
纯真的邪恶
在血管里循环流动

五年不快乐的工作
二十二到二十七岁的苦役
银行里也没有一毛钱
证明着我的存在

黎明即起，只有太阳
与东方的晨雾，啊，我的卧室
我被诅咒进的地狱
闹钟鬼叫不止

1953年，纽约

释迦出山图 ①

南宋，梁楷

他拖着赤足
走出
树荫下的山洞
眉毛
哭长了
鹰钩鼻的哀恸，
破布袍子
胡须很好看，
愁苦的手掌合十
在裸露的胸口前——
谦卑即喜悦 ②
谦卑即喜悦——
他蹒跚走入
溪流边的树丛中，
万籁俱寂
他的智慧
却矗立在那儿
尽管抖个不停：
寻找天国的

---

① 《释迦出山图》为南宋画家梁楷于公元1150年前后所作，描绘释迦领悟到长久的艰苦修行走出深山的情景。金斯堡后来这样描述这幅画："这幅画是关于一个男人，圣人，学究，圣徒，他遁闭深山为求智慧。"
② 原文"beatness"，由垮掉一代中的"beat"延伸出，此处译为喜悦，即凯鲁亚克对于"beat"的描述："beatific"。

二 绿汽车（1953—1954）

阿罗汉①
于石山之麓
打坐冥思
终大彻大悟
原来幸福的净土
只来自想象——
灵光乍现
镜中无它——
重生乃苦难
胡须很好看，
来世重返
这圣人生作苦涩之躯：
面前的尘世是唯一的路。
我们能望见他的灵魂，
他心中是"无"
如一位神：
战栗
温顺的小人物——
谦卑即喜悦
在这绝对的世界②之前。

1953年，纽约公共图书馆

---

① 原文"arhat"，即罗汉，佛教术语。指修行所得四沙门果的最后一果，意为慧之圆满。
② 原文"absolute World"，也可作吠陀时代对于世俗谛（世间之理）的描述，与之相对的是胜义谛，即超越世间的道理。

哈瓦那1953

一

夜间咖啡店——凌晨四点
自由古巴①二毛一杯：
白色方砖铺地，
三角霓虹灯闪亮，
一侧是长长的木质吧台，
满满一橱窗的熟食
向着街面
这中央
伟大的城市夜酒客间
戈麦斯角
阿尔达马宫②附近的
白人男女
伴着大鼓，
墨西哥流浪乐队，歌手，和吉他乐师——
拍打着桌面，
用餐刀敲瓶子，
撞击地板
和对方，
木地板噼啪作响，
口哨声声，嚎叫连连

---

① 自由古巴调和酒，指一种由可乐、青柠汁、朗姆酒调和而成的鸡尾酒。
② 阿尔达马宫位于哈瓦那的一座宫殿，建造于1840年。

二 绿汽车（1953—1954）

胖女人身穿着露肩丝裙。

警察在和一个穿着亮片黑裙的
胖鼻子姑娘说话。
有个像是从塞尚式某幅古巴
诡异的风情画中走出来的人:
高,瘦,灰格子西装,
灰毛毡鞋子,
头顶的赌徒帽发着光,
留着凯比·卡洛威式的皮条客小胡子
——胡子的两边非常对称——
婴儿潮一代① 喋喋不休的古巴人,
将那只戴着金戒指的手指
指向泛黄的天花板,
另一只夹着香烟的手
僵直地撑在旁边,
变得温柔:——他看见了警察——
他们冲向对方——他们拥抱
像失散多年的兄弟——
把胖鼻子彻底忘记。

精美的和弦
从黑人的吉他涌现
　——大牧场酒店的歌手们,
醉醺醺的丑角
哀愁地齐声喊着

---

① 美国第二次世界大战后出生率大幅度提升的现象,从 1946 年至 1964 年的 18 年间新增人口高达 7800 万人。

"哈利斯科万岁!"①
我吃着鲶鱼三明治
配有洋葱和红色酱汁
两角一份。

二

这是一个非常浪漫的地方,
有更多的吉他,穿过哥伦布大教堂
我来到哥伦布广场
——我走进巴黎人餐厅
就在广场旁边,本市顶尖。
自由古巴三角一杯——
这座热带古迹历经风蚀雨打,
如石头样斑驳,
不似用精净的黑石
雕造的中国鼓手像
那细心打磨的和谐如乐音犹可听闻
(整整一队乐师)形态各异,
佩戴的直筒丰收角② 与冲锋号
也是石造。
一座在无言中腐烂的教堂。

夜,万家灯火。
从高大的石阳台
到那古老的广场,
绿色的房间

---

① 墨西哥流浪乐队歌曲的男性乐手齐声高喊的口号,如同"得州万岁!"。
② 希腊神话中,哺育宙斯神的羊的角,是食物和丰盛的象征。

被荧光灯照得惨白，
现代的便利。

我感到腐烂。
我想和我的仆人一起坐着，一言不发。
我花掉了太多的钱。
白色的电流
平静地流过街边的瓦斯灯。
石墙斑驳，是弹孔和钉子。
焦虑的餐厅领班
他身边环绕着种在铁罐里的棕榈树
于十五尺高的门旁望着我。
墨西哥流浪乐团的口琴师傅在里面吹着
正好到那句"我和我的班卓琴"①。
他们的衣服很旧，但是保养得当。

我看着狭窄的小巷中古老的街灯，
那拱门，那广场，
棕榈树，醉酒，孤独；
街那头传来的话语，
婴儿的哭闹，女孩的尖叫，
侍者们在推推搡搡，
喃喃低语与年轻男孩的咯咯笑声
缓慢地回响在街的转角，
不知何处有动物吠叫
婴儿的啼哭再次传来，
班卓和口琴，
汽车驶过，带过一阵凉意——

---

① 斯蒂·芬福斯特于 1848 年创作的一首歌，原名叫《噢，苏珊娜》。

突然有种被害妄想,说不定侍者正在监视我:
有可能吧,
他们四个站在门口
我孤单地坐在
黑暗的露台上
观察着广场的动向,醉鬼一个。
给了他们两角半
我点了那首"哈里斯科"——
在歌的结尾
有一辆牛车驶过
用它的铁轮
压过了音乐,压过了黑夜。

1953 年,圣诞

绿情人蓝调

我走进森林遍寻神明的灵示
思想需要改善未来需要预知；
我绿色的情人，我绿色的情人，
我了解你些什么我绿色的情人？

有片怪异树叶在野藤蔓上延伸
形似心脏也和我的绿一样纯真
我的绿色情人，我绿色的情人
我用你做了什么我绿色的情人？

身体我所熟知幻想我所相遇，
我收集着树叶也收集了这绿
情人，情人，情人，情人；
就将你如此这般我绿色的情人。

我在监狱与疯人院散发光亮
公寓的空床上遍布我的渴望
啊，人去楼空！我绿色的情人
你的心，它被何种轮廓所困？

钞票与美酒与夜晚与灵魂
旧爱与回忆——我全部放任
所有城市，所有的爵士，
所有时光中回响的音韵
但我又能将你如何啊我绿色的情人？

一些可以掌握，一些难以过问，
但没谁拥有我手上的这片奇珍
该把你送到何处，向谁的精神。
我的绿色情人，我绿色的情人？

昨日的爱恋，明天将会更深？
是你亲手策划了今夜的烦闷。
这算是什么，我绿色的情人？
悔恨，啊悔恨，我绿色的情人。

1954 年，恰帕斯

在西瓦尔巴午睡

并

回到美国

献给卡琳娜·希尔斯

一

迟暮的太阳翻开书籍
白纸就像光一样耀眼，
无形的文字并不潦草，
启示录显示
不可思议的语法——
乌斯马尔[①]：高贵的废墟
没有结构——

让思想倒塌吧。

——某人可以月复一月
年复一年甚至将其一生
虚度就在吊床上躺着

[①] 墨西哥的大型玛雅古城遗址。与标题中提到的西瓦尔巴为同一个已经消失了的城市，在当地很久以前被译作"晨星"或"希望"。发音为 Chivalvá。这一地区位于墨西哥恰帕斯州与塔巴斯科州，墨西哥和危地马拉的交界处，皮塔雨林乌苏马辛塔河畔。在老玛雅帝国的传统文化中，这里被视作炼狱，或宗教的边缘地区（具体传说不明）。唐璜山的山顶有一颗巨树，在树下金斯堡写了这首诗，古代的工匠们也被唤醒完成了他们生前没有完成的工作。

读散文并任由那白鸽①
于床下交媾
听着猿声沸响在
远山的深处
而我已屈服于这种
诱惑……

"丛林令他们发疯——"
一个疯子边读书
边在他的吊床上大笑

眼望着我:
那种不安不是因为丛林
可怜的家伙
真令人疲倦——
那些泥浆
那些虫子……
啊……

午夜梦回时我眼前出现
一张不朽的柯达彩色胶片
一份灵魂们的相逢在
一次聚会的纪念品,
椭圆形闪光灯下尽是:
无数香烟,许多建议,
醉醺醺的笑颜,
妙语连珠的残片,
走廊有熟识的朋友,

---

① 也作圣灵。

二 绿汽车(1953—1954)

摆着合影的姿势，
伸出老套的手指，
奇异又熟悉的脸
唯一的标识
表现出些许冷漠
这份祝福穿越了时光：
安森边读贺拉斯
边摇着脑袋，
君子霍恩斯宾
在一旁目不斜视
故作深沉，
秃头佬金士兰
正要喝下一大杯，
穿着礼服的达斯迪，
名牌大学生杜金
霸占着凳子挥手致意，
凯克在角落躲着
等着地下音乐响起，
海伦帕克惊讶地
举起双手
众生像凝结在这一张相片，
这表象中的快乐
或悲痛，
是他们生命里的
毁灭人格与聪明绝顶
放射出的光芒。

而我此刻在帕伦克
被遗弃的迷宫
有型的房间内

丈量着我的命运，
孤独地在荒野徘徊
——一心一意地闪烁着
萧瑟的愁绪——
直到被它的动作与冥想
耗得精疲力竭
我的灵魂将为神性
奏响的宏大乐章
所产生的原始悸动
而震惊。

我背靠一棵树
在树林深处
呼吸着无缘由的爱的空气，
我颓然望向颗颗繁星
寻找着树枝后
蓝色星空之外
有没有别的东西，
并于某个时刻看见自己
正背靠着树林……

……盛大聚会的嘈杂声
从纽约的公寓传来，
墙上挂了画了一半的画，名声，
口交与眼泪，
金钱与对重大事件的争论，
我们这代人的文化……

我未经雕饰的夜间奇想，
我用未经雕饰的灵魂笔记本写下的时刻

写着孤绝，梦，刺痛，
一系列夜的静思
与原始的启示

——不舒服地感觉到
那只在桌上睡觉的白猫
将在某个时刻睁开眼睛
看着我——

有人或许正坐在恰帕斯 ①
记录着田野里的孤魂
它们从吊床上遥遥可见
穿过牧场的阴影凝望
于一切不朽的表象

……矮小的茅草屋顶
从空旷的斜坡野草间显露
四周环绕着高大的植被
在荒野中静静地等待：
远山投下了长影
也清晰可见，
森林那独特的发迹线
优美而黝黑的轨迹，
天光乍现在山脊间把它们梳理，
将碧蓝的天凿出缝隙
而那琥珀色光耀的云霞
却在天的彼端消散
飘向南方……

―――――――
① 位于墨西哥东南部的一个州。

棕榈树嗜睡的触须
正试探着一场雨，
它们的枝叶
随着风的芬芳飘荡，
如庞然巨兽
在土地上散播
安分与不安
犹如翻腾于水中……
之后夜幕缓缓降临
先知低语的时刻
满月穿行在阴云之海
静谧又微弱……

那么今晚
就前往奇琴伊查① 的城堡
就在吊床和麻醉药间消磨——

我看见月亮
沿着黑夜中森林的边缘移动
它要穿透
天空明澈的深厚
从尽头到黑暗的尽头
那半球边缘的地平线。

高大昏暗的石门，
盘柱上的经文已磨损，
难以领会浮雕的意义：

---

① 奇琴伊查遗址位于墨西哥尤卡坦半岛北部，曾是玛雅古国最大最繁华的城邦。

现在我手中这灯的微光
与尘土和煤油味混在一起——
弥漫在蚂蚁每晚夜巡时
爬过一张张被雨水磨损的
伟大面庞的必经之路上。

我面前是一座死亡石首
历经了五百岁生死
——目睹了一千根阳具
青苔与蝙蝠粪
在有水声滴滴答答的
拱形石洞的墙壁上满溢——
但死亡石首矗立在门口
思考着出路
已多少世纪，这思考
和当晚我如骷髅般静止
的冥想一样
——像无数次曾坐在这儿
的另一个石匠
等待他鬼魅般游离的想象
变成坚定的思想——
但此刻他精心打磨的隐晦
亦如我对他存在的幻想：
而只是那头骨粗糙轮廓上
令人昏厥的苍白光芒已远
带着破碎羽毛的嗅觉
智者难以辨认的头饰
散落于遗忘的疯狂
到达石壁的小洞和斑驳的文字，
兽像无法辨认的脸上的超然

超越这世间神圣的遗址
融入阳光照射不到熏黑的墙壁里
外面是饱经沧桑后重建的金字塔
和尤卡坦那单调而萧瑟的夜
是我带着我的一腔痴迷去探寻
不朽的异族象形文字之地。

房中传出的吱嘎声吓到了我。

是某种鸟,吸血蝙蝠或燕子,
正拍打它纸质的双翼逃窜
向着山峰属于自己的空气里自由翱翔
飞过我曾歇脚的宏伟而僵硬的巨树。

蝉持续的鸣唱
传来金石之音,
接着是依稀间
蛐蛐的小曲:摩擦着双腿
一次五声爆鸣。
森林敞开的大门里
吱哑作响,
像某种离奇的鸟鸣
或爬行类粗哑的低吟。

我龙舌兰编的帽子
在石质的地板上
如水面浮萍一叶,
终将腐烂;
我的烛火也晃动不停
眼看快要熄灭。

灰色的乌斯马尔城，
不是历史，是梦，
图伦遗址在海滨发出的微光；
奇琴伊查赤裸躯体
横卧于平原；
帕伦克，破败的教堂①
在山峦下被绿色怀抱；
公路旁孤零零的卡巴②
彼德拉斯-内格拉斯重归地下
被无知的考古学家埋葬；
雅可思其兰
复活在荒野，
而西瓦尔巴全部的灵魂徘徊之所仍未知——

隐藏在树枝蜿蜒下的屋脊
教堂雕刻后未知的根基
花丛中的大理石
被藤蔓覆盖的
金字塔和阶梯，
石灰柱坍塌在
远处河岸密林，
台柱与走廊
在一年又一年的洪水中沉陷：

时间迟缓地砌着墙
高于思想的天顶，

---

① 墨西哥历史文化名城，玛雅古国城市遗址。
② 伊斯兰圣城麦加的禁寺内一座立方体的建筑物，保存有宗教圣物。

而裹挟着树叶和雨水的瀑布
在苍穹之上本是固态
却能穿透思想所不能穿透。

有只肥硕的公鸡
立在树桩上
静享绿衣盎然的午后，
它代表田野的自负，
啼鸣在圣主的阳光里！

——闭上眼睛
回望
他们曾在此匍匐而行
如同棕色神庙上爬行的蚂蚁
建筑它片刻的遗迹
再消失在荒野里
留下它们必死意志的谜
等待着人们破解。

而我知道，夜之宫
那沉重的水晶门入口
这诸世的传奇
——只被我和一些印第安人掌握。

如果我有骡子和钱，我将去寻找
那琥珀之穴
与上帝之穴
证实唐巴拉绝壁上的谣言。

我发现了一张脸

是九名夜的守护者之一
藏在红木小屋里
迷失灵魂的空场
——是那个地方的第一尊纪念物。
我还发现了一片绿叶
形似人的心脏；
我又能给谁寄出
这份过时的情人节礼物？

而这些遗址已将
我唤至乡愁的思绪
怀念这星球的居民
过去竟如此遮风避雨，
我未曾目睹过的
远古大陆
与时日无多
残存于记忆中的
大战爆发前的
终极之夜——

仿佛这些废墟还不足以证明什么，
仿佛人类无法
驻足天堂
直到我们精疲力竭
那必死的怪圈
循环不停
老朽的地球留下一座又一座
晦暗的古城

……少数留存的

狂喜而自知的魂灵
必被发掘
曾相处太久……
多年后回家
熟悉的场景
已换了模样：
匆匆变化
为了岁月匆匆
将我推向我的命运。

就这样我夜夜梦到自己出航
船长，船长，
钢铁的走廊，船舱的灯光，
布鲁克林消失在两旁，
硕大缓慢的船，游客，送行，
那朦胧又浩瀚的海面——
这旅行定下此生唯一的输赢：

如若欧洲是我个人的幻想
——一些人将遇到她
一些人失之交臂——
尽管那不过是人所尽知的世界
不是一场似是而非的春秋大梦。

在半梦半醒间
我看到雨拍打着那片大陆，
黑色的街道，熟悉的夜，一座
褪色的纪念碑……
一场未完成的漫长旅行
正在等待，在古老的海上拍打

卷起世界废弃的灯光下
灰色而贫瘠的沙丘
驶向那些儿童读物中的港口
这艘生锈的船
将停泊在……

什么样的夜，我才看不见
贫穷弥漫在
阿拉伯港湾的城堡旁
那些神秘的肮脏城镇？
土路，泥墙，
清甜的香烟味道，
木馏油味苦涩的水——
举目可见的漆黑建筑，
有着机械的外表和船型
的躯体：有盏酒吧招牌
从小木屋里发出的火光
远远可见
穿过码头那堆隐隐含光的硫黄。

到达哪座城市
才是这旅程的归宿？哪所废弃的屋舍
将会成为我的寓所？
什么样漂泊无定的房子和街道
和长夜漫漫的灯光
能激起我的向往？
是什么感觉的古老
门厅？哪种爵士将
在未来的蓝色沙龙里超越爵士本身？
上帝的咖啡馆将提供什么样的爱？

我想起，五年前
坐在我的房间里，
足足一个钟头瞪着眼睛
目睹一场恐怖的幻觉
纽约顽劣的巨厦
被天堂潮汐拍打
开始腐烂。

有一个上帝
正在美国死去
他活在
人们心中的幻象
塑成可触摸的神
方便崇拜：
我心中另有
关于神性
的淳朴形象
召唤我出发
去那朝圣的路上。

啊！未来，不可言说的上帝。

1954年，圣莱安德罗的泰克勒潘种植园，
帕伦克，恰帕斯，墨西哥。1955年，旧金山。

二

跳进时间里

二 绿汽车（1953—1954）

走跳进不久的将来,
这是另一部诗篇:

回到古老的土地
身无分文,只有
页码混乱的手稿,
那对感知的
回忆记录如下:

在米丘河① 乘独木舟
两旁是芭蕉林
不时能看到木材
漂向火车货场,

海面如此黑暗
我凝视着车站方向
那个标准的世界——

有另一幅图景
在明月高悬的高速路
拂晓的白雾间降临,
悬在卡特马科湖边
行驶的公交车顶厢
——我醒了——
这远方似曾相识
女圣徒排成
圣洁的队伍
沿着微小的

---

① 位于墨西哥金塔纳罗奥的玛雅城遗址附近。

金色拱桥
一步步向上
走进满天繁星,
星星点点,成千上万
戴着蓝色头巾的女圣徒
看着我
召唤我:
救赎!
这是真的,
简直就像一幅图画。

那些木乃伊
在他们瓜纳华托 ①
的万神殿里——
这个城市文雅的
矿山埋藏于
塞拉斯的山脉,
我曾在那里歇息——

离开前,我渴望见到
他们的面庞:
虽已僵硬
但他们不是神话中的石像生
——坟墓中石灰岩的雕像
那些毁灭人物的遗骸——

新近出土,
那僵硬的手臂

---

① 墨西哥中部高原区的一个州。

抱着他们的躯体，身上是
污渍斑斑的寿衣；
扭曲，小腿外翻，
像一个尖叫着
被烧死的律师——
我的神经产生了
什么错觉？
难分男女；
一个死者
伸出的手臂
遮住了眼睛，
从墓穴映照出
这跨越时间的象征：

不朽的幽灵
在自我消耗着，
张着嘴等待着
身处无火的黑暗中。
在旁边均匀地砌着，
一堵人骨的墙
直通向石灰水粉饰的走廊
墓穴之下
——那种腐臭定格在记忆中
混合着精液和酒醉的味道——
头骨空空，易碎，
像堆放在一起的贝壳，
——这个城镇
已有太多生命逝去……

那个难题是隔离

——无论是墓园之底
还是这儿,阳光下的遗忘。

关于不朽,我们只剩下
屈指可数的日子
与珍贵的温柔时刻
——一刻的温柔
胜过一年的智慧
而神经只求:一刻肉体般
纯粹的温柔——
我会辞退艾伦,带着
　　残忍的快感。

注意:我曾在我的屋子里跪下
就在圣米格尔的天台上
从锁眼看到:凌晨两点
一位老妇人点亮一支蜡烛。
两个年轻人和他们的姑娘
在大门口戳着,等着街面上
出现新闻。她换着亚麻床单,
对我笑。

这多么地欢乐!赤裸裸的欢乐!
他们跳舞!他们交谈
他们靠着门傻笑,
他们翘起一条腿,又手叉着腰
摆出各种姿势,
身心和谐的裸体雕塑一般
他们一拍脑门
起着哄拥了进来,

彼此推推搡搡，
快乐啊，快乐，
这是爱的时刻……

而我，最终却继承了
怎样的孤寂。

在碎石铺就的单行道上
颠簸了十五个小时，
摇摇晃晃的破烂巴士
沿着山峦间午后，
大陆尽头的峭壁和巨穴前行，
渐渐远去的村庄
被山峰统治的远方
直到我曾沐浴过的
太平洋——

继续坐车，停停走走，
凝视，沉睡
穿过沙漠
旁边坐着的苦工
愁容满面，未老先衰
抵达墨西卡利① 时，
我已筋疲力尽

站在
漆黑的夜的边城
贫民区铁皮屋顶间

---

① 墨西哥加利福尼亚州的首府。

堆满了垃圾的山丘上
一所没有灯的小屋旁边
山下村庄住着人
昨夜里
消磨光阴的沉思
与送别,
这是旅途的终点。

——回归吧
手持新的遗嘱
带着对骡和马的评论,
我晒黑了,胡子长了
回去满足惠特曼,注意
需带有适当的传统成分,
再韵律化,神秘化,雄壮化……
别忘再加一些作者标志性的缺憾

——够了!

这和我们接壤的国
被战争的噩梦与武器
折磨:我看见
那铁蹄下燃烧着
炙热的蓝色烈焰
在夜幕中运转的工厂里
铿锵作响
与地狱火炸弹的
爆炸声浪

……而美国

静谧的老城
淹没在湿漉漉的黄昏里。

> 1954年,瓜纳华托—洛杉矶

歌（"世界的重量"）

这世界的重量
是爱。
承载着
孤寂，
承载着
欲求不满

这重量
我们背上的重量
是爱。

谁能拒绝？
在梦中
它抚摸
身体，
在脑中
构建
一个奇迹，
在幻想
种下痛苦
在人类
的心中发芽——

看看这心脏
炙热而透明

生命承载的
是爱,

但负担使我们
疲惫,
必须休息
还是投入爱的
怀抱,
必在爱的臂弯
平静。

没有爱
就没有平静,
没有梦
就没有睡眠
关于爱——
疯狂或冷静
纠缠于天使
或机器,
那终极的愿望
是爱
——不是苦涩
不可否认,
即便否认
也无法隐瞒:

这负担太重

——要送出去
一去不返

像把思想
送给了
孤独
给了它满载的
全部美德。

温暖的身躯
一起闪耀
于黑暗中，
手游移向
肉体的
中心，
皮肤产生
幸福的惊悸
灵魂透过双眼
送上温柔快意——

是的，是，
这就是
我想要的，
我一直想要的，
我一直想要，
回到那
生出我的
躯体。

1954 年，圣荷西

真实的背面

沿着圣荷西的铁道
我在荒野里游荡
经过制造坦克的工厂
坐在扳道工小屋
门前的木条凳上。

有朵花儿在柏油路旁
一堆干草的上方
————朵可怕的干花
我想——它拥有
脆弱的黑茎与
花冠上淡黄色
肮脏的尖刺
似耶稣头上的荆棘皇冠,
在污渍
遍布棉絮中的一簇
像把旧的剃须刷
被丢弃在仓库底下
已沉睡多年。

黄色,黄色的花,与
工业之花,
倔强多刺而丑陋的花,
花虽不过如此,
但亦可用它去代表你脑中

伟大的黄色玫瑰!
这朵花属于全世界。

1954年,圣荷西

伯勒斯①之作

方法本身必是块最纯净的肉
未曾浇过符号学的汁,
真实的景象与真实的牢笼
如可见的过去与现实。

景象与牢笼伴随着
罕见的摘要
精确的对应着
玫瑰与恶魔岛。②

我们本应裸体午餐,
吃一块现实的三明治
而讽喻已过于接近生菜,
别试图去掩盖疯狂。

1954 年,圣荷西

---

① 伯勒斯(William S. Burroughs, 1914—1997),美国小说家、散文家、社会评论家记忆说故事表演者。为"垮掉的一代"和后现代主义作家中主要成员之一,他对美国的流行文化和文学有着很大的影响。
② 即阿尔卡特拉斯岛,位于美国旧金山湾内,四面峭壁深水,曾用作关押重刑犯的监狱。

在堪萨斯

一开始是眼球冲击①
从巴士窗外临街的店铺
到奥克兰机场：
我没有自我
他们是他们自己
污渍斑斑的灰木与镀金的黑玻璃
与理发店红白相间的灯柱
只有这些。
不久,"再吻我"②的歌声
从昏暗的砖地大厅传来,
轻柔的现代音乐。
我要飞向何方
才能不忧愁,亲爱的?
有个生意人
从扶手椅吃力的弯腰
从荧光灯的阴影中
向一位妇人介绍着鸡尾酒——
那桌子兴高采烈,
肥胖的脖子兴高采烈,

---

① 原文 eyeball kicks,金斯堡曾对俳句和塞尚的画做过深入研究,并得出了一个在他作品中很重要的概念:"眼球冲击"。他注意到在观看塞尚的画时,当眼睛从一种颜色移到另一种对比色时眼睛会痉挛。诗人认为,阅读看似对立的俳句会产生同样的效果。金斯堡运用这种技术,将两个截然不同的意象放在一起以产生"眼球冲击"的效果。这种创造性的语言游戏,在《嚎叫》和金斯堡另外的诗歌中也出现过。
② 轻歌剧《女士米利纳》中的一首歌。

出航兴高采烈，
覆盖全国的买卖兴高采烈，
手掌挥舞将笑话熄灭。
我在柔软的地毯上看着这一切
心中渐渐充满伤感，
一杯调制的黑麦酒在我眼前
的黑色小桌上面
还有我装着市场调查笔记
与白纸的公文包——
我刚下飞机——或者说刚刚经历
一次无耻的漫游
穿过假想的平原
我却从未涉足过
堪萨斯的幻象与
超自然的驱魔仪式。

接着：霍桑① 神秘地
在长凳上等待
咬着白净细瘦的手指头
构思着他的布道，手上
带着家乡的金戒指，穿
着藏青色哔叽西装，疯狂
的脸上隐隐可见金色的胡须
——他会爱什么人？——
我的上帝！相比之下，
这竟是如温柔美丽——那身穿阳光般
色彩美妙衣服的足球少年揣摩着
机器卖给他的

---

① 霍桑（1804—1864），19世纪美国小说家，其代表作为《红字》。

圣诞旅行的死亡保险。
一种纯洁的感觉重现
我愿此刻死在半空。

天黑了,看不清外面的街,
大概正走过一些沉闷的陌生人,
而我,不快乐地飞走了。
这些旅行的设施
对我这颗献给孤独的心来说
过于浅薄。
　　赤裸
必将重现——不是性,
是赤裸裸的孤绝。

好莱坞就在眼前,
那群星闪耀的世界
——表达着赤裸——
那渴望,那荣耀
那欢呼——闲适,心灵,
对梦想的食欲,肉体,
旅行:对真实的食欲,
被心灵塑造
在交媾中接吻——
那渴望,那种融化!
满足灵魂无尽的空虚
不仅仅靠人类的想象。

西海岸在我身后
拍打了五天
直到我返回古老的纽约——

啊，大醉一场！
我将再次凝视你的眼睛。
无望的落魄！
旅程穿过堪萨斯空虚的黑暗
也在灵魂空虚的黑暗中无路可退。

天使唤醒我去看
——经过我自己的倒影，
戴着角质眼镜的生意人
在圆窗前昏昏欲睡——
电光火石的灵魂骨架
照亮了在大脑中枢
那所发电厂之外的空虚中
漂浮着的神经系统
冲向头顶天堂星光中的
空虚里。
在哈钦森①之上。
引擎越过了星光。
消失不见。

帅哥乔治②和我同乘一架飞机。

芝加哥，第一次来这儿，
烟雾弥漫的冬季城市③
——我颤抖在自己的呢子外套里
走过机场

---

① 美国堪萨斯州中南部的一个城市。
② 指乔治·瓦格纳（George Wagner，1915—1963），美国著名的职业摔跤手，以绰号 Goregous George 为人所知。
③ 芝加哥在美国北部，属于高纬度地区。

西塞罗① 附近的街
在天堂美丽的空际下
被浓雾环绕——
这又是一次心的投影,
将在六个月后的某一天
使芝加哥变得自然纯真,
拾起一些奇异的景象。

遥远的红色路牌
静静地在孤行的公路上
房车中的微光代表着家的所在。
谁正在这条孤独的路上行驶?
哪颗心?谁在这辆堪萨斯的汽车里
抽着烟,爱着谁?
谁在夜里将魔法诉说?谁在他的永恒中
走向老城去喝一杯黑啤酒?
谁用眼睛收集着街道和山峦再储存在
他记忆的仓库里?
现在是黑暗的哪一个阶段?

那是要收我的保险费的某人!
我最好开始
向着理论进行充满荆棘的朝圣
脚底忍受着流浪中孤绝的全部痛苦,
也比这时髦的
生意人家庭式的旅行要好

---

① 美国伊利诺伊州的一个小镇。

——于夜色中横穿美国——
蓦然回首
我已在半空,不再代表谁
只是月光间的一朵浮云
那些人类正在下面
交媾……

       1954 年 12 月,旧金山—纽约

三

嚎叫，昨日今昔：旧金山湾区
（1955—1956）

科尔尼菲西乌斯你的卡图卢斯是多么心神不宁[1]

我很快乐,凯鲁亚克,你疯癫的艾伦
终于成功了:发现了一只幼猫崽儿,
是我想象中不朽的男孩儿
走在旧金山的街道上,
帅气,在咖啡店与我相会
爱我,啊,我不觉得我很令人作呕。
你是否仍在生气,对我过多的爱人?
屎是很难下咽的,假若不包含幻象;
但如果给我双眼它们就像天堂一样。

1955年,旧金山

---

[1] 原文为拉丁语 Malest Cornifici Tuo Catullo。科尔尼菲西乌(Quintus Cornificius),罗马作家,专攻修辞艺术的基本原则。卡图卢斯(Gaius Valerius Catullus),古罗马诗人,他的抒情诗传统对后世诗人产生了深远的影响。原句可能是其描述和自己有着情欲关系的"新诗人"朋友,在诗的开头有"我病了,科尔尼菲西乌,你的卡图卢斯病了",诗人如此请求对方给自己一些安慰。"如西摩尼得斯的泪水一样悲伤",金斯堡在见过彼得·奥尔洛夫斯基曾经如此对凯鲁亚克描述。

记梦：1955 年 6 月 8 日

醉酒的夜我在家里和一个
男孩儿共度，旧金山：醉卧而眠。
冥冥中：
我又回到了墨西哥城
看见琼·伯勒斯
在花园的长椅上，
身子前倾，胳膊放在
膝盖。她带着疲惫地微笑
打量着我，双眸清澈见底，
她恢复了美丽的容颜
奇异的组合龙舌兰配盐
在那颗子弹射入她眉心前。

我们聊起了一些过往。
比如，伯勒斯最近有什么新闻？
比尔还在地球，在北美吧。
哦，凯鲁亚克？杰克继续蹦跶着
他一贯拥有节拍的天赋。
灌满佛学的笔记本。
我衷心祝愿他能成功，她笑着说。

汉克①还在监狱里吗？没有，
上次我在时代广场看到了他。
那肯尼呢？已婚，醉鬼一个
在东部炙手可热。我？在西方
找到了新的爱——
之后我才明白
她是个梦：我问她
——琼，死者会拥有什么样
的学问？你还会继续去爱
你凡间的老朋友们吗？
你对我们的记忆是什么？
她
从我面前淡出———一转眼间
我又看到她被雨水腐蚀的墓石
那斑驳难认的碑文
被枝杈纵横的小树怀抱
周围寂寥的荒草
生在这墨西哥我未曾到过的荒园。

---

① 赫伯特·埃德温·汉克（Herbert E. huncke，1915—1996），美国散文作家。是凯鲁亚克早年的朋友，约1945年前后，他曾与包括伯勒斯在内的垮掉派作家于纽约时代广场进行生活体验，汉克在早期的不羁生活中染上了鸦片瘾。他作为在纽约中城游民们的联络人接受过阿尔佛雷德·金赛的采访，阐述了他对于中城流动游民著名的性生活调查。汉克为伯勒斯和其他人介绍了当时的很多新式亚文化流行语，例如"HIP""BEAT"之类。他的形象也在垮掉派的多部作品中有所提及。

缪斯赐福

降临凡间
在我的桌上起舞,
他们为我的秃顶
戴上桂冠。

1955 年

嚎 叫

一

我看到这代人最杰出的头脑毁于疯狂,挨饿受冻歇斯底里,
　　在凌晨拖着自己奔向黑人区寻找一针带劲儿的药剂,
头顶天使光环的嬉皮士渴望与机械之夜中那台星光闪烁的发
　　电机建立古老而神圣的联系
他们贫穷衣不蔽体双眼深陷充满快感抽着烟熬夜枯坐于那所
　　单供冷水公寓里超自然的黑暗中穿过一座座城市上空冥
　　思着爵士音乐,
他们在铁路桥下把裸露的大脑献给苍天并目睹伊斯兰的天使
　　带着光芒蹒跚经过廉租房的屋顶,
他们用冷峻又光芒四射的双眼扫过一所所大学另阿肯色州
　　和头上燃起布莱克灯火悲剧① 为战争服务的学者② 产生
　　幻觉,
他们因疯狂与将淫秽的诗歌贴在画着头骨的窗户上而被各种
　　大学纷纷开除,③
他们不修边幅蜷缩在房间内仅着内衣,用废纸篓烧着钞票④

---

① 布莱克(1757—1827),英国诗人、画家,反叛诗歌传统的代表。 他们看见的
"布莱克灯火悲剧",是诗人以布莱克为代表的神秘主义的灯火,点燃了存在的
"悲剧"。
② 美国很多大学的金主都有华尔街或军工背景,有着"杰出头脑"的人被开除,而
"吃战争饭的学者"却在学校里逍遥,金斯堡暗讽体制和这些"学者"的荒谬。
③ 金斯堡曾经因为在哥伦比亚大学窗户的灰尘上用手指画出骷髅、生殖器以及书写
辱骂校长的诗句而被人举报,后被学校开除。
④ 嬉皮士的仪式之一,人们掏出身上的钞票丢进废纸篓,燃烧殆尽,作为隔绝于世
俗社会的宣言。

恐怖穿透墙壁钻进他们的耳朵,

他们在由拉雷多回到纽约的路上腰缠万卷大麻却在自己的阴毛里被逮捕,

他们在油漆酒店①里吞火或在天堂巷②里痛饮松节油,要么死,要么夜夜用自己的身躯去赎罪

用梦,用药,在清醒时的噩梦,用酒精用阳具用无数的睾丸,

无双的狂云卷起其构筑的死巷与思想放射出的闪电一齐跳跃在加拿大和帕特森的极点,于世代沉默的人间闪耀万丈光芒,

迷幻仙人掌弥漫在大厅,后院墓园绿树间的黎明,屋顶上弥留的醉鬼,小镇街头的红绿灯向开车兜风的大麻爱好者眨眼睛,太阳月亮和树在布鲁克林冬日黄昏的咆哮中一起发抖产生共鸣,垃圾桶怒吼着发出心灵王者之光,

他们磕着安非他命把自己绑在地铁环线于巴特利和神圣的布朗克斯间无尽循环直到刹车和孩子刺耳的尖叫声吓得他们打起寒颤咬破了嘴唇那颗备受虐待的脑袋在动物园凄苦的灯下江郎才尽,

他们整晚沉陷在比克福特餐厅摇曳的灯光中浮出来后就去随便什么破酒吧灌一下午马尿听着末日审判在氢弹点唱机③里噼啪作响,

他们能连续神侃七十个小时从公园聊到床垫到酒吧到贝尔维尤到博物馆到布鲁克林大桥,

一支迷惘的柏拉图式侃爷大军正屈身跳下防火梯跳下窗台跳下月亮照射不到的帝国大厦,

用废话叫喊着呕吐着低语着真相与回忆与奇闻轶事与眼球冲

---

① 瘾君子光顾的作为吸毒场所的下等酒店,因气味刺鼻被隐晦地称作"油漆酒店"。
② 纽约著名的贫民窟,位于下东区,卡鲁亚克作品《地下人》的发生地。
③ 金斯堡"眼球冲击"的文字游戏的再次展现,指世界末日。

击与医院的电击与监狱与战争,

全部知识分子的反刍唤起七天七夜闪耀的慧眼,献给犹太教堂的肉出现在人行道上,

他们打着空禅在新泽西销声匿迹遗留下的痕迹是一张张亚特兰大市政厅模棱两可的纪念明信片,

躲在纽瓦克阴冷家具齐备的房子里纠结于东方辛劳的汗水坦吉尔苦役之痛为被垃圾掩埋的中国而偏头痛

他们于午夜边缘游荡在铁路调车场,不知从哪儿来,到哪儿去,心碎且了无痕迹,

他们点燃一根根香烟照亮闷罐车闷罐车闷罐车铿锵作响穿过雪国驶向大峡谷人迹罕至懵懂夜色中的农庄,

他们研究普罗提诺爱伦坡圣约翰① 间的心灵感应与波普卡巴拉② 因为他们脚下堪萨斯的土地内宇宙正本能地震颤着,

他们独自走在爱达荷的大马路上把自己幻想成印第安的天使去寻找另一个幻想中的印第安天使,

他们认为自己只有在巴尔的摩③ 出现超自然迷幻的瞬息才是疯狂的,

他们在冬夜小镇雨后微微的光芒中心血来潮和来自俄克拉荷马④ 的中国佬一起钻进豪华轿车

他们饿着肚子胡混并独自走过休斯敦找寻爵士或性爱或热汤,试图与才华横溢的西班牙人聊美国或是永恒,一直聊到荼蘼就登上驶向非洲的船。

他们消失在墨西哥火山的血盆大口中孑然而去只留下粗布

---

① 普罗提诺,罗马帝国时期的哲学家。埃德加·爱伦坡,19世纪美国作家。圣约翰,宗教神秘主义者。
② 金斯堡即兴发明的词。波普,指爵士乐;卡巴拉,指犹太神秘主义者。
③ 美国马里兰州大西洋沿岸的海港城市。
④ 俄克拉荷马是美国南部的一个州,拥有美国最多的印第安原住民,金斯堡借此讽刺一部分美国人的无知,误将印第安原住民认成了中国人。

工服的阴影和赤色岩浆和飘散在芝加哥的篝火中诗的灰烬，

他们又出现在西海岸去调查联邦调查局身着短裤满脸胡须以和平主义者的目光和性感迷人的晒伤散播不知所云的传单，

他们在胳膊上烫出烟疤以抗议资本主义麻醉性的烟草迷雾，

他们在联合广场分发超共小册子哭着喊着脱着衣服当洛斯阿拉莫斯哀嚎的汽笛声压倒了他们，压倒了墙，史泰登岛的渡轮那时也正哀嚎着，

他们在白人专用健身房崩溃地放声大哭一丝不挂并在其他人种的骨骼结构前颤栗，

他们张嘴咬密探的脖子在警车里兴奋的尖叫除了承认自己打野食鸡奸和醉酒外什么罪也不认，

他们跪在地铁站里嚎叫被人拖下屋顶还甩着生殖器与草稿，

他们让自己的屁股被崇高的摩托党操，嘴里开心得尖叫，

他们给这些人间的炽天使吹箫也被吹，还有那海员，加勒比和大西洋漂洋过海的爱抚，

他们疯狂做爱在清晨在黄昏在玫瑰花园在公园和坟地的草坪上并将他们的精液洒向随便什么人，

他们躲在土耳其浴里不断的打嗝试图咯咯傻乐当金发碧眼赤裸的天使从天而降一剑刺到他们时就呜呼一声浑身上紧发条，

他们的男伴儿已被命中注定的三个老泼妇夺走一个独眼泼妇是异性恋的美元大钞一个独眼泼妇在子宫挤眉弄眼另一个独眼泼妇什么都不干只屁股一沉就伸手剪断手艺人织布机上纯金的智慧丝线，

他们交媾欣喜若狂欲壑难填手持啤酒甜心香烟和蜡烛从床上滚到地下还继续干从地下干到门厅干到墙头直至昏厥眼前产生无限大的阴户和如何去逃避意识最后一滴精液的幻觉，

他们让一百万在夕阳下颤抖的姑娘瞬间变得甜蜜，早上眼睛
　　发红但准备在日出时再颜射一次，在谷仓里光着屁股在
　　湖里裸泳，

他们在科罗拉多无数辆被盗的夜车里嫖宿，北卡，这些诗句
　　的无名英雄，丹佛的美少年们——纵情于记忆中他在空
　　荡的停车场和餐馆后院中上的无数姑娘，电影院里吱吱
　　嘎嘎响的座位，于顶峰的山洞或是和掀起裙子干瘦的女
　　招待在熟悉的路旁特别是加油站中唯我独尊的秘密厕
　　所，在家乡的一条条小巷，

他们随着无数色情电影的呻吟声远去，被梦境驱逐，醒在曼
　　哈顿街头，把自己从地下室无情的匈牙利葡萄酒间宿醉
　　和第三街弥漫的钢铁梦想与跟跄跌进职业介绍所的恐怖
　　中拽出来，

他们鞋子沾满鲜血在白雪皑皑的码头走了一整夜只为等待东
　　河能有扇通往鸦片烟雾气萦绕房间的门敞开，

他们站在如战争的探照灯般地蓝色月光下站在哈德逊河岸悬
　　崖边站在公寓的房顶上演盛大的自杀戏码他们应在被遗
　　忘后授以桂冠，

他们吃来自空想的炖羊肉消化包瑞区河底污泥的螃蟹，

他们为街角传来的浪漫曲流泪购物车里堆满了与洋葱与难听
　　的音乐，

他们躲在桥洞下的纸箱子中呼吸着黑暗，又跳起来跑回自己
　　的阁楼去建造羽管键琴，

他们阵阵咳嗽声从哈林区的六楼传来被结核的天空降下烈焰
　　加冕身旁环绕着神学的橙子板条箱，

他们整夜纵情在摇滚乐的崇高咒语中在另一个怯懦的早晨那
　　只是些胡言乱语的演出

他们将腐烂动物的心肺蹄子尾巴做成浓汤与卷饼对纯粹蔬菜
　　构建的国度无比神往，

他们钻到运肉的卡车下面寻找鸡蛋，

他们站在房顶将自己的手表扔掉宣告永恒在时间之外而下个
　　十年每天闹钟都将在他们的头顶轰鸣，
他们割腕三次无论成功失败，放弃之后被迫开了古董店在那
　　又哭又闹觉得自己正在变老，
他们在自己天真无邪的法兰绒西装里被活活烧死站在麦迪逊
　　大街①的诗歌韵律连篇的爆炸中与奉行时尚的铁血军团
　　聒噪的暴饮与广告界的仙人们硝酸甘油般炸裂的啸叫与
　　精明残忍的编辑们口中喷出的芥子毒气，或者被一辆来
　　自绝对本体醉醺醺的出租车撞倒，
他们从布鲁克林大桥上跳下没错这是真的然后在世人的遗忘
　　中默默走远经过唐人街迷雾深深弥漫着浓汤味的小巷与
　　救火车队，没有一瓶免费的啤酒，
他们绝望地站在窗边大声疾呼，从地铁的窗口跌下，跳进肮
　　脏的帕塞伊克河，和黑人打打闹闹，喊叫声响彻街道，
　　在布满酒杯碎片的地上跳舞砸碎三十年代德国的欧式怀
　　旧爵士唱片将威士忌一饮而尽后跑到血迹斑驳的厕所呻
　　吟着呕吐，耳朵里尽是叹息之声和蒸汽汽笛的巨响，
他们沿着往事的高速路疾驶朝着各自心中的改装车朝圣地或
　　孤绝本身的监狱或伯明翰爵士乐的化身，
他们连续七十二小时开车横跨美国去寻找我曾看过的或你曾
　　看过的或他曾看过的关于永恒的意象，
他们的旅程经过丹佛，他们死于丹佛，他们又回到丹佛去徒
　　劳的等待，他们守护着丹佛他们孤独的在丹佛沉思最终
　　离开丹佛去探索大时代的奥秘，现在寂寞的丹佛思念她
　　当年的英雄们，
他们跪倒在绝望的大教堂内为彼此的救赎彼此光芒与乳房祈
　　祷，直至求得灵魂点亮散开的长发于一瞬之间，

---

① 美国纽约市曼哈顿区一条南北走向的大道，被认为是"时尚街"，聚集了大部分
　　著名的时尚设计师和上流社会的沙龙。

他们监狱里沉沦等待那位不存在的一群拥有完美脑袋的罪犯
　　和他们心中为恶魔岛唱起的甜美蓝调,
他们归隐在墨西哥修身养性,或到落基山去找温柔的佛性跑
　　或到丹吉尔找男孩们或是坐南太平洋铁路公司的蒸汽火
　　车或到哈佛去孤芳自赏去伍德劳恩戴上雏菊的花环或
　　下葬,
他们要求对催眠的广播进行精神的公审那令他们精神错乱还
　　有他们的双手和一支分歧重重的陪审团,
他们对纽约城市学院里达达派① 的讲师扔土豆沙拉接着出现
　　在疯人院的花岗岩台阶上脑袋剃得精光发表关于自杀的
　　滑稽演说,并要求立刻切除自己的前脑叶白质,
而他们却被施以带来满满空虚的胰岛素卡地阿唑电击水疗精
　　神疗法职业疏导疗法乒乓比赛与失忆症,
他们一本正经的抗议仅仅掀翻了一张象征的乒乓球桌,又因
　　紧张症发作暂时作罢,
出院后他们要么全部谢顶要么假发上沾满鲜血,还有泪水与手
　　指,目睹疯子在东部座座绝望都市的病房里步步走向毁灭,
朝圣者之州,罗克兰郡,和灰石城的那些恶臭的大厅,招魂
　　似的争吵在此回响,在孤独的长凳玩摇滚音乐把爱埋进
　　坟墓,大千世界似噩梦一场,身体变成了石头和月球一
　　样沉重,
随着母亲终于 ******②,随着最后一本奇妙的书被扔出出租
　　屋的窗口,还有凌晨四点最后一扇门的关闭和最后一部
　　以砸向墙壁结束对话的电话和最后一间家具被清空到连
　　想象中的家具都不剩的房间,一朵扭曲的黄色纸玫瑰挂
　　在柜子里的衣架上上,而甚至连那也只是想象,只是来

---

① 达达主义是法国 20 世纪初一场以荒谬和打破规则为特征的前卫艺术运动。这句
　诗讽刺教授试图教授学生达达主义,但学生向教授扔土豆的行为本身已经代表了
　达达主义。这一行为表明,学生教授更加了解这场运动的意义。
② 原文如此。

自幻觉中一点点微弱的希望——
哦，卡尔，当你不得其所时我便不得其所，现在你真的跳进了时间这口野兽们的杂碎汤锅——
而他们就在结冰的街道上奔跑那些炼金术般的灵感乍现沉迷于包含省略目录变量测定与振动平面的各种可能性中，
他们通过并列虚构的意象将时间与空间一举撕裂，于两种视觉形象间把灵魂中的大天使捕获加入基本动词设定名词和意识的破折号一起混合雀跃在天父全知全能永恒的感动里
只为改造人类贫瘠的文本中那些语法与韵律在您面前自然哑口无言全然领教并羞愧难当，虽被拒绝但他顺着赤裸无边的头脑中思维的韵律自灵魂深处做出了忏悔，
在这个时代流浪的疯子和天使一起打着节拍，虽默默无闻，却仍会留下也许能被往生者理解的话语，
而玫瑰将转世重生为乐团金色号角阴影中一件爵士乐魂的外衣萨克斯风那上帝上帝你是否将我遗弃的悲号为苦难中美国无数追寻爱的赤裸心灵而吹响震撼着每一座城市的每一台收音机
这颗诗歌与生命的赤子之心已从他们的胸中剜出足够世人食用整整一千年。

二

何种水泥与铝合金打造的斯芬克斯撬开了他们的脑壳将脑浆和想象吃个精光？
莫洛神①！孤独！肮脏！丑陋！是垃圾箱与无法到手的美

---

① MOLOCH，也做 MOLECH，是迦南人崇拜的火神。传说迦南人的父母会用孩子献祭给莫洛神。"不可使你的儿女经火归于莫洛。"（利未记 18：21）。金斯堡在一次采访中说，自己有次看到了窗外摩天大楼的窗户，如同怪兽的脸，便有了此诗的灵感。

元!躲在楼梯下尖叫的儿童!在部队里哭泣的男孩儿!公园里满脸泪水的老人!

莫洛神!莫洛神!梦魇般的莫洛神!恩断义绝的莫洛神!癫狂的莫洛神!莫洛神是人类深沉的判官!

莫洛神是不可思议的牢笼!莫洛神是无情的有进无出的监狱与哀愁的代表大会!莫洛神筑起高楼大厦作为它的判决!莫洛神是战争的巨型纪念碑!莫洛神是目瞪口呆的政府!

莫洛神的思想是机器的意志!莫洛神的血液是奔腾的钞票!莫洛神的手指是十支军队!莫洛神的乳房是架吃人的机器!莫洛神的耳朵是冒烟的坟墓!

莫洛神的双眼是一千所禁闭的窗户!莫洛神脚下摩天巨厦沿着长街一字排开如同无数的耶和华!莫洛神赐予世间一切工厂迷雾中的干咳与美梦!莫洛神用一根又一根的烟囱和天线为所有城市加冕!

莫洛神酷爱源源不断的石油和顽石!莫洛神的灵魂是高压电和银行!莫洛神的贫瘠是游荡着天才的鬼魂!莫洛神注定被氢气的愁云笼罩!莫洛神还有个名字叫心灵!

莫洛神我正独坐于此!莫洛神我想到了天使!在莫洛神中发疯!在莫洛神中无数的男人在口交!冷漠与卑鄙尽是莫洛神!

莫洛神已早早侵占了我的心灵!莫洛神是我没有肉体的灵魂!莫洛神吓跑了我无邪的快乐!莫洛神我要抛弃你!在莫洛神里醒来吧!让光从乌云中倾泻下来吧!

莫洛神!莫洛神!机器人的住宅!看不见的郊外!骨瘦嶙峋的国库!失去理智的投资!恶魔般的实业公司!幽灵般的国家!所向披靡的疯人院!花岗岩般的鸡巴!鬼怪般的炸弹!

那些人汗流浃背地将莫洛神抬上天堂!人行道,树木,无线电,数以吨计!抬到天堂的城市是存在的就在我们每个人的头顶上!
幻象! 征兆! 错觉! 奇迹! 狂喜! 沉入美国之河的水底!
梦想! 崇拜! 启示! 信仰! 整整一船多愁善感的扯淡!
决堤! 冲毁! 翻腾与苦难! 沉入洪流! 冲入云霄! 显灵! 彻底绝望! 十年间动物们的惨叫和自我了断! 思想! 崭新的爱! 疯狂的一代! 撞上时代的中流砥柱!
河里传来真切而神圣的笑声! 大家都看到了! 那双狂热的双眼! 那阵圣洁的呼号! 他们互相道别! 他们跳下屋脊! 向孤独告别! 摆手! 捧着鲜花! 走进河里! 走到街上!

三

卡尔·所罗门! 还记得我们一起在罗克兰
在那儿你比我还要疯
我们一起在罗克兰
在那儿你感到浑身不痛快
我们一起在罗克兰
在那儿你模仿我妈的影子
我们一起在罗克兰
在那儿你杀害了你的十二个秘书
我们一起在罗克兰
在那儿你对这隐晦的幽默放声大笑
我们一起在罗克兰
在那儿我俩是共用一部烂打字机的好作家
我们一起在罗克兰
在那儿你的状态每况日下甚至上了广播新闻
我们一起在罗克兰
在那儿脑壳里的学院拒绝接受理性的蛆虫
我们一起在罗克兰
在那儿你喝尤蒂卡的老姑娘乳房上滴下的茶

我们一起在罗克兰

在那儿你用双关语挑逗护士的肉体布朗克斯的女妖精们

我们一起在罗克兰

在那儿你在束身衣里尖叫因为眼看要输掉深渊里的乒乓球赛

我们一起在罗克兰

在那儿你砸着精神绷紧的钢琴无辜而不朽的灵魂不应该荒唐地死在一所防卫森严的疯人院里

我们一起在罗克兰

在那儿就算多来五十次电击也无法将你的灵魂从朝拜的虚无十字架前送回肉体

我们一起在罗克兰

在那儿你控告你的医生疯了你密谋用希伯来社会主义革命反抗法西斯国家各各他

我们一起在罗克兰

在那儿你将掰开长岛的苍穹从超人类的墓中复活现世的耶稣

我们一起在罗克兰

在那儿有两万五千名激狂的同志齐声高唱国际歌的最后一节

我们一起在罗克兰

在那儿我们抱着床单下的那个美国亲吻那个美国咳嗽了一宿那个美国不让我们睡觉

我们一起在罗克兰

在那儿我们从昏迷中被电流惊醒是我们自己灵魂的轰炸机咆哮着俯冲扔下天使般的炸弹将医院照得亮如白昼想象的围墙倒了哦皮包骨的大军涌出了医院哦星光闪耀的夜晚慈悲的震撼不朽的战争打响了哦胜利了不用穿内衣了我们自由了！

我们一起在罗克兰

在我的梦里你浮出海面衣服湿答答的走向公路哭着横穿整了个美国于一个西部式的黄昏到达我那所小屋的门口

1955 年至 1956 年，旧金山

嚎叫脚注

神圣！神圣！神圣！神圣！神圣！神圣！神圣！神圣！神圣！神圣！

神圣！神圣！神圣！神圣！神圣！神圣！神圣！

这世界无比神圣！灵魂无比神圣！皮肤无比神圣！鼻子无比神圣！舌头与鸡巴与手掌与屁眼儿都无比神圣！

所有一切都神圣！每个人都神圣！每个地方都神圣！每天都沐浴在不朽！每个人都是天使！

流浪汉和炽天使一样神圣！疯子的神圣和你我灵魂一样神圣无边！

打字机很神圣诗歌很神圣语言很神圣听众很神圣狂喜很神圣！

神圣的彼得堡神圣的艾伦神圣的所罗门神圣的吕西安神圣的凯鲁亚克神圣的汉克神圣的伯勒斯神圣的卡萨迪神圣的某位鸡奸犯与受苦受难的乞丐神圣的面目可憎的人间的天使们！

神圣的关在精神病收容站的我妈！神圣的堪萨斯州祖父的性具！

神圣的萨克斯风呻吟！神圣的波普启示录！神圣的爵士乐团大麻嬉皮士和平与垃圾与鼓声！

神圣啊孤独的世界主宰！神圣啊无数中产阶级迷失的羔羊！神圣啊带头造反的疯狂牧羊人！懂洛杉矶的就是洛杉矶人！

神圣的纽约神圣的旧金山神圣的皮奥瑞亚与西雅图神圣的巴黎神圣的丹吉尔神圣的莫斯科神圣的伊斯坦堡！

神圣的不朽光阴神圣的光阴不朽神圣宇宙中的钟表神圣的四

维空间神圣的第五国际神圣的莫洛神中的天使！
神圣的海洋神圣的沙漠神圣的铁路神圣的火车头神圣的意象
　　神圣的幻觉神圣的奇迹神圣的眼球神圣的深渊！
神圣的宽恕！善良！慈悲！信仰！神圣！我们的！肉体的！
　　受难的！胸怀坦荡的！
纯洁的灵魂中那超自然灿烂夺目的智慧神圣无边！

1955 年，伯克利

伯克利奇异的新屋

用整个午后摘下摇摇晃晃的棕色篱笆上那多荆的黑莓
从被腐烂果实和落叶覆盖的杏树矮枝下；
修理着新马桶九曲回肠般结构内的漏水；
在廊下的葡萄枝蔓中找到完好的咖啡壶，把轮胎从猩红色的灌木中滚出来，再藏好我的大麻；
浇花，一朵接一朵的浇着晒过的水，再取回另一些神圣的水滴给四季豆和雏菊；
围着草坪走了三圈边漫不经心地叹息：
我的酬劳，当角落的李子树渐渐成熟时这所花园会有喂养我的果实，
会像天使般满足我的胃口，满足我干枯相思的舌头。

1955 年

加州超级市场

今夜你令我浮想联翩,沃尔特·惠特曼,当我走在绿树如茵的街道注视着满月承受着自我意识的头疼时。

饿殍般的疲惫驱使我,出发去购买幻象,我冲进霓虹闪耀的水果超级市场,想象着你诗中列举的意象!

那桃子!那半影!全家出动购物的夜晚!塞满了丈夫们的走廊!鳄梨中的妻子,番茄中的孩子!——而你,加西亚·洛尔迦①,你在西瓜里做什么?

我看到了你,沃尔特·惠特曼,膝下无子,老朽孤独的劳动者,边瞟着店里的伙计,边在冰箱里的冻肉间挑挑拣拣。

我听见你提出一个又一个问题:谁谋杀了猪排?谁给香蕉定价?你是我的天使么?

我跟随你在璀璨的罐头山间漫步,被想象中的超市密探尾随。

我们大步走在宽敞的走廊向着品尝着各自想象中的洋蓟,占有每一份冷冻食品,却没有经过那收款台。

我们去哪儿啊,沃尔特·惠特曼?大门将于一小时后关闭。你的胡须今夜指向何方?

(我抚摸着你的书幻想着我们在超级市场里的漫游倍感

---

① 西班牙诗人加西亚·洛尔迦曾为惠特曼写过颂歌。"一刻也不得见,美丽的老惠特曼,我是否已经错过你藏满蝴蝶的胡须,还有你被月亮磨损的灯芯绒的双肩……"

尴尬。)

我们能在孤寂的街道上走一整夜么？在那树影憧憧，万家灯火中，我们都会感到孤独。

我们能梦游在失落的美国在曾经的爱开着蓝色的车沿着大道，回到寂静的故乡么？

哦，亲爱的先父，白胡子的贤者，年迈而孤独的勇气导师，当卡戎①不再摇桨你站在雾气萦绕的岸边注视着船消失于遗忘之河时你拥有的美国是什么模样？

1955年，伯克利

---

① 希腊神话中冥河上摆渡亡魂的船夫。

俳句四首

蓦然回首
我后面
樱花漫天

侧身卧于
空虚：
我的鼻息。

我并不知
花朵的名——如今
我那花园已不见。

廊上
只穿短裤——
雨中汽车的灯光。

1955年秋，伯克利

向日葵箴言

我走过香蕉集装箱码头背靠南太平洋火车头的巨影望向太阳西沉于爬满火柴盒般房子的山丘,开始哭泣。

杰克·凯鲁亚克坐在我旁边的一根生锈斑驳的铁杆上,陪着我,我们进行着对灵魂同样的思索,黯淡地忧郁地悲伤地凝视着,身边被机器文明蜿蜒的钢铁根茎环绕。

那油污河水映衬血红的天空,三藩市远山外黄昏日落,这条河中没有鱼,那座山里没有隐士,这里只有我们潮湿的双眼与宿醉,在河岸上如流浪汉般,疲惫又狡黠。

看那朵向日葵,他说,那只是一朵面朝天空无生命的灰色阴影,状似人形,枯萎在堆积如山经年的木屑上——

——我着魔般地冲过去——这是我的第一朵向日葵,与布莱克有关的回忆——我的幻象——哈林区

而东河流淌已如地狱,桥梁像琼斯油腻的三明治叮当作响,载着死婴的推车,被遗忘的黑色旧轮胎,关于河岸的诗歌,避孕套与铁锅,钢刀,一切都在生锈,除了潮湿的淤泥与锋利的人造物体正缓缓沉陷于往昔——

而那朵灰色的向日葵正平静地面对落日,破碎而黯淡的眼睛里积满了旧时火车头的尘烟,煤灰,与毒雾——

朦胧的刺冠垂败犹如损坏的王冠,种子从脸颊剥落,牙齿即将掉光的嘴呼吸着阳光下的空气,光线阻塞在头顶如干燥破败的蛛网,

叶片竖立好似秸秆伸出的手臂,这来自木屑深处根茎的手语,黑色末梢散落灰泥的残片中,有一只苍蝇死在它的耳朵里,

你这破败堕落的老东西,我的向日葵,哦,我的灵魂,

可我仍深爱你!

那污垢不是任何生灵的污垢,是死亡与人类的火车头,

那一身尘土,那昏暗铁路覆盖的肌肤,那脸上的毒雾,那充满痛苦的黑眼睛,那被煤熏黑的双手或阳具或人造的突起物比污泥还糟糕——工业——现代——所有这些文明溅出的污点弄脏了你疯狂的金色王冠——

那些模糊的印象关于死亡,被尘埃覆盖无爱的双眼,结局,与在脚下枯萎的根,在家园堆积如山的沙土与木屑,橡胶钞票,机器的肌肤,哭泣着干咳着的汽车的五脏六腑,孤零零的空铁罐惊讶的张着嘴露出生锈的舌头,我还能举出什么例子,一些鸡巴般的雪茄抽光了剩下的烟灰,独轮车的阴户和汽车的大奶子,疲惫的屁股没有椅子可坐和发电机们的括约肌——所有这一切

缠绕在你木乃伊般的根须——而你就站在我面前的夕阳中,展示着你作为你的全部荣辉!

一朵绝世美丽的向日葵!一朵绝世优秀招人疼爱的向日葵存在着!一只望向新月的甜美的眼睛,活着醒来,兴奋地拥抱着日落与日出的残云金光每月一次的微风!

多少苍蝇天真的在你的污渍旁营营飞舞,你可曾咒骂过铁路的天堂和你花儿的灵魂?

可怜的死花?你在何时忘记了自己是朵花?你在何时看着自己的皮肤决认为自己是虚弱肮脏的老火车头?是火车头的鬼魂?那曾辉煌过疯狂过的美国火车头的幽灵和幻影?

你从来就不是台火车,向日葵,你是向日葵!

而你,火车头,你就是一台火车,给我记住!

于是我将这棵粗壮的向日葵连根拔起夹在了腋下如同权杖,

并对我的灵魂开始布道,也对杰克的灵魂,对任何愿听闻我声音的灵魂布道,

——我们肮脏的外表不能代表我们,无形的,可怕的,

积满尘埃的冰冷火车头不能代表我们，我们的内心都是一朵朵美丽的金色向日葵，我们的种子和金色多毛铸造的躯体被幸福浇灌生长成为夕阳尽头黝黑的实体向日葵，我们闲坐于岸边三藩市座座铁皮屋的群山落日间一台疯狂火车头的阴影下面就能将它发现。

1955年，伯克利

管风琴曲的改编

原来在厨房中玻璃花生罐里的那朵花在阳光下弯曲着出现了。

关上的门是开的,因我曾从门口经过,它此刻正温顺地开着,等着我,它的主人。

我在床垫上开始思考我何以悲惨,我听着音乐,我悲惨,所以我很想唱歌。

房间在我面前停滞,我期待造物主的现身,我看着灰色的墙壁与天花板,他们包容着我的房间,他们包容着我

如同天空包容着我的花园,

我打开我的门

蔓生的枝藤爬上了小屋的信箱,夜里的叶子还在被白天放置的地方,花朵昂起动物般的头颅

面向太阳思考着

我能收回这些话么?对改编的思考是否会蒙蔽我疯狂的眼睛?

那对成长温和的探寻,那对花朵的存在亲切的欲望,我的狂喜高于他们而存在

想拥有目睹我存在的特权——你也必须寻找太阳……

我的书籍堆放在我面前,供我使用

他们在我安排的空间里静静等待,他们没有消失,时光留下它的残留与品质为我所用——我的词语堆砌,我的文本,我的手稿,我的爱。

我握住了一个透彻的时刻,看见了事物心灵的感受,我走到花园里开始大哭。

那红色花朵在夜火里绽放,太阳已逝,一时之间他们全都长高了,又在时间里停滞,等候,直到新的太阳出现给予他们……

那朵我在梦中的日落下忠诚地浇灌的花朵并不知道我有多么爱它。

在我的荣耀中我是如此孤独——除了它们的陪伴——我仰望——这些红色的绽放令人心动,在窗外凝视着在盲目的爱中等待,他们的叶片也饱含着希望向天际敞开了自己的怀抱——敞开一切受造之物——敞开平坦的大地。

音乐下降,如同沉重的花蕾将茎压弯,它必须这么做,他必须生存,为延续最后一滴的快乐。

世界甚至他胸中的爱恋也如花中的一般沉重,那个受苦的孤独世界。

圣父是仁慈的。

灯的插座粗暴地连在天花板上,房子建好之后它来了,为插头创建可靠的所在,为我此刻的留声机服务……

厕所的门为我而开,我没有关它,自从我离开后,它一直彬彬有礼地开着。

厨房没有门,如果我想去厨房,那上面的洞会允许我进入。

我记得我第一次和人上床,是 h.p. 体面地夺走了我的贞操,之后我坐在普罗温斯敦①的港区,二十三岁,满心欢喜,和圣父共处于憧憬的崇高中,那通向坟墓的门已经打开,如果我想去,它会允许我进入。

---

① 美国马萨诸塞州的一个港口小镇。

许多从未使用过的插座遍布在我的房间里而我并不需要它们。

那厨房的窗户开了,为了允许空气……

那台电话——提到它我很难过——它在地板上躺着——我没有钱去为它连上一条电话线

我希望人们见到我时会鞠躬,说他从诗歌中得益良多,说他目睹了造物者的存在。

而那造物者真的给了我一剂他的存在,满足了我的愿望,也没有因为我对他的渴望而玩弄我。

1955 年 9 月 8 日,伯克利

萨瑟大门[①]的启示

我为什么拒绝天上掉的馅饼[②]去找别人?
因为我要我自己。
为什么我拒绝自己?
还有谁拒绝了我?
我现在相信你是孤独的了,我的灵魂,艾伦的灵魂,艾伦——
你如此惹人喜爱,如此甜蜜,你真挚的美丽如此令人回味,
你本真的赤裸呼吸,艾伦
你还会再拒绝谁么?

亲爱的沃尔特,谢谢你的口信
我不许你不碰我,口快心直,正宗的美国式。

十二架轰炸机排着整齐的队伍划过天空,
神经紧张的飞行员们在炙热的机舱内手握操纵杆一身是汗
他们会向哪些灵魂投下他们无情的炸弹?

钟楼伸出无罪的白色花岗岩脑袋直入云霄供我仰望。

[①] 萨瑟大门是伯克利校园的标志性建筑。学生运动的场地,也是1964年自由言论运动的风暴中心。
[②] 原文manna,在《圣经》传说中,以色列人荒野四十年流浪时上帝自天而赐的粮食。

一个残疾的女人正用洪亮甜美的语调解释法语语法：凝视即观望——
法语全体此时都跑到校园的树上观望。

那女孩特有的焦躁不安的声音为两点钟定下无言的约会——迟早其中有一个将会微笑着挥手道别
她的红衬衫摇摆展现出她如何的爱自己。

另一名身着浮华的苏格兰服饰在混凝土地上拖着沉重的脚步匆匆离去——走进门——这个小可怜！——在那爱的办公室里有谁会接纳你？

我在这儿看到过多少漂亮的小伙子？
树几乎已在移动的边缘——啊！在微风中他们真的动了。
天空再次有飞机的怒吼——每个人都抬起头。
你可知道所有揉眼睛的动作与西装笔挺的学者们走进迪温勒楼眉头痛苦的纠结是神圣的征兆吗？那焦虑与畏惧？
我还要在这人类和树木在地上重步前行的甜蜜图景上漂浮多少年——
哦，我一定是疯了才会枯坐在空虚，快乐，与精神世界自我构建的爱！
但我除了自己闪耀的双眼还有什么可怀疑的，除了在这一中午变成幻象的生命还有什么可失去的。

我的胃好受些了，我放松了，崭新句式的那股清泉从场景里喷涌而出去描绘时光自然的轮廓——树木，睡着的狗，在空中神游的飞机，黑人带着焦虑的午餐书，苹果与三明治，午餐时间，冰淇淋，无始无终——

三 嚎叫，昨日今昔：旧金山湾区（1955—1956）

就算那最丑陋的也将寻找美丽——"你周五去做什么？"
白色训练帽，镀金纽扣，蓝大衣的水手问道，
那穿着绿夹克，蓬松的裤子，背着一书包超负荷书本的小猴子回答："四重奏。"
每个周五的夜，美丽的四重奏颂祝喜悦着我的灵魂，用它的长发——音乐！
接着大步离去，咬下棕色包装和锡纸内的好时巧克力，吃着巧克力的玫瑰。

那些其他的男孩在他们军队学院的制服里怎能保有快乐的自我？

残疾的姑娘摇摇晃晃地向前走着甩着性爱姿势的歪屁股——
让她在绝望中翻白眼吧，惺惺作态冒充天使，在校园快乐地跳来跳去——
当然，定会有他人去发掘她骨盆里的能量。

你的巧克力小蛋糕上有白色条纹，女士（边把蛋糕伸到你的鼻子下面边说，咬牙切齿），
这些线条为了取悦您而存在，由一双在蛋糕车间的西班牙裔工业艺术家的手绘制，
熟练的手传递着白色条纹这个单纯的消息，在数百万的消息小蛋糕上。
我有个消息要告诉你们大家——我将明示你们的共性！

哈特教师翩翩而至，受惠于他建造（在思想中）与熟知的门厅与拱廊，他也曾目睹尤卡坦的遗迹——
后面是像意大利水果小贩的一身鸽子灰的孤独门卫戴着

奇科·马克斯式的帽子①挺着他不倒翁的肚子穿过树林。

  N将所有的姑娘
  视为那位他们
  内心中的荡妇，
  没错，是真的！
  而男人走在街上
  都在想着
  他们精神的阳具。

  所以，看看那个吓坏了的孩子
  长出两天的黑发
  盖着他肮脏的脸，
  他该有多憎恶自己

  是该用上升和椭圆来做结局②的时候了——

  男孩儿们正对女孩儿们说"如果我是女孩儿就爱所有的男孩"，女孩们在对面咯咯发笑，怎么看两边都可爱至极
  我也有张隐秘的床，月光下隐秘的爱人，你应该明白

  与无时无刻我都希望生活中能闯进一辆婴儿车
  所有人都把注意力投向我像笑声或是飞机经过，像在希腊的校园一样
  树荫下的长毛大棕狗懒洋洋地睁开眼
  抬起头，嗅了嗅，又放下头在金黄的爪子，不经意间肚

---

① 奇科·马克斯（Chico Marx，1887—1961），美国喜剧演员。他在电影中的形象通常是个愚蠢的骗子，意大利农夫打扮，穿着破烂，戴着一顶蒂罗尔式帽子。
② 代指乐团指挥在指挥结束时的动作。

子咕咕响。

……那狮子变红的眼睛
将流下金子的泪水。

现在沉默已被打破，学生们涌向了广场，门口挤满了人，狗站起来，走了，
那个残疾人从迪温勒①摇晃出来，很有可能是修女，我琢磨着她，那拿着手杖的老妇人，
我们一齐抬头，像无声电影，地面上正在发生重大变化，思想在空中飞来飞去，占据着空间。
我所谓皮特不爱我的悲伤其实是我不自爱的悲伤。
破碎的思想产生巨大的业②，那些美妙的躯体无法感知爱只因他们不知道自己是多么可爱
圣主和教师们！

我看着人们用对待我的方式作他内在自我思维的明证：爱自己的那个人爱那个爱自己的我。

1955 年 9 月，伯克利

---

① 迪温勒楼是伯克利校园中第二大建筑，于 1952 年建成。
② 业，印度宗教中理解为导致因果关系的整个周期。

美　国

美国我给了你全部，自己孑然一身。
美国两块两毛七分钱一九五六年一月十七日。
我的忍耐已到极限。
美国何时我们才能结束人类的战争？
用你的原子弹 × 你自己去吧
我就算了，我不舒服。
我不愿写诗除非思维正常。
美国何时你会像天使一般？
何时你会脱下你的衣裳？
何时你会透过坟墓直面自己？
何时你能对得起你百万之众的托派？
美国为什么你的图书馆里充满了眼泪？
美国何时你才会把你的鸡蛋送往印度？
我厌恶了你的予取予求。
什么时候我才能去超市为看上的东西用我的美貌付账？
美国说到你只有你我是完美的而不是什么来世。
你的机器我已承受不住。
你让我想当一个圣人。
定有另一种方式来进行解决这场争论。
伯勒斯在丹吉尔我不认为他会回来这多阴险。
你到底是阴险哪或者这是一个恶作剧？
我试着说到点儿上。
我拒绝放弃我的固执。
美国别逼我我知道我在干什么。
美国梅花正在飘零。

我数月未曾翻过报纸,每天都有人带着谋杀罪走进法庭。
美国我同情那些左翼工会①的人。
美国我年轻时的事我不后悔。
我一有机会就抽大麻。
我整日闷坐在家中盯着壁橱里的玫瑰花。
我去唐人街我买醉,从没和谁上过床。
我意已决麻烦就快落到头上。
你应该见过我看马克思的书。
我的精神分析师说我绝对右派。
我不念什么祝祷文。
我看过无法言说之景经历过宇宙的震颤。
美国我正在和你讲话。
难道你真的要让《时代》杂志左右你的情感生活?
我迷上了时代杂志。
我每周都读。
每次我想从小卖部的拐角溜走时它的封面都瞪着我。
我坐在伯克利公共图书馆的地下室里读。
它总对我说责任如何如何,生意人如何靠谱。电影制片人如何靠谱。除了我,大家都很靠谱。
真相原来如此,我就是美国。
我又在自言自语了。

复苏的东方要来对抗我。
我最好算算我的国家资源。
我的国家资源包括两卷大麻烟几百万的生殖器一部时速

---

① 原文 WOBBLIES,全称是世界产业工人。在美国的东北地区曾有一定的影响力。受到些许无政府主义,佛教文化和平民主义的影响。主要由伐木工人和矿工组成,在"一战"前作为工人运动的先锋和美国劳工联盟的前身。

一千四百英里无法出版的私人喷气式手稿和两万五千所精神病院。
　　我不谈我的监狱也不谈那些活在我的几百万个花盆儿里的被五百个太阳照耀的贫苦大众。
　　我已经铲掉了法国所有的妓院，丹吉尔就是下一个。
　　我的野心是当总统虽然我是个天主教徒。

　　美国你如何才能让我在你的傻德行下写出一篇祷文呢？
　　我会继续写像亨利·福特一样我的诗句和他的汽车一样独特虽然各有各性别。
　　美国我的诗卖你两千五块一篇，先下五百块订金。
　　美国给汤姆·摩尼① 自由。
　　美国救救忠于共和政府的西班牙人。
　　美国，萨克和万泽绝不能死。
　　美国我就是斯科茨伯勒的男孩② 们。
　　美国，当我七岁时我妈妈们曾带我去个秘密会议他们卖给我们鹰嘴豆五毛钱一张票换一把免费听演讲每个人好像天使动真感情当大家谈起工人问题的时候说真的那个聚会可真棒啊在一八三五年史考特·聂尔宁③ 是个受人尊敬的老人一个真的好汉布卢尔老妈妈④ 丝绸业罢工不朽的女性⑤ 令我哭

---

① 1919年旧金山备战大游行炸弹案的被起诉人，工会领袖。在监狱中，汤姆仍然坚持示威抗议，直到1939年被州长特赦。他出狱后，全球的左翼平民主义者们弹冠相庆。
② 1931年在美国阿拉巴马州被捕的九个黑人青年，法庭断定他们需要为一起火车轮奸案中两名白人女性受害者负责，不顾舆论倾向于九人的清白而判处了他们死刑。此案引起了国际社会对于美国南部的司法正义与种族歧视的关注。最高法院两次推翻了这一判决。为美国司法界奠定了被诉人应得到足够能胜任的律师代表其出庭以及具有种族平衡性陪审团的判例。
③ 反战的社会学教授，曾以候选人身份参加1919年的美国共产主义者大会，是坚定的亲苏维埃历史学家与传记作家。
④ 艾拉·瑞夫·布卢尔（Ella Reeve Bloor，1862—1951）共产主义领袖，作家，四处游走的罢工组织者和演说家。
⑤ 原文德语。歌德在《浮士德》中曾提及。也是一种哲学原型。

三　嚎叫，昨日今昔：旧金山湾区（1955—1956）

泣我还见过亲切的意第语演说家阿穆特①。每个人或多或少都当过间谍。

美国你不是真的想去打仗。

……

美国这真不是开玩笑。
美国这些都来自我盯着电视机的双眼。
美国这些都是真的吧?
我最好还是干我该干的去。
是的我不想参军也不想进工厂转车床铣精密零件,反正我既近视又精神错乱。
美国,我准备以一个酷儿的身份全力以赴。

1956年1月17日,伯克利

---

① 犹太裔美国共产主义者,四处游走演说,曾在20世纪30年代竞选美国纽约州州长。

片段 1956

在诗的开头，请以我与诗相衬
虔诚地唱出人类灵魂中自然的哀婉，
那层本来的外皮覆盖我们的梦乡
和思想的长袍，那完美的自我认同的光芒
伴随强烈的欲望与背负着种种底线的
知识分子面庞，眉头痛苦地紧锁，
身心呼吸于花海与楼宇的怀抱间，自知，
在爱中颤抖——灵魂我所具有，杰克有，汉克有
比尔也有，琼曾经有过①，但她已归入我的回忆，
流浪的人有破布，疯人穿着黑色的衣衫。
每个人的灵魂皆有共性，想起十年前
我站在街角面对杰克，对他说
我们俩是一样的——看着我的双眼自言自语，
另每一个人都爱我，但哈尔②，我的意愿与他的相悖，
我的胸中已有他的灵魂，他皱起眉毛——在1947年
的第八大道与二十七街的路灯下——我刚从非洲
回国，带着众人皆受恩惠的灵光——杰克是差劲的凶手，
艾伦是胆小的懦夫，带着怯懦的爱自我的诗篇
飞驰而过，城中的同性恋，美国士兵1945年
丹尼莫拉③的监狱中发出痛苦地哀嚎，

---

① 杰克，指杰克·凯鲁亚克；汉克，指赫伯特·汉克；比尔，指比尔·波特；琼，指琼·沃尔莫。他们都是"垮掉的一代"的代表人物。
② 金斯堡的朋友，南加州大学人类学家。
③ 美国纽约州的一个小镇。

在栏杆打碎他白色的指节
他又傻又愁的狱友被看守痛揍
铁制地板之下,① 格雷戈里在坟墓② 中抽泣,
安非他明之下,琼的双眼紧闭
探听着墙之内的妄想,
汉克在芝加哥梦中构建的街廊
有着地狱般的牌局与时代广场的蓝色霓虹,
比尔·金③ 在地铁玻璃窗里喊叫,面无血色
在死亡边缘的最后一分钟里挣扎着抗拒着,
墨菲他,跳楼自杀,死于帕塞伊克的血泊
脸上最后的眼泪除了悲剧尽是困惑,
却总算获得了死亡
人类,知识分子,蓄须者
除了他自己外,他又是谁?

1956 年,伯克利

---

① 格雷戈里(Gregory Corso,1930—2001),美国诗人,"垮掉的一代"中最年轻的作家。
② 指纽约市内的监狱。
③ 比尔·金(Bill King,1927—2005),旧金山海湾地区历史上最优秀的运动赛事解说员之一。

午后西雅图

  巴士一路前行沿着海边驶向耶斯勒经过立交桥抵达老旧的乌布里剧院——

  大一统联盟①，这张工人中伟大曼荼罗②的海报，满身尘垢眼神迷茫的戏牌者在柜台后面

  发着白日梦……"但这些年轻人并无远见，我们也没什么可供期许"——

  跟在斯奈德③的小红胡子和愤怒佛学思想后我边哭边穿过贫民区去寻找十美分的啤酒。

  九曲回肠的木头楼梯与难以理解的电影充斥着农民集市的二手城镇，印第安熏鲑鱼老旧的雨衣与干巴巴的红鞋，

  绿鹦鹉剧场④，《五月时光》⑤，去海港那边，去看那些船，一起默默走在阿拉斯加的土地上——驳船从遥远的布雷默顿岛而来在荷兰的水域上它是如此微茫它穿过层层迷雾如梦似幻地出现在我面前

  ——进入我大脑的那只海鸥，一声尖啸，哨兵们在生锈的港口铁台上肃立，石头滴下水侵蚀着腐烂的码头墙壁上沾满黏稠——

  那海鸥的低吟——这种残忍不属于城市，这上帝孤独的

---

① 19世纪末到20世纪初出现在工人运动中的一个概念，组织世界公认大一统联盟是为了实现"工人阶级的控制"。
② 佛教中指密教传统的修持能量的中心。
③ 斯奈德（Gary Synder, 1930— ），美国诗人、讲师、环保主义者，"垮掉的一代"代表人物之一。他的作品深刻的反映了佛教精神和佛性。
④ 美国西雅图市的一个剧场，无家可归的人通常会在此过夜。于1979年10月发生火灾后被关闭。
⑤ 1937年由珍妮特·麦克唐纳和尼尔森艾迪主演的一部歌舞爱情电影。

卫兵，我们头顶冷漠的飞行动物，它们单调的长啸代表着我们的灵魂。

　　一艘小船靠岸下锚，在码头边起浮不止。芭蕉的雾。某人将它丢在这儿，任其漂荡。

　　水手的古玩店里挂着贝壳，骨架，与鲸须的面具，印度洋的战利品。城市从它最古老的部分开始腐烂。爱达荷州的红色小木乃伊

　　佛兰克·H. 利特尔①，你的大帽子高颧骨斜眼和你的歌。

　　城市从它的中心开始腐烂，从郊区开始剥离腐烂那缓缓而至的末日慢慢消失的手推车

　　城市正在腐烂防火梯低垂把砖块腐蚀变黑尘土落尽没人收的垃圾于墙边堆积成山

　　那鸟类叫嚣着开始入侵那贫民区的街巷毛骨悚然的老城那古旧的监狱流浪汉呻吟的在人行道边打鼾接受黑暗这土耳其浴半夜里飞檐目瞪口呆

　　西雅图！——百货商店堆满了皮毛大衣和野营用品，疯狂的午休时的生意人们穿着华达呢外套在街角闲聊只为保持彼此的关系，我漂过，鸟悲鸣，

　　救世军②正在慢慢腐败的街区提供热汤，六千名乞丐咆哮只为那用希望的豆子熬成的一餐。

1956 年 2 月 2 日

---

① 这尊木乃伊干尸立在西雅图码头附近的一间古董店里。
② 救世军于1865年在英国伦敦成立，分支机构遍布全球。救世军是以基督教作为基本信仰的慈善公益组织，以街头布道、慈善活动和社会服务著称。

泪　水

最近，我的眼泪时常就这么流下来。
西雅图乌布里剧院散场，我一路走一路哭。
听巴赫的时候，我哭泣。
我看着后院快乐的花朵哭泣，我为中年树木的悲伤哭泣。

幸福，它存在，我感觉得到。
我为我的灵魂哭泣，我为世界的灵魂哭泣。
这世界有个美丽的灵魂。
上帝现身供我们哭泣和仰望。满溢这帕特森的心脏。

1956 年 2 月 2 日，西雅图

偶　得

雷克思罗斯①的脸映射出人类

疲惫的祝福

白发，寿眉

奇妙的胡须，

悲伤的脑袋里

迸发出鲜艳的花朵，

听，埃迪特·皮亚芙②在街上歌唱

她曾漫游整个宇宙

耗尽一生

城市消失无影踪

空留充满爱的上帝

在那儿微笑。

1956 年 3 月，伯克利

---

① 雷克思罗斯（Kenneth Roxroth，1905—1982），美国诗人、翻译家。
② 埃迪特·皮亚芙（Edith Piaf，1915—1963），法国女歌手。

在灰狗巴士[①]的行李房

一

灰狗巴士站的深处

傻乎乎地坐在行李车上看着天,等着洛杉矶快线发车
担心着永恒如何在邮局屋顶后闹市区晚霞间的天堂停驻,
我凝视,透过我的镜片,突然打了个冷颤意识到这些思想并非是永恒,也不是我们生活中的贫困,或焦躁的行李员,
也不是那数百万围着巴士边哭边挥手送边的亲戚们
也不是另外数百万在城市间奔波只为求与爱人一会的可怜人,
也不是受了可乐贩卖机[②]旁大个子警察的盘问而惊悚致死的印第安人,
也不是那手挂拐杖谈论着她生命中最后一次旅行的老太太,
也不是那收着他的两角五分钱对着摔坏的行李微笑的愤世嫉俗的红帽子搬运工,
也不是在这可怕的梦中东张西望的我,

[①] 美国跨城市的长途商营巴士公司,在美国和加拿大境内提供客运服务,巴士车身多喷涂巨大的灰狗图案。
[②] 原文 coke,也作可卡因。

也不是那外号黑桃①的小胡子黑鬼操作员，他用不可思议的大手主宰着数以千计快递包囊们的命运，

也不是在地下室跛行着从铅灰色的行李厢到另一个行李厢的同性恋者山姆，

也不是在柜台后用紧张到崩溃边缘的微笑面对顾客唯唯诺诺的乔，

也不是我们放置行李的丑陋行李架好似进入一只灰绿色鲸鱼的胃，

数百件装满悲剧的手提箱左摇右晃互相碰撞等待着被开启，

也不是丢失的行李，也不是损坏的把手，消失的铭牌，断掉的线与破碎的网兜，不是哪个在水泥地上被撑爆的行李厢，

也不是夜里那最后的失物招领处里空空如也的水手旅行袋。

二

而那黑桃让我联想起天使，他正给一台车卸货，
蓝色工装服与天使组织的工人小帽下的黑脸，
用肚子推着黑色行李山下面巨大的马口铁架，
经过阁楼时他抬头望向上方的黄色灯泡
手里高高举起一只牧羊人的铁钩。

三

是货架，我刚刚明白，我正坐在它们的上面摆出我午休

----

① 扑克牌中的黑桃是全黑的，美国种族主义盛行时对肤色较深民族的一种蔑称。

226　　　　　　　　　　　　　　　　　　　　金斯堡诗全集（上）

时放松双脚的习惯姿势,

　　就是这货架,它有巨大的木架,支撑杆,捆着乱七八糟的行李从地面到天花板的栅栏,

　　——战后日本产的白合金行李箱上尽是艳俗花纹,准备前往布拉格堡①,

　　一个墨西哥的绿纸箱打着紫色蝴蝶结贴着终点诺加利斯的标签,

　　数百台暖气一齐将抵达尤里卡,

　　好几箱印着夏威夷风光的内裤,

　　半岛将收到几卷散落的招贴画,萨克拉门托收到一些干果,

　　一只人眼寄往纳帕,

　　装着人血的铝箱寄往斯托克顿

　　和一小包红布中送去卡利斯托加的牙齿——

　　就是这货架,而这些货架上的东西我在辞职的前夜看着它们赤裸裸地暴露于电灯之下,

　　这货架为悬挂我们的财产而建造,将我们和财产牢牢绑牢,空间内的权宜之计,

　　这是上帝在时光的虚弱结构中所创造的唯一手段,支撑起旅途中的行囊,将我们的行李从此处运向彼处寻找换乘的车送我们回到永恒中曾有颗心被丢下和撒过送行泪水的家。

　　四

　　一堆行李静静躺在货柜边,这时横穿大陆的巴士驶入。
时钟指向十二点一刻,1956年,5月9号,秒针前进

---

① 美国重要的军事基地,位于北卡罗来纳。

着，是红色。

  我就要开始装最后一辆车。——别了，沃尔纳特克里克，里士满，瓦列霍，波特兰，太平洋公路

  敏捷地蛇形的水银，短暂无常的上帝。

  午夜中最后一件行李躺在行李架的边缘背后是落满尘埃的荧光灯。

  他们付给我们的工资太低不够过活。悲剧演变成一串数字。

  这是给穷牧羊人的价钱。而我是共产主义者。

  别了，让我受尽折磨的灰狗巴士，你伤害我的膝盖划破我的手掌令我的胸肌发达如同肥大的阴道。

1956 年 5 月 9 日

圣歌之三

至上帝：要照亮全人类。请先从贫民窟开始。
让西方和华盛顿转换成更高的所在，永恒的宫殿。
照亮那些在船坞辛劳的电焊工，就用他们焊枪闪耀的光辉。
让起重机工人吊起他欢乐的手臂。
让电梯吱嘎作响，带着敬畏上上下下。
让那花的慈悲去指引眼的所向。
让笔直的花朵在笔直中明示它的意志——去寻找光。
让卷曲的花朵在卷曲中明示它的意志——去寻找光。
让笔直与卷曲的品质一齐将光明示吧。
让普吉特的海湾迸发出万丈光芒。
我由你的名喂养，如面包屑喂养了蟑螂——一只神圣的蟑螂。

1956 年 6 月，西雅图

上路吧

去墨西哥！去墨西哥！沿着鸽羽般灰色的大路前进，越过原子城①的警察，越过炙热的国境线去梦中的小酒馆！

站在阳光灿烂的大都会高地，我是街边陌生的王子，口袋里有美钞，踽踽独行，自由自在——

音乐！出租车！贫民区的大麻！古代性感的庭园！美洲这欧陆风情的林荫大道！一元钱就抵达现代闹市！大使餐厅②的粗布工服！

烂醉！长夜漫步在褐色的街上，眼睛，窗户，公车，大教堂内隐秘的停尸间，迷失的广场与逗人胃口的玉米卷，一只煮熟的被撕下肉条的小牛头，

而那小偷市场③污黑的内顶与帐篷，街与街交叉纵横呈十字，迷宫如一名赤裸的嬉普，他偷窃，蹉跎，流浪，寻找着鼓声，购买着空无一物

除了一只坏掉的铝制咖啡壶，壶嘴上画着一个女人翘起的手臂。

哈哈！我到底想要什么！孤寂带来的转变，偏执的出租车里烂醉如泥的游魂，未知爱人的乐与怒

聚集在空空的街角用迷蒙的双眼看着我孤零零自立于一钩新月之下。

1956 年 10 月，旧金山

---

① 位于美国爱达荷州伯明翰县的一个城市。
② 法国大使餐厅，代指贵族的娱乐之所。
③ 位于泰国首都曼谷的一个市集，在过去主要是赃物的销售地点。

四

现实三明治：欧洲！欧洲！
（1957—1959）

诗歌火箭

老月亮，我的眼睛是带有人类足迹的新月
醉酒的河里再也映不出罗密欧哀愁的脸与疯子皮埃尔①的眉毛，傻月亮
啊，迎接我们的天堂里那轮明月可能的存在啊，你的姓名是不老的星座，如同上帝是可能的，万物是可能的，以供给我们往生后进入的来世。
月球上的政客正在地球哭泣，在永恒中交战
尽管没有一颗星能被好莱坞尖叫的疯子干扰
罗马尼亚的石油大亨和优柔寡断的绿冥王星正做着秘密交易——
土星有大片的奴隶营，古巴革命再现于火星？
旧的生活和新的比肩而立，天主教会是否将在木星上发现耶稣
先知在天王星上咆哮，佛祖是否会被那些冷漠的星球接纳
我们在海王星上是否能找到琐罗亚斯德教鲜花盛开的殿堂？
濒死教皇的大脑显露出的全部宇宙将有何种令人匪夷所思的宗教性构想？
孤独的科学家是真正的诗人，他给我们月亮
他许诺星辰，他会如约给我们一个新的宇宙
啊，爱因斯坦，我本应给你寄我灼灼炫目的手稿。
啊，爱因斯坦，我本应朝拜你的苍苍白发！

---

① 法国戏剧里面的固定角色，半疯半傻的预言家。

啊，诸位旅行者，我在宇宙中的阿姆斯特丹为你写首诗吧

很久以前史宾诺沙就在这儿打磨过他魔法的镜片

很久以前我就为你写了一首诗

我的双脚已然被死亡刷洗

我在这儿无名无姓，孑然一身

除了那支黑色花纹的钢笔我再无别的身体，我在柔软的纸上书写

如同星与星的对话那，亿万射线散发出的无穷思想皆是同一

在惠特曼漂浮的那种宇宙，

还有布莱克与雪莱，弥尔顿居住在如同星空的神殿

沉思在他失明的双眼看到了一切——

现在我终可与你讲话，未知月亮的挚爱表亲

真实的你们呈现在任何形式间，混迹于柏拉图式永恒的蒸汽

我是另一颗星

而我的诗，你会吃掉，还是会诵读？

或是透过铝质的盲板凝视昏暗的书页？

你是在做梦，还是用冷漠疲惫的天线接收，翻译着数据？

我在你华丽的绿色眼窝的接收装置里是否具有意义？上帝可曾在你眼中显现？

向日葵要转向哪边才能拥抱数百万的太阳？

这是我的火箭，我个人的火箭，我将我的信息发射向远方

有人会知道在这儿有一个我

与我的不朽

没有铁或钴，玄武岩或钻石，黄金或水银的火焰

没有护照，档案柜，繁文缛节与弹头
最终也将没有我
只剩纯粹的思想
信息将抵达每一处坐标，每一个感知
我发射我的火箭，冲向任何欢迎我的星球着陆
它们有更完美的宗教，芳香的星球，没有货币
第四维度的星球，死亡像电影般放映
星球开始说话（亲切地）以古代物理学家的声音，诗歌本身正被密林一手锻造
那宇宙伟大的大脑那终极的星球，正等待一首诗降落进入它黄金的口袋
再混合其他的笔记，搅碎的笔记，爱的叹息，哀怨的乐曲，绝望的尖叫与无数青蛙不可言说的思想
我向你发射我这装满奇妙化学物质的火箭
其丰富程度远远超过我的头发，精子，与细胞
这高速的思想带着我的欲望直冲天际，刹那间飞升如瞬间万变的宇宙，超越光速
将所有其他的未解之谜留在我地球上昏暗的床铺黯然入睡。

1957 年 10 月 4 日，阿姆斯特丹

尖　啸

他起身他伸展他液化他被再次锤铸
他被分割成股票,他被丢弃在证交所的地板上
金刚刀将他剪下,火车将他送往远方
瘦骨嶙峋的金手指把他累积进入盈余,具有多种
成为无孔不入的黏合剂的可能
那些幽灵律师的财产继承者们为他而哭泣
他融化,他经历了非凡,变成罕见的幻象
他还债,信用债券惨遭击败
被那把在将倾的巨厦,冲天的火焰,与炙热熔炉中的巨锤
他理智,他梦想,他慢慢变凉
而当下会纠正他钢铁般坚固的斜视

这个驼背有结核病的推销员一路载着他咯咯笑着到了圣路易斯
雨中的小雇员失去了自己的意志,唯唯诺诺地零售着走向曲折之路的下一站
明天是圣佩德罗,再去圣乔港混饭,这一切是否都会在霍霍库斯结束——

谁知他撞向一部肮脏的火车头,这杂种
从不管什么股票平均指数轻微下降,他是个手艺人
轰!垃圾场传来巨响。救命!冶炼工喊道。之后有一种并购的压力开始积累

他已经拥有,哟,他是架抱怨自己想回家的飞机
突然他向市场俯冲如同一枚炸弹。

1957 年 12 月,巴黎

昨夜之作

听听这台敏感的汽车的故事吧
她咳嗽着,在匹斯堡的大地诉说。

她曾像瑞典首相一样尖叫
当她第一次飞向血色霓虹的大道
她无法忍受男性车辆的喇叭与粗暴的大灯
那些福特、奥尔兹和斯塔德贝克们①

——造她的流水线领班曾预言
日落大道将出现一具狂野的残骸
眼球破裂,挡泥板与骨骼几近粉碎。

她在墨西哥狂飙,躲避着洛杉矶
祈望能成为废品,葬身边城的墓园

生锈的车门,发黄破碎的窗户
扭曲的牌照,疲惫的刹车片和无法回收的发动机

被年轻梦魇迟钝的臀部消耗殆尽
于中秋之月那穷尽的精液中喘息,

绝不再属于那场与疯狂的生产者最后的兜风

---

① 指福特、奥尔兹和斯塔德贝克三种汽车。

也不再是他的座驾,
这辆昨夜自墨西卡利轰动全城的聪慧之星。

1957 年 12 月,巴黎

梵高的耳朵已死！

诗人是牧师
金钱估算出美国的灵魂
国会决议冲破永恒的悬崖峭壁
总统打造的战争机器将呕吐并激怒堪萨斯州外的俄罗斯
美国的世纪被一位不再与老婆同床的疯狂参议员出卖
佛朗哥谋杀了洛尔伽这惠特曼的同性恋儿子
著名的柏拉图主义者哈特·克兰为了让走入歧途的美国认输而自杀
正当数百万吨人们种出的小麦被秘密地烧毁于白宫地下的洞穴
印度此时却正在挨饿在悲号在吃口吐白沫的狂犬痛苦不迭
而山一样高的鸡蛋在国会大厅里被砸碎变成白色的粉末
任何一个敬神者都无法接近因为美国腐烂鸡蛋正散发出恶臭
恰帕斯的印第安人继续啃着缺乏维他命的玉米饼
澳大利亚的土著大概正在鸟不生蛋的荒野上扯淡
我的早餐也缺少鸡蛋而我的作品需要无穷的鸡蛋去孵化永恒
鸡蛋应该被吃掉或送给母亲们
美国数不清的鸡的悲鸣正被她的喜剧演员们在广播中演绎着
底特律已经用橡胶树和幽灵制造了数百万辆汽车
但我选择走路，我宁愿走路，东方正和我一起走着，整个非洲也在走

迟早北美也会与我同样用脚走路
　　因为我们已将中国的天使拒之门外，他也会在未来把我们关在天堂的金色大门之外
　　我们没有珍惜对坦噶尼喀的同情心
　　爱因斯坦生前曾被人嘲笑他天堂般的政治愿景
　　伯特兰·罗素因为和人上床被纽约驱赶
　　不朽的卓别林嘴里衔着玫瑰被从我们的海岸放逐
　　天主教团在国会的厕所里密谋否决向人口膨胀的印度提供避孕药。
　　人人都在懦夫般重复发表着腐朽思想的胡言乱语
　　真实的关于美国的文学发行的那天就是革命的那天
　　性感羔羊们的革命
　　唯一不流血的革命就是献出玉米
　　可怜的热内将会照亮俄亥俄州的拾穗者
　　大麻是一种仁慈的麻醉，但埃德加·胡佛① 更愿死在威士忌上
　　那老子和六祖慧能的海洛因毒品接受了电椅的惩罚
　　身缠重病的吸毒者却死无葬身之地
　　我们政府中的恶棍却为他们发明了立即戒断疗法② 如同国防雷达预警系统
　　我就是国防雷达预警系统
　　我除了炸弹什么都看不见
　　我对干涉亚洲以亚洲的方式存在毫无兴趣
　　俄罗斯和亚洲的一个个政府上台又垮台，但亚洲和俄罗斯本身不会垮台
　　美国的政府也会垮台，但美国如何能垮台

---

① 美国彼时的联邦调查局局长，迫害民权运动领袖，挟持政府要员，任职长达48年，权倾一时。
② 美国军方对于毒品受害者发明的一种疗法，即不给药物，任由病人毒瘾发作，辅以冷水浴和电击。这种疗法在当时曾被滥用，在社会中引起巨大争议。

我怀疑谁还会垮台除了那些政府
幸运的是所有的政府必将垮台
那个没垮台的就是好政府
那个好的目前还不存在
它虽不在这世间但它或于我的诗歌中存在
存在于俄罗斯和美国政府的亡灵
存在于哈特·克兰与马雅可夫斯基的亡灵
此刻正是不以死亡作因果的预言时刻
宇宙终将泯灭
好莱坞将在永恒的风车下朽烂
好莱坞的电影另上帝如鲠在喉
是的,好莱坞将得到报应
时光
收音机里渗出的神经毒气
历史将成就此诗变作预言与刺耳且愚蠢透顶的灵歌
我拥有圣灵般的哀叹与狂喜的羽翼
人类无力长期忍受人吃人的抽象概念所产生的饥饿感
战争是抽象的
世界终将毁灭
萨科和万泽的纪念碑尚未筹款未能使波士顿增光
肯尼亚的原住民正被英国愚蠢的恶棍欺凌
南非被白皮肤的傻瓜牢牢掌握
切尔·林德赛是内政部长
坡是幻想部长
庞德是经济部长
每个人都各安其位,各得其所
勃洛克和阿尔托互相滋养着
梵高的耳朵如硬币般流通
不要再为巨兽们宣传了
诗歌也必须远离政治否则也会变成巨兽

我就已沦为政治的怪兽
俄国诗人无疑早已将巨兽藏进他们的秘密笔记本
别去干涉西藏
美国终将灭亡
俄罗斯的诗人们终将与俄罗斯斗争
惠特曼曾警告要反抗这个"传说中可憎的国度"
当他躲在卡姆登的城堡中发出一张张最后通牒时西奥多·罗斯福去哪儿了
当克兰大声诵读着他的预言之书时众议院去哪儿了
当林赛宣布金钱已死的时候华尔街在搞些什么阴谋
他们听见我在布莱克福德的职业介绍所的厕所里的怒吼了吗？
他们对我在罗马广场的遗迹上努力做着市场调查时灵魂的呻吟竖起耳朵了吗？
不，他们在办公室里暴跳如雷勾心斗角，在心脏衰竭的地毯上，同命运讨价还价挣扎索要
用军刀和骷髅作战，用步枪，龅牙，消化不良，用偷来的炸弹，邪神崇拜，火箭，与鸡奸，
身陷取悦妻子，建造公寓，草坪，郊区，与甜蜜谎言的困境，
波多黎各人涌向一百一十四大街抗议屠杀，抗议一台冒牌的中国现代冰箱
可怜的大象被射杀为伊丽莎白鸟笼之用 ①
数百万躁动的狂徒被关在精神病院为工业女神高声歌唱之用
肥皂剧中对金钱的歌颂——电视机里拟人的牙膏广告——催眠椅专用的除臭剂

---

① 传说匈牙利一名叫做伊丽莎白伯爵夫人酷爱用少女的鲜血洗澡，工匠为其建造的放血笼子又称伊丽莎白笼。

得州的石油大亨——喷气机穿云而去——

面对上帝在天空书写谎言——衣冠楚楚的利齿屠夫,所有的有产者!有产者!有产者!痴迷于财产所有权可自我已消失殆尽!

而他们誓言保卫怒吼的黑人的长篇大论从第一页开始就爬出蚂蚁不攻自破!

做着强电流之梦的机器!挑动战争的妓女,她的淫笑在国会山和大学上空回荡!

钱!钱!钱!幻觉里疯狂地叫嚣着从天而降的金钱!由虚无,饥饿,和自杀构成的钱!破灭的钱!死神印刷的钞票!

用金钱来对抗永恒!而永恒那不可摧毁的巨磨正在旋转制造出幻觉的纸币!

1957 年 12 月,巴黎

欧洲！欧洲！

世界啊世界
我在房中枯坐
憧憬未来
巴黎阳光灿烂
我自落寞
无人拥有完美的爱
人类已经疯狂
人子之爱难为纯粹
我还有眼泪要流
有千斤压在胸口
直到死亡叩响
城市不过是
战争狂的幽灵
城市不过是工作
是砖是铁
是自私的火炉弥走的烟
伦敦那些哭干的泪眼
被它熏得通红
却没见过阳光

天光乍现
倾泻在毕佛布鲁克勋爵 [①]

[①] 毕佛布鲁克勋爵（Lord Beaverbrook，1879年5月25日—1964年6月9日）加拿大籍英国人，商业大亨、政治家、作家。

背靠伦敦街道的报社上
时髦而又坚固的白楼
承受着最后几缕金黄
老妇人茫然地凝视
穿过迷雾通向天堂
窗台粗劣的泥盆
向街边探出蛇行的花朵
特拉法加广场喷泉的水
溅湿午后暖日的群鸽
我将自己沐洗于
圣保罗教堂穹顶
心醉神迷的寂寥间
望向阳光普照的伦敦
或卧在这张巴黎的床
看着灰墙上高高明窗
散进醺醺的霞光

温顺的人们已然入土
圣徒的身体腐烂魂飞魄荡
流莺与爱的贫乏相遇
背后是煤气灯和霓虹之光
苦守寒窑的妇人
拒绝去爱拈花惹草的丈夫
也没有男孩会爱恋
男性胸口绵软的烈焰
政治紧绷的神经
威慑着老城
收音机为钱而吵闹
警灯在荧光屏上闪耀
空房子里昏暗的灯下

传出阵阵浪笑
坦克碾过炸弹
人类欢愉的美梦皆成泡影
电影智囊团队推销着垃圾
汽车们情欲的铁皮之梦
思想的绝食无比滑稽
它吞吃自己的血肉
没有人的性交可算神圣
因为人的杰作只有战争

美国的冰箱里藏着疯肉
耶路撒冷被英国慢慢煮炖
法国啃食非洲的石油
把死者的胳膊与腿拌成色拉
高谈阔论者将阿拉伯一口吞下
黑人和白人正在争斗
不顾珍贵的联姻

我躺在欧洲的床上
孤独地穿着
破旧的红内衣
一件欲望的符号
为和不朽的名声联姻
但人子之爱难为纯粹
二月它的大雨磅礴
百年前的波德莱尔
也曾经历过一场
飞机在蓝天咆哮
汽车急速驶过街道
我知道他们的方向

他们要奔向死亡
没关系
死本是生的土壤
没人爱得完美
没人及时受惠
新的人类还未降生
我之为这些古董们掉泪
大声宣告千禧年的来临
因我看到大西洋的红日
放射光耀穿透广袤云端
温暖多佛岩崖的海岸
油轮似碌蚁
在海面起伏又颠簸
金色云朵间的海鸥
沿着永世汩汩流淌
的光芒之梯翱翔
照耀英国磅礴荒野万千蝼蚁
也令向日葵弯折静立
将无限的分秒一刻吞噬
金色海豚跃过地中海的彩虹
纯白的烟与雾在安第斯山脉蒸腾
亚细亚流域溅起点点金波
诗人失明深陷孤独
太阳神之光幸临的山坡
遗弃着无主的坟墓

1958年2月28日，巴黎

货真价实的狮子

"冥想中的偶像呵,请为我沉默……"

我回家发现客厅里躺着头狮子
我急忙从防火梯冲出去喊着狮子啊!狮子!
两个速记员抓狂得扯着他们棕灰色的头发把窗户砰然关闭
我跑回帕特森的家呆了两天

给熟识的赖希式疗法的精神医师打个电话
就是因为我抽大麻被他赶出门的那位
"出现了"我上气不接下气"狮子在我的客厅里"
"我不认为这种讨论具有任何意义"他挂了电话

又去找以前的男友我们和他的女友喝了个烂醉
我亲了他目光逼人地宣布我有一只狮子
我们在地上打成一团我咬了他的眉毛他把我赶出门
最后我跑进他停在街上的吉普里边手淫边呻吟着"狮子。"

去找写小说的朋友乔伊对他大吼"狮子!"
他饶有兴致的看了看我掏出他随性创作的伊戈努式高潮的诗读了起来
等着狮子这词出现但我只听到大象狮虎鹰头马身独角兽和蚂蚁
我猜大概他在与我在伊戈纳兹维斯顿的浴室里欢愉的时候才明白这一切

第二天他从斯莫基山的住处给我寄来一片叶子
上书"爱您和您的金毛儿雄狮我的小宝宝
可此地没有自我没有栅栏所以您先父的动物园里不存在狮子
你说过你妈疯了也就千万别指望我给您的新郎弄出什么怪物"

真把人说蒙了突然想到我真实的狮子还带着一身臭味在哈林区挨饿
我打开门狮子的怒吼像炸弹一样扑面而来
窗外谁也听不见他对着石膏墙饥饿的咆哮
我眼望邻居们隔音良好的红砖公寓静静伫立

我和狮子四目相接红毛眼眶里焦躁的黄眼睛
我双眼渐渐湿润他停止咆哮露出獠牙向我示好
我转身打开铁制煤气炉煮西兰花当晚餐
再去水槽木板下的旧浴缸烧水洗了个澡

他没吃我,虽然我对他眼瞅着我挨饿感到内疚。
一周后他日渐消瘦像条皮包骨头生病的旧地毯小麦色的头发掉了一地
他把疼痛的毛脑袋枕在爪子上眼睛通红怒目而视
靠着鸡蛋板条箱做的装满了柏拉图和佛教选集的书架

每晚我坐在他身边尽量不去看他千疮百孔的脸
我停止吃自己他更加虚弱咆哮声在夜晚进入我的梦魇
在一所宇宙大学的书店里被狮子吞噬,我也是只看着康定斯基教授挨饿的狮子,囚禁在马戏团的牢笼里奄奄一息
早上醒来那只狮子仍然躺在那儿奄奄一息"可怜的东西!"我喊道"吃掉我吧要么就快死!"

中午他爬了起来——走到门口身体颤抖爪子不住地扶着南墙
　　张开血盆大口发出了灵魂撕裂的声响
　　这声响震撼着从我的房子直飞入天堂比墨西哥夜里喷发的火山还要猛烈
　　狮子推开门回头用沙哑的声音说了句"这次就算了宝贝儿——下次我来再说吧。"

　　那头十年前吞噬我思想的狮子他只能看到你的饥饿
　　而不是上天赐予的满足哦宇宙的咆哮茫茫然我的命
　　这一世听到了你娓娓的允诺我已圆满准备接受死亡
　　你饥饿而悠远的存在着哦上帝我在房间里等待你慈悲的祥乐

1958年3月，巴黎

姓　名

　　时光没精打采地流过，穿过空空如也的公寓摇摇晃晃地前行并被世人遗忘
　　死者们在纪念碑下，在火车头中学与非洲的城市小镇报废摩托车的墓园
　　啊！美国！哪位圣人赐予你笼罩在垃圾山下的美景，他们化作无名混混潇洒地背靠着军械所大唱哀歌
　　汉克，第一个看到阳光环绕在芝加哥的那位，活到了中年也看到了时代广场
　　小偷偷走了野猫拖拉机男孩的心抵达辉煌的吗啡比克福德的桌旁在午夜的霓虹里一败涂地
　　他于四十年代末被逮捕四十一次皮肤生出痤疮黑色西班牙式的头发凌乱蹲在雷克岛监狱里咬着嘴唇终老
　　如同一张被我们传看的报纸上残忍的新闻照片，我害怕曼哈顿熬出黑眼圈的警探
　　你真幸福你一无所有挖掘精力充沛的侦探甚至给上帝递烟
　　我将为你解答，汉克，之前我很疑惑——羡慕着你与生俱来的老练，魅力，与讽刺——却进了可悲的新新监狱
　　就算你傻乎乎地偷到了女王头上，那神圣的案件也该由上帝定夺
　　而不是让留着小胡子的时间法官从你灵魂里窃走肮脏的影像——我会想起你——
　　况且你比我那去通缉一只惊恐的老鼠并设下价值一千元的捕鼠夹的律师更爱我，毫无疑问，毫无疑问——
　　充满阳光的监狱牢房中自由不朽的灵魂，为什么不呢

该死的体制除了审判它自己不能审判任何人，要我去审判它吗？它给你监狱我给你诗歌，矗立二十年的铁栏百年后必将生锈

我用手写的文章在监狱倒塌后仍将存在，因为手代表了怜悯

凄苦的才子莫菲于洛杉矶尾随着他不存在的孩子

他有来自蒙马特的黑胡子在丹佛的地下室里出没

听说他是极富魅力有女人缘的小白脸，是一只莎士比亚式的性爱大猫

我遇到第一个自杀的诗人时我和他同坐在公园的长凳上我看着他的绝望他额头的星星

早先我曾提出中肯的建议，先生们！国际同性恋大游行令致死的香烟和枪支恐惧威风扫地

他爱的是败军中那位年轻的金发小魔鬼，他的复仇他疯狂鸡巴指向孩子们讽刺的屁股

他的梦想是含着满嘴颤抖的白人阳具——日后帕塞伊克的岁唤醒了他侧腹内有一颗子弹

最后时刻他奄奄一息星辰下流动着病血连内脏也在咳嗽，高速路上的车流闪亮划过他的双眼驶向黑暗。

那夜大兵们的美丽被人遗忘，痛苦的警察噩梦连连，酒后擅离岗位开车驶过了底特律

密室中的电话天使与军事法庭的律师排成长队如同一只瞬息万变的万花筒，

缩水的灵魂，长了毛儿的破碎之梦，监狱里才有人读的巴尔扎克，

之后就从城市的角落消失不见这人道主义的蜕变让那死亡的景象更加恶心。

菲尔·布莱克在古墓里死扛着，这垃圾一副驴相，空想奇异谋杀犯，黑枪三美元劫案，线民的自我了断他是被我从

古墓中救出来的
　　易洛魁人的印第安脑瓜红色的鸡巴和智慧全被悲怆的政治牌戏所埋葬
　　他是鹰钩鼻子翘上天的金发自大狂，我操过他一次那家伙呻吟着达到高潮
　　接着那种陌生人的冷场另我发抖，我爱他绝望的岁月，
　　他躲到西雅图沉迷在患有忧郁症女同性恋的秘密社团里，拥有青年斗牛士所嫉妒的年纪，
　　就算我从坟墓中将他拯救，他也不会开口讲一句话
　　更不用说投入我的怀抱或在我们跨越了奥林匹克竞赛般的死亡后一张精神的床铺上求得宽恕
　　卡尔回到了精神病院，回到了苦行僧的生活，回到凄凉愁苦的汤盘他对油腻的恐惧，回到大脑在唠唠叨叨的空虚中所承受的耻辱
　　"我已竭尽所能将圣洁变得无趣"
　　而他成功了，我都想不起来最近写过或收到过任何能引起歧义的半开玩笑的犹太式诙谐卑微的预言了

　　琼在梦中趴着笑着问起生者们的新闻
　　比如对于生活老套的哀愁隐忍，醉鬼们还没选出的骷髅法官
　　问起她从墨西哥式的乐园悠亭寄来的问候下落几何，那儿生死无界
　　犹如一张从永恒寄来的手写明信片，如果能看见你有多好，不久的某日我们总会相见
　　无论我们渴求什么，我们应当去紧握，别再责怪自己——像一张倒像的照片
　　歪斜的树荫下的绿草间墓碑流露无言的微笑
　　你死得太早——牙齿老朽，手中握着龙舌兰酒瓶，婴儿学步般无力地跛行，缺少爱，糟透了——

在我旧金山的床上关于她的梦境在秘密的生长，心能经由我在余生得到保存，或经由她，经由最强的渴望——爱

比尔·金是位差劲的意大利后裔酒鬼律师，黑发，醒来在夏令时的康乃迪克州一群母牛里发抖
我猜他在那儿恢复了知觉，又颤抖着回到纽约去操了一些乏味的时代杂志女郎
死亡有姣好的面貌，性爱是幼稚的辐射般的痛楚
在旧照片中看到他的脸，手腕上缠着绷带若有所思，忧愁地注视着镜头
那张尴尬的脸现在已经平静了，在咖啡馆里对我很客气，那次他在早餐供应时段过来找工作，
但更多的时候他坐在午夜边缘的屋顶上微笑，所有二十年代的优雅化身为那件沾满呕吐物的黑色破西服
和一些充满尖叫的马哈哥尼飞机坠毁的录音，四十年代面色红润的年轻人嫌弃他娘娘腔的哀怨，射在莉齐的肚子或是安森的短袜上，在音乐开罐器无尽的放荡中
上帝但是我爱他谋杀者的面容当他在十四大街的地铁里口若悬河时——
那也是最后他粉身碎骨之地，脑袋被亚斯特坊广场站的铁轨上锃亮的车轮碾过
别了亲爱的比尔结束了，你已远去，你我都会被抛向历史的空穴来风，抛向醉汉的口中
可你走得太急，这儿还有许多话要去说，许多酒等着喝，但如今坐下聊天已成奢望
你整宿追求永恒的夜晚多么执着多么勇敢带着太多酒精的痛苦眼里太多怒火
心中太多美好的情意却未能换来一次幸福的姻缘你所见的岁月皆是荒芜你的红色头颅在美国的阳光下燃起熊熊烈焰
从死人说到活人，尼尔·卡萨迪，旅途上的老牌英雄爱

阿廖沙的白痴在火车上寻找诗歌,最后你的头上是哪顶皇冠呢

什么样的无名奖赏将授予忍耐与痛苦,什么样的纯金娼妓会从云端飘落,有朝一日上帝将为你的心和棺材出什么样的价格,

什么将恢复你著名的手臂,你天主教小男孩快乐的慧眼,在台球厅和图书馆里闪耀的孤儿的身躯,在闹市区里乡村摇滚散发的能量中与一位老姑娘沾满精液的亲密关系

什么样乐园的穹顶才能容纳你无边的欲望,足够深远能容下你阳具的仁慈,足够柔软让你的孩子在那儿也能祈祷,你的归宿在十英尺的铁轮下么?

什么样的美国天堂能接收你?基督容许受苦但他会容许你么,他会像开一个铁皮罐一样为爱荷华带来光明如同当年的耶路撒冷么?

哦,尼尔当生命结束时请和我跪下一起去收割多年来的祈祷,

乐园的汽车直冲向月亮不是幻觉,不久后每一本地球上有血肉圣经将成我们的眼睛,让它发光吧宝贝

天使敬请留步在这块铁轨的遮布赛场输掉的赌注被遗忘的断腿

直到我得到了这个闪亮的世界或你将短小的阳具塞进我的屁股带来精神的荣光——

全都失去了我们颜面扫地坠入空荡荡的墓穴变成没有思想失魂落魄的邪恶蛆虫,但这令我们更熟悉彼此

仅仅是老套的心所向往,或仅仅是欲望,是一去不返的丹佛长草地向你的耳边吹来爱的低语,

仅仅是你我靠在一起的夜晚,你抱着我手不放,崇拜我呼唤我像我十岁时的渴望

我在无望的树篱绿野间游荡,那时你坐在阳台下垃圾口旁的小巷,我们压抑的胸膛为那来者而痛,

我要从坟墓中救你出来呀!哦,尼尔我爱你我带着这羔羊高高兴兴地走到了世界的中心——哦,柔情——再次见你——哦,柔情——在时代的中心我们将再次相见,我将认出你的面庞

1958年春,巴黎

在阿波利奈尔[1]墓前

"……这就是时间

从中我们了解未来

而不被知识所困扰"[2]

一

我为寻找阿波利奈尔的遗骸,曾拜访拉雪兹神甫墓园[3]
当天美国总统也出现在法国,出席各国首脑云集的盛会
那就顺其自然吧,机场万里无云奥利春意盎然,巴黎的空气洁净似玻璃
艾森豪威尔[4]展翅飞过,自他美国的墓园
而倍雷拉谢斯被白雾笼罩,那种朦胧如大麻般燃起浓烈的迷幻
彼得·奥尔洛夫斯基[5]和我静静地走过倍雷拉谢斯,彼此都明白我们将会死去
便于此微缩市井的永恒里,拉起对方暂时的手
小径与路标,岩石与山丘,每个人的房子上都刻有姓名
寻找一位虚无的法国名人不为人知的地址

---

[1] 阿波利奈尔(1880—1918)法国诗人、剧作家、艺术评论家,超现实主义的先驱之一。
[2] 出自阿波利奈尔的诗《波》。
[3] 法国巴黎市内最大的墓地,阿波利奈尔埋葬于此。
[4] 艾森豪威尔(1890—1969),美国陆军五星上将和第三十四任总统。
[5] 彼得·奥尔洛夫斯基(Peter Orlovsky,1933—2010),美国诗人,金斯堡的同性恋男友。

为将敬意，这种温柔的罪行献给他无用的纪念碑
再把我暂时的美国人的嚎叫放在他沉默的图形诗① 上
为他用诗人 X 射线的双眼将字里行间看穿
如同他曾奇迹般地在塞纳河读过自己的墓志铭
我希望有某个云游小僧把他的小册子放在我的坟前，供给上帝在天堂寒冷的冬夜里读给我听
我们的手已从那边消失，我的手现在正在巴黎那条心长眠的街巷② 里写字
啊，威廉，你脑中有何等的坚毅，怎样的死亡
我将墓园寻遍也未能寻到你的安睡之地
你诗中不可思议的颅骨绷带的意象是什么
庄严发臭的死亡头颅啊，你一言不发即是回答
你无法将汽车开进六尺之下的墓中，尽管宇宙这座摩索拉斯陵③ 大到可容纳一切事物
宇宙就是墓园，而我在这里独自游走
确信阿波利奈尔五十年前也曾走过这些街巷
他的疯癫就在转角处，热内④ 在和我们一起偷书
西方重燃战火，谁光辉的自杀将平息这一切
纪尧姆，纪尧姆⑤，我多么嫉妒你的名望，你在美国文坛的成就⑥
你的领域饱含疯狂的长句奔袭在死亡的那点破事上
从坟中起来吧，对我思想的大门讲话
发布一系列新的图景海洋般广袤的俳句莫斯科蓝色的出租车黑人的佛像

---

① 阿波利奈尔于 1918 年出版的诗集，诗集的印刷字体和空间排列具有独特的诗意表达。
② 原文为法语，Git-le-Coeur。法国巴黎的一条街。
③ 土耳其西南部的一座陵墓。
④ 热内（1919—1986），法国著名小说家、剧作家、诗人。
⑤ 即阿波利奈尔。
⑥ 原文 letters 也可解释作"字母"，指代阿波利奈尔创作的字母组成的图形诗。

请在你前世的唱盘里为我祈祷

用你悠长而悲伤的声音用希腊歌队深沉甜美的歌喉伴着第一次世界大战的粗糙

我已经吃下你从坟墓中递出来的蓝色胡萝卜梵高的耳朵和阿尔托癫狂的配奥特仙人掌①

我将披着法国诗歌的黑斗篷走过纽约的街道

在巴黎的倍雷拉谢斯进行我们的即兴对话

未来的诗歌将接受它灵感的滋养化作光芒渗入你的坟墓

二

巴黎我是你的客人啊友善的树荫

那只贾克伯缺席的手

年轻的毕加索忍受着我地中海的管状乐器

我出席卢梭老派的红色宴会吃掉了他的小提琴

洗衣船②上盛大的聚会并未出现在阿尔及利亚的教科书中

查拉③在布洛涅森林布谷鸟机关枪般啄啄的点金术

他边哭边把我翻译成瑞典语

紫罗兰色领带黑色裤子衣着得体

可爱的紫胡子在他的脸上浮现如同无政府主义的高墙蔓延的苔藓

他滔滔不绝地和安德烈·布勒东争吵

他曾经帮该人修剪过金色的胡须

老布莱斯·桑德拉尔在他的书房迎接我听他说话如西伯

---

① 阿尔托（1896—1948），法国剧作家、诗人。曾去墨西哥体验仙人掌迷幻剂，之后发表了反思西方文明的《漫游在塔拉乌马拉大地》。
② 巴黎蒙马特区的一座建筑物，毕加索于1908年在此处宴请卢梭。
③ 查拉（1896—1963），前卫诗人、散文家、表演艺术家。

利亚一样冗长而疲倦
　　雅克·瓦谢邀请我去参观他骇人的手枪收藏
　　可怜的谷克多最后一刻想起曾经美妙的拉迪盖时黯然神伤而我已晕倒不省人事
　　里格和他的那封死亡指南
　　纪德称颂着电话和其他卓越的发明
　　我们原则上达成一致尽管他唠叨着熏衣草内衣的种种不是
　　但无论如何他还是沉醉在惠特曼的大麻被所有叫科罗拉多的爱人搅得心神不宁
　　美国的王子们怀抱着一大堆弹片和棒球即将抵达
　　啊纪尧姆和世界搏斗是如此简单似乎如此简单
　　你可知道一支古典政治学大军即将入侵蒙帕纳斯
　　他们的脑门上没有一根预言桂冠的枝条使其青春活现
　　他们枕头里没有绿色的脉搏他们的战争中没有树叶飘落——马雅可夫斯基已经靠岸他将反抗

　　三

　　回来坐在墓前，凝视你粗糙的石碑
　　这块单薄的花岗岩像未完成的阴茎
　　隐隐刻着十字架的墓碑上有两首诗，有一首是《悸动的心》
　　你们是不是对纪尧姆·阿波利奈尔·德·科斯托威斯奇这样我眼中的奇才习以为常了？
　　不知谁放了一只插满雏菊的果酱瓶，五分钱与一毛钱的超现实主义打字员与陶瓷玫瑰的摆件
　　快乐的小墓地覆盖着鲜花与颠覆的心
　　幸得一株布满青苔的树的荫庇，我也正坐在它弯弯曲曲

的树干上
　　盛夏的枝杈与茂叶为纪念的此地遮风挡雨，却无人与我同在
　　纪尧姆猫头鹰般地鸣叫着，你变成了如此不祥的声音。他与树为邻
　　下面或许埋着成堆交叉的骨骼与发黄的头盖骨
　　而诗稿和烈酒安放在我的口袋，他的发言进了博物馆
　　中世纪的脚步声从碎石路传来
　　一个男人盯着名字看了一会，又走向前方的骨灰堂
　　同样的天空卷起层层云朵，一如战时里维埃拉地中海的日子
　　沐浴在爱河痛饮阿波罗的美酒偶尔服用鸦片，他带走了光
　　人们应该去感受圣日耳曼的震撼，他过世后雅各布和毕加索在黑暗中唏嘘不已
　　一块绷带脱落，头颅在床上一动不动，张开短粗的手指，奥秘和自负消失得无影无踪
　　尖塔的钟声传向城市四方，鸟儿啭鸣在栗树林
　　贝蒙特家族在基督脚下安眠，胸肌健美性感地躺在墓穴
　　我的香烟在衣兜里起火，令纸页充满烟与火焰
　　一只蚂蚁从我的灯芯绒袖子爬过，我身下的树在慢慢生长
　　灌木与枝杈在墓地纵横，蜘蛛丝般的细网在花岗岩上闪闪发亮
　　我已葬身于此，坐在树下自己的坟旁。

1958 年冬春之交，巴黎

消 息

自从我俩变了
同性的暧昧萌发
一起撒尿,一起哭泣
我于清晨惊醒
眼中是这个梦
但你已动身去了纽约
去吧别忘了我
我爱你我爱你
你的兄弟们是疯子
我只能接受喝醉的他们
我独处的时间已太长
静静地坐在我的空床
没有谁来抚摸我的膝盖,男人
或女人我不再挑剔,我
生来就要爱我现在需要你
远洋轮船在大西洋里沸腾
未完成的摩天楼那精巧的钢架
飞船尾部在莱克赫斯特上空吼叫
六名裸女在红色舞台上翩翩起舞
巴黎所有的树叶全都绿了
我将于两周后回家凝望你的眼睛

1958 年 5 月,巴黎

至林赛

维切尔,外面星光灿烂
黄昏的暮霭将科罗拉多的公路笼罩
一辆汽车缓慢的爬行穿过茫茫平原
在醺醺微光中带着喧嚣的爵士前进
伤心欲绝的推销员又点了根香烟
二十七年前在另一个城市
我看到墙上你的影子
你穿着你的背带裤枯坐于床铺
幽冥的手在你头顶举着瓶来苏水
你的影子散落一地

        1958年5月,巴黎

致露丝姨妈

露丝姨妈——此刻——我能看到你
你消瘦的脸,微笑时一口乱牙,风湿
的病痛和那只沉重的黑色长靴里
你皮包骨的左腿
跛行在纽瓦克铺有地毯的悠长大厅
从黑色三角钢琴旁经过
那会客室里
曾有无数的聚会
我也在那儿唱过西班牙保皇党的歌
用我的公鸭嗓
(歇斯底里)委员会听我唱歌时
你正于房间四周跛行
向大家讨钱——
甜蜜阿姨,山姆大叔,一个陌生人把空空的
袖管插在兜里
和一大帮亚伯拉罕·林肯旅的
光头年轻士兵

——你无尽忧愁的脸
你为性的挫折所掉的泪
(是什么扼杀了奥斯本区的一只只枕头下的
哭泣与嶙峋的髋骨)
——那时我裸体站在浴室马桶上
你拿着炉甘石搓我的大腿
对着那些皮疹——我柔软

而又羞耻的第一根黑卷毛
那时你心里暗自想些什么
已明白我已经是个男人——
但我只是家中无知的小女孩一面沉默地倚着
我瘦弱的双腿,在浴室——这间纽瓦克的博物馆。

露丝姨妈
希特勒死了,希特勒在永恒中了,希特勒现在和帖木耳
与艾米莉·勃朗特在一起了

我看到你仍可行走,如奥斯本区的鬼魂
穿过长长的漆黑走廊摸到门口
一瘸一拐脸上挤出笑意
穿着大约是丝质的
花衣裳
去欢迎我的父亲,诗人,拜访纽瓦克的来者
——我看到你到了客厅
用你的瘸腿边跳舞
边拍起手因我父亲的书
被李佛莱特所认可

希特勒死了,李佛莱特也已破产
《昨日的阁楼》与《永恒的一分钟》[①] 已绝版
哈利舅舅卖掉了他最后一双丝袜
克莱尔离开了她的形意舞学校
布巴坐在陈旧的纪念品上面
冲着老妇女之家的新生儿眨眼睛

---

① 金斯堡父亲于 1937 年出版的诗歌集。

最后一次见你是在医院
暗灰的肌肤下苍白的额骨
青筋暴露一觉不醒的姑娘
睡在氧气的环幕
西班牙的那场战争很久以前就结束了
露丝姨妈

          1958 年 6 月，巴黎

美国零钱

我远望，久久未归的大西洋夏日暖阳中的家
海豚在蓝天下冲破的玻璃般清透之海，
　　一线银色微光透进我的舷窗，我从我叮当作响的新钱包内绿色票与硬币之间将它捕获
　　——握在掌心，正面是羽饰的印第安头像，巴克·罗杰斯式鹰眼的面庞，两颊间有因饥饿产生的裂纹
　　刚毅的下巴属于已在世间消失的他，像个用发胶把头发拢到一边的希伯来人——啊，这拉比① 印第安
　　多么有远见的灵感，源于百年前水牛城袒露在稀云烈日下的牧场间，那明澈的光遍布一万英里外的四面八方
　　可如今你和维也纳全部的小提琴乐曲，一起困在堪萨斯城里诺市这台巨大的吃角子老虎机里，——
　　它与之后那些繁复的欧洲硬币相比是如此单薄，那些厚厚的铜法郎，铅制比塞塔，与沉重而无穷的里拉，
　　红皮肤的乡愁，糖果店微缩在五分镍币上的原始回忆，终结于银币之上，
　　背面是长鬃蓬松的水牛，背上有驼峰般的突起尾巴卷曲，头似乎要向永恒那条优美的弧线撞去
　　阴部低垂的着毛发，芒刺密布的肌肉叠着肌肉，先知的脑袋，温驯地鞠着，
　　时光吞没的野兽呵，灰白的躯体皱纹波澜不惊，闪亮如打磨过的石像，我食指间刺目的金属，荒唐的水牛啊——去纽约罢。

---

① 拉比，犹太人中的一个特别阶层，通常是学者、老师，是智者的象征。

我发现的下一枚硬币是密涅瓦①，性意冷淡酷若冰霜，金钱远祖的女神——还是华莱士·史蒂文斯的妻子，真的么？

从锁眼钻进来敏捷的思想颤动它微型的翅膀

独一无二的女同性恋，密涅瓦，麦德逊大道的女神，百无一用的硬币甚至买不起一只热狗，已被遗弃，已经死去——

再后来我们的硬币上有了乔治·华盛顿，原始味道尽失，扁鼻子的两毛五，自命不凡的眼睛和嘴巴，某位白痴的设计出我们无性的国父形象，

脖子裸露，假发上绑着一根丝带，前额高高凸起，鼻骨如罗马人般英挺，丰满的面颊，隐隐的假牙中显露出他的想法——啊，艾森豪威尔与华盛顿——啊，先父们——不是电影明星却有着神秘的魅力——啊，你们的大鼻子——

两毛五，永记在心的两毛五，一共四毛的零钱——我靠岸后你们将给我什么——一杯冰淇淋苏打？——

成堆可怜的零钱们，你们是悲伤的序曲，美国遗忘的钱币——

第一次摸着硬币产生怀旧的情绪，美国的零钱，

我慢慢变老的手掌上的记忆品，反射出同样老朽的银光，

藏在我拇指和食指间微薄的一毛钱

所有那些硬币们的挣扎，和他们重现于世间产生的哀伤

我将重现于在那些虚构的海岸

和那破碎的梦，那钱的幻景缩减成萦绕在心头的回忆

---

① 罗马神话中的智慧女神、战神、艺术家和手工艺人的保护神。

是帕特森加油站边我发现一枚半美元的银币在草丛里闪闪发亮——

我的兜里有五美元的钞票——那林肯乏味多痣皱巴巴的黑脸，还有难看的额发，耳朵肥大，各种口号在钞票上飘荡，还有绿色的图章与蛛网的黑色密纹，

跑马道般的绿色间一连串的数字，无边无际的承诺，一个姑娘，一间旅馆，一次去奥尔巴尼的巴士之行，一场在曼哈顿某个遥远的角落杰出的买醉

一条混合茶叶，或是一小包或一勺海洛因，或随便什么五块钱奇怪的礼物。

钱，钱，一连串的暗示，我或将给你写些诗——亲爱的美国钞票——啊，自由女神，我被脑中的钱围绕着奔向了你——终于奔向了你

啊！华盛顿又出现了，在一美元上面，一样诗意的黑色印刷，朦胧的语言，美利坚合众国，无法数清的数字

R956422481 授予这一美元法定货币（温柔！）的身份去承担一切公家和私人的义务①

我的上帝，我的上帝你为何要抛弃我

Ivy Baker Priest Series 1953 F

另外看，那只鹰展开狂野之翼，上方的星环中一股烟火萦绕——

还有圆圈里共济会的金字塔，这吓人的斯维登堡式美元美国超现实地飘浮在砖砌的最高点

那三角形顶端的截面闪亮着一只目光炯炯的眼睛

光从没有眉毛的三角形中四射而出——沙漠里四周散落

---

① 美元的编号，此处是对于美元纸钞上"本券是对一切公私债务的法定支付手段"的戏仿。

着仙人掌，云在远方，
  我们这受难的国玺，上帝眷顾我们，新世界的秩序，
  都被税务员为预防假币而设计的绿色蜘蛛网覆盖——

  此乃唯一

1958 年 7 月，美国号

背靠时代广场,梦着时代广场

请让某位忧伤的小号手
站在拂晓无人的街上
吹一首银光闪闪的颂歌
献给鳞次栉比的时代广场,
纪念这个十年,凌晨五点,
薄薄一轮寒月
初现
于憧憧绿影的
麦格劳·希尔① 办公楼之上
一名警察走过,他变得透明
在那音乐里

环球酒店,贾维曾倒在
灰色的床铺,弓起脊背,
清洗着他的注射器——
我也在那儿混过不少昏迷的夜
在他血迹斑驳的棉被里
梦到布莱克的喃喃低语——
孤独无比,
贾维在墨西哥的死已有两年
酒店变成停车场消失无影踪
我回到这里——坐在马路牙子上
像之前那样——

---

① 美国著名的财团,国际领先的教育、信息及金融服务机构。

电影夺走了我们的语言，
巨大的红色招牌写着
双片联映乐无边
青春梦魇
月影流氓

但我们不是梦魇
不是流氓，我们是想牵住
真理那白皙鼻子的追梦人

一些老伙计仍在世，但
老毒虫们已先走一步——

我们是一部传说，无形
却世代相传，如预言流转

1958 年 7 月，纽约

笑　气

致盖瑞·史耐德
你给我的那只乞讨用的红铁皮杯子
我已经丢了但里面的东西安然无恙。

一

笑气带来的快感
我似曾相识
奇怪的心灵颤动
来自同样苍老的宇宙

牙医的钻头嗡嗡作响
与墙上那怀旧的
钢琴背景音乐作对
持续，熟悉，穿透牙齿
我他妈在哪儿听过
这首混蛋爵士歌？

宇宙是一片空寂
但有个梦的黑洞
梦消失
它关闭

吸入或逃离那存在

只在一念之间
非常要命——要领会
魔法盒子的秘密

来到宇宙中
以一氧化二氮 ①
麻醉着思想意识

锡利亚 ② 不过是个没有人情味的梦
是许多中的一个,且仅仅是梦。

生与死带来的悲伤
从梦奔向梦的悲伤
总是在变化……
固定的告别
并不存在

很多世界都不存在
但都几近真实
都是玩笑
都是令人迷惑的卡通片

  那是傻乎乎又令人毛骨悚然的宇宙的形态,什么?玩笑的存在滑进了虚无,像巫师的长尾消失于墙上的裂缝中留下慢慢缩小的黑圈式结尾伴随疯癫的啄木鸟伍迪穿透力强劲的印度式神经质尖笑。没有人受伤。他们全部消失。他们未曾存在。无始而尽善。

---

① 笑气的化学名称。
② 基督教神学论学说中的千禧年说,涉及耶稣复活。

这就是为什么悟① 来自于笑
而盛怒的禅师将佛经撕碎。

这种对立的痛苦
这惊叫与笑声的循环
面孔与屁股，基督与佛陀
都拖着自己的那套宇宙
在落满雪的心理极间行走
像被解雇的疯狂圣诞老人
牙科座椅上最糟糕的痛苦成真
奴佛卡因也加入循环
每个偶然都必然发生
连上帝都曾降临一次，甚至两次
撒旦定与我结下仇怨

放松，死吧——
这些过程将再次重演
出生！出生！
回到这熟悉又老套的
牙医的微笑——

布卢姆菲尔德的警车
闪着它头顶
愚蠢的警灯
恶狠狠地冲向永恒
在一瞬间消失不见

---

① 原文 satori，在佛教中"悟"是指突然意识到或者个人的启蒙，被认为是走向涅槃的第一步。

——同时发生的还有
江洋大盗出现在
二十世纪银行门口①
消防车呼啸着
驶向那位
在自己卧室里燃烧的老妇
今日的大灾变
明天是
米老鼠的卡通片——

我想吐!真是不可思议!
多么可笑残忍
又下流的笑话!
整个宇宙不过是个长毛狗的笑话!
结局诡异不停地重复
直至你明白它的笑点
"那是一个漆黑阴冷的晚上……"
"伸手不见五指"
"你走大路
我抄小道"
——大家全都迷失于
思想意识的苏格兰——

Adonoi Echad!②
不是一,是二
不是二,是无穷——
宇宙毁灭又重生

---

① 金斯堡虚构的银行,指时光本身的存在。
② 希伯来文英语音译,意即"上帝唯一"。

在思想的无尽篇章!

盖瑞·史耐德,杰克,思索禅宗的人们,
劈开存在
欢笑与哭泣——
什么是震撼?什么是量度?
当心灵变成一架
非理性的红绿灯
立于漫漫戈壁——
请跟随它自相矛盾的信号!

它的用处是否使我们
闪避老鼠和恐怖
躲开警察与牙医的钻头?
某人将在隔壁构思出
新的布痕瓦尔德
——蚂蚁的梦
比我们的
有趣
——它梦得更多
更快,似乎
也更少有狗屎

啊,可能与不可能的宇宙
起伏的波涛啊——
每个人都正确

来世我定将
写完此诗

二

……眼睛慢慢睁开
感知着周围
我从恍惚中苏醒——
看到口红
是护士出现在
牙医的办公室

那是第一只
想跳出虚空的
青蛙

……灵光一闪
自那揭示宇宙
再合乎逻辑地
对称地
精确地摧毁宇宙
的全部手段
逆转,直至你出现
回到混沌
从那儿敲出
可能性最初的音符……

造物主的
恰尔达什舞曲①,

---

① 东欧的一种野性,激情饱满的舞蹈。

那第一个平庸的和弦
将音乐确立于
它机械的点唱机
……而这全部的建构
将不可避免地
揭示自身的奥秘
并再次朦胧
回到混沌……

——同一位行人
过马路
需要看
两边的车——

而每次他回来
都是一脸苦相
（或许刚看过牙医）
被一种慢慢沉陷的感觉
所支配，哦！我
被蒙蔽了——

再一次
如马戏团里的演员
向死亡挑衅，被扔进
管弦乐队里——
注意到音乐的刺耳
是一种冷漠而蓬勃的凯歌
噩梦般的嘲弄
——如杂技演员跃起
遁入虚无——

是我！我殊死一搏
从这钢丝上跳下
从那帐篷的最高处
在很久之前……
今日重现！

我醒来时头晕……

这是一个梦
是某人在他幻想的宇宙
一张牙医椅子上做的梦
——从烟雾中显现
这只可能
发生在幻觉那封闭的宇宙

三

　　华尔街的宇宙天气很好——今天的阳光如此灿烂，仿佛从未灿烂过且再不会灿烂一样——蓝蓝的晴空如止水般平静——公园对面教堂金色的圆顶散发并接收着光芒——我感到沮丧想毁掉这一切——
　　那些躺在婴儿车里经过房子安静的白色大门的孩子们有什么希望——只有公共图书馆才知道。
　　在牙医的椅子上不祥的预感——《目标：月球》[①] 呆板的歌声从收音机传来——代表这被遗忘的宇宙中对于月球故弄玄虚的悲情——人类唱啊，唱啊——为月球——还是为钞

---

① 1950年上映的一部美国科幻电影。

四　现实三明治：欧洲！欧洲！（1957—1959）

票？——闷罐中发出低能的嗓音在太空中摇滚着作出无形的宣言——

　　医生赞成立即进行试验——奴佛卡因，我的嘴开始慢慢消失——像柴郡猫那样。

　　回归：冲突无尽的循环在虚无中发生
　　令完美绝无可能将其一手掌握
　　完美并不存在
　　也不是必需
　　所以万物都是终结，在不停的发生，发生
　　直到最后我们如期消失无踪。

　　天地万物的首次颤音：
　　只有一个音符
　　除了一个包含着"有"的概念外
　　那里空无一物——

　　谢尔曼·亚当斯[①] 将会辞职
　　我屏住呼吸
　　痉挛穿过我的肚子
　　护士将唱着我爱你
　　在呼吸之间佛教徒们是对的
　　一滴眼泪
　　从面颊溜过
　　可能性在消逝
　　透过镜片瞪着眼睛
　　在这些恍惚的思想流动时

[①] 美国总统艾森豪威尔的助手，因收受一件皮毛大衣作为礼品而卷入白宫丑闻后辞职。

什么都抓不住,或不抓住

我拿起我的笔
辛纳特拉还在老套的唱着
我写给你是为了让你为我解惑
我祈祷,西纳特拉唱道
我可能瞥见我们所造的圆满?
速速回信,西纳特拉唱道
上帝啊请将我烧死在这存在吧。

你有渴望的躯体,西纳特拉唱道
我拒绝呼吸并回到那种形式
我之前已预料将目击这些时刻
我已经数百万次转动我的脖子
写这份笔记
迎接火焰和喝彩的问候
我拒绝停笔
——思考——
到底是哪种完美从我这里逃走?

可能性无尽的循环在"无"中铿锵作响
写作中的每一处谬误都是在时间之始定下的必然
医生的电话号码是清教徒1—0000
无,是你在给我打电话吗?

宇宙将被炸成碎片
被即将发生的核爆
被那个曾叫美国的地方
曾有的艾森豪威尔总统
格雷戈里写下的炸弹!

俄国人的火星之梦
当卫星发射上天
与想象力终极的爆炸
产生的全部意识
在虚无中它不会带来任何改变
因那发生的,也正同时没发生着
无论如何
思考这次总算非常靠近真实——
也将——逝去。
啊,我或许在这困境中死去
我得回去
预言或许成真
这一切都是伟大的特例

我的公车如其所昭,即将驶来
在另一个九月的结尾
战争提前在收音机里打响
我们就要见识毁灭不可回避的美丽
一个火匣站在图书馆前感知着
太阳开始炙热,我开始疯狂的乱写
——它在无名中创建绝对和忘却
思想的行星掠过
在哪里开始就在哪里结束

我想回归常态
——可没有什么是亘古不变
但涅槃除外
或于此
长眠,上帝啊——哲人们
知晓何物,思考何物?

我是一个间谍
在布卢姆菲尔德公园的长椅上
——被公车吓得要死——
那只蜜蜂在我鞋边转悠什么？我那借来的，不可避免的鞋？
一辆巨大的卡车驶过，纸箱里装着报废的电视机

图书馆国旗飘扬

巴士上我和女黑人同座

这是一次爆炸①

四

回到老样子的黑洞
在那儿，可能性关上了
最后一扇门
太虚却仍在持续
……玻璃
在沙里反射着阳光，
瓶子的碎片
属于永不知道碎片存在的那个瓶子

……在树下
树睡过一个冬季

---

① 美国种族隔离时期，有色人种与白人不得同座。在民权运动中不同肤色的人向这一不合理制度发起的抗争对美国社会进步产生过巨大影响。

直到五月的热气
令它长出眼睛
花用绿色的感知
向上生长
死亡,在雪中将自己遗忘

……幽灵中的幽灵

如果我们不存在,上帝
就会创造一切
没有任何可抱怨的空间
可供给任何失之(存在)
交臂的求爱者

命运在扯弥天大谎。

……而弥天的梦想家
再次被默许
上帝在沉睡!
他将得到一个弥天的惊喜
有一个他的梦想即将成真
他也将得到答案
他也将得到答案

只是宇宙盘子中的一次闪光
——只是一瞬,那儿
或许有光
可有盘子也在那儿
去反射它吗——

——我们可以躺在床上
想象自己飘向千里之外——

我害怕去屏住呼吸——
起先这痛苦来自
身体
窒息，接着
就是死亡。

五

疼痛蔓延而上到达眼睛
那弯头的牙钻挂在那儿
像是为微型的丘比特
竖起的绞架
窗户敞开，外面的春天
凝冻在稚嫩的树梢
门铃咚咚咚响
不知在何处开启
我又站在宇宙中
同一架药柜面前——咚，
我知道我比牙医更真实！
一系列的难堪窘境，具有相同的本质
尽管我不能否认曾看着它消失
一次又一次消失

"无"轨公交公司

开一辆公车穿过布卢姆菲尔德

……绽放着
在一朵未绽放的雏菊底部
将会化为子"嘘""无"有

历史将不断重复
永远,就像女人
在荷兰清洁剂盒子上的形象

逃出镜子的路
被镜中人发现
因为他意识到自己的存在
也不过是一个……
如我一样,全然的陌生人而已

永远的出路!还未寻见
我们能借其之力走入那片领域
由那里,图景升起并重复着自己

悲伤的是,每一片叶子
都曾经落下过——

我脚下一只蚂蚁爬着
顺着柏油路的龟裂——
而这确切的白色棒棒糖棍儿
与树的嫩枝
躺在浸水的火柴旁
还有几片草叶……
我曾坐在这儿写过这些话

今天只是在努力回忆——
正是如此——我忆起了我写的
并将它们写下
我知道何时我将停笔
我知道何时我将遗忘，并
知道何时跃起
把握机会——
不可能
去完成任何事，但此刻
我将全部的宇宙汇于一点，置身其间
这是技艺，
还是笑气的洞察力？

哈哈哈哈哈
和尚嘲笑着
月亮——
十英里内，人人困惑，
难解其意——他只是在提醒人们
——提醒什么——提醒那月亮
那轮无言的老月亮
已活过一百万遍。

1958年秋，纽约

有趣的死亡

星球的音乐——止于静默
虚空是一台三角钢琴
数百万的旋律
此起彼伏
静默游离其间
却不会将自己
打破

这音乐如此优美
啵啵啵——
啵
啵
卟——

众形态独一无二的轮回
缩小
消失
返回钢琴之内

1958 年 9 月 25 日，纽约

我忧愁的自我

至弗兰克·奥哈拉

有时候当我的眼睛充血
我便爬上洛克菲勒大厦的天台
凝视着我的世界,曼哈顿——
我的大厦,我扬名立万的街道,
阁楼,床铺,单供冷水的公寓
——第五大道吹来一些熟悉的味道,
它蚁行的车流,可爱的黄色的士,人类
在其间行走犹如毛线起的球儿——
那全景,大桥,日出与忙忙碌碌的布鲁克林
新泽西,太阳从那边落山,是我出生的家乡,
也落在帕特森我玩过蚂蚁的地方——
我深爱着第十五大街,
我更爱那下东区,
我在布朗克斯区留下的绝世爱恋
已成往事——
小径延伸向那些隐蔽的街巷,
记载着我的过去,我的缺席
与哈林区的狂喜——
——太阳照着我拥有的一切
眨眼间落入了地平线
落入我那仅剩的永恒——
物质如水。

忧愁,

我坐电梯下楼
心绪不宁,
走在马路上凝视着人类的
眼镜,面庞,
质疑那些去爱的人,
停步,被卖汽车的橱窗
吸引
迷失于平静思绪
身后第五大街的路口依旧繁忙
我等待着,直到……

是回家的时候了,该去做晚餐,去收听
广播里浪漫的战争新闻
……世界静止了
而我行走在存在那永恒的忧愁里,
大厦间渗出流动着的温情,
我用指尖触摸现实的脸庞,
镜中自己的脸庞只有热泪两行
那是某个窗口——某个黄昏——
我无欲无求——
不想要糖果——也不要礼服,或日本
精美的灯罩——

周遭的美景令我迷惑,
人类在窗外奋斗
与皮包,报纸,
领带,美丽的西装
一起奔向他的欲望
男人,女人,街上是人的河流
大家焦急地望着路口倒计时的红灯

穿街而过——

而这一条条街道
如此交错，喧嚣，冗长，
大街上
摩天楼在生长，贫民窟痛若苦疮
穿过蹒跚的车流
轰鸣的汽车与引擎
带着痛苦驶向
郊区，驶入坟场
向那平静的安详
山脉或临终之床
一旦相见
就永不再见或
再也不见
我的曼哈顿，我眼前的一切，终将消失。

1958年10月，纽约

伊戈努[1]

　　首先声明如果你认识我我就宣布你是一个伊戈努
　　伊戈努对世界一无所知
　　对工厂的事务一无所知尽管也许他拥有一间工厂给工厂策划甚至坐在车间主任的位子上
　　伊戈努对天使无所不知没错伊戈努就是天使一种喜剧的存在
　　菲尔兹与哈泼·马克斯是伊戈努惠特曼也是个伊戈努
　　兰波天生就是穿着男式小裤衩的伊戈努
　　伊戈努可能是同性恋可能不是好心的伊戈努为了体验奇异的快感去帮大天使吹箫
　　诺斯替教派的女人爱他主啊溢出的精液流向许多死去的姑妈
　　他是出色的淫棍他崇拜漂亮的姑娘
　　无论是好莱坞的花瓶还是爱达荷孤独的男同性恋长腿的广告女郎或是神秘的家庭主妇
　　都深深得怀念伊戈努前世带来的爱恋
　　丈夫们背地里也都疼爱伊戈努他们的好兄弟
　　多年的友谊令什么都可能发生不贞鸡奸醉酒颤抖与欢乐
　　伊戈努没有来世全然不朽且自知
　　他睡在每个人的身边每个人的寂寞都是为了伊戈努伊戈努很早就意识到我们终将孤独
　　因此伊戈努就是原始的阳具与头脑
　　伊戈努一样写下愤怒的文章对于玄学的个人感悟草拟月

---

[1] 原文 ignu，指糊涂的人。

球的抽象图案"电光火石间"裸体午餐油炸鞋子与国王告别

  天使的幻影却在相反的方向飘荡
  充满智慧的拂晓将电话变成奇异的动物
  他带着他神秘主义的大剪刀向玫瑰花园进攻剪剪剪
  伊戈努在公园大道涂鸦手持他挥之不去的忧愁
  在巴黎的茶座喝着茶傻笑在一间漆黑旅馆颓败的房内掉光了头发
  伊戈努披头散发在罗马斗兽场走一步哭一步
  他摘下一根济慈墓前的三叶草一根雪莱墓前的青苗
  记得柯勒律治吗他们曾在半夜一张伦敦的桃木桌边有过漫长而焦虑的谈话
  冬日冰雨茫茫街边小店薄雾笼罩出租司机对着手哈气
  查尔斯·狄更斯生来就是伊戈努快听那孩子的号哭
  伊戈努在桥下呆着打发时间嘲笑过往的军舰
  伊戈努也是艘军舰没有枪炮的军舰迷失在北海哦绚烂的旅程
  他熟知地理他曾在那儿驻足他会离开且已经死去
  来世化为一名口中念念有词讲着阿拉伯忧伤笑话的长胡子犹太
  生来脑门上长着星星头顶着光环
  听着音乐沉思快乐地看秋天的落叶与永恒的月光飘落在他的头发里
  穿梭于餐桌之间应酬着苏菲派最文质彬彬与雅致的同志们
  他其实根本没去那儿
  他穿着黄道的蓝袖大袍戴着魔法师高高的尖顶帽
  在一颗红色星星的照耀下倾听着水井里的潺潺流水
  坐在洛克菲勒中心的大厅里彬彬有礼无论他穿没穿裤子眼神中都洋溢着热情的心肠
  他听着爵士乐假装自己是个饱受犹太人的多愁善感和白

人的神明摧残的黑鬼

伊戈努浑然天成你能在他漫不经心地付出租车费时看出他的本性

从一卷不可理喻的圣洁钞票中随便抽出一张

或是小心翼翼地寻找那总是找不到的硬币付给他暗恋的巴士怪司机

伊戈努正在寻找你他是上帝派来的搜索使者

而上帝每隔十年就为他把世界掰碎

他能在蓝蓝的天际下发现晴天霹雳

他能听见布莱克在哈林区背诵向日葵诗篇发出的空洞嗓音

即便被70万个袖口飞出蛾子的疯狂的学者包围他也不悲伤

他想死想放弃想发疯冲破阻碍进入永恒

活下去传承下去做个年长的圣人或是崩溃做一个描眉画眼的小丑

伊戈努们只要交谈一次就能认出对方称兄道弟

就如同一生的挚友烂漫的眨眼与咯咯笑声穿越了大陆

在经历出租车内各自付钱的伤感别离时刻后飞速离开闹市

一两个冷酷的伊戈努躲在包裹里

一个笑眯眯的和尚穿着粗布服

一个被自己砸碎鸡蛋杯里鸡蛋的声音感动

一个整宿嚼着口香糖听摇滚乐

一个佩滕热带雨林里的傻瓜人类学者

一个蹲在监狱里整年都为因果报应的比赛下注

一个在东百老汇追逐女孩子一直追到恐怖电影里

一个从自己的裤裆里掏出许多干瘪的葡萄腐烂的洋葱

一个在床底下藏了娱乐宾客的母羊还用自己的屎糊墙

收集鞋子威士忌天空等等假如有机会连月亮都会偷走

那就会令美国失火但拥有这些并不代表能成为伊戈努

他的方式由灵魂铸就与思想发出温柔的光芒噼啪作响

是一封从陌生的城市寄给老朋友的信件

与一张异乡床铺上清晨太阳第一缕阳光

他肮脏的本性中存在一种喜剧人格

艾略特大概就是那种在吃饭时也能搞笑的少数伊戈努

帕特森的威廉姆是个垂死的美国伊戈努

伯勒斯是最纯洁的伊戈努头发美得像奶油他左手小拇指因为早年间伊戈努的事儿被砍掉形而上的咒符带着心理分析的爱的咒符

他成了比赚一百万美元还要来劲儿的废物

林赛在散文方面是个不折不扣的伊戈努

我曾见过他在巴黎充当满嘴胡言乱语肮脏的老绅士

带着知识分子的咳嗽脖子上缠了三圈儿虫蛀的毛衣

具有历史意义的指甲下藏着黑泥

纯粹的天才啊他一晚能为慢慢下沉的船上高达一千四百名旅客提供吗啡

"只因他们太情绪化"

谁不可思议你不可思议伊戈努和我的心感应吧

用邮件快递电报电话在楼下大喊或用指甲划我的玻璃

给我寄真实的灵现吧我会用特快专递给你回信

死亡是一封从未寄出的信

知识源于图章词语硬币阴茎监狱美妙的野心与笑气

历史戴着金色的光环是海洋的照片描绘出明亮的窗外喧嚣的天国居民

一只在黑云里注视着的眼睛

从土耳其长途巴士的车窗望去那孤独的秃鹰在沙原上空盘旋

这定是一个诡计。有两块钻石在手里一块是诗歌一块是仁慈

证明我们曾经梦过,曾握过智慧的长剑
我就这样跌跌撞撞蹒跚前行
就像六岁时裤子挂在脚面上一样——尴尬无比。

1958年11月,纽约

战舰的新闻电影

　　我正被茶①的快意推至高点在船首舱口边我的水手舱里
倾听着星星
　　想象着神风特攻队②摇摆着旋转着在污浊的云朵中穿行
　　高射炮陷落一片火海船首撕开的巨洞如燃烧的百合
　　我们倾泻装满硝化甘油的油罐于随波逐流的章鱼上面
　　海底传来沉重的隆隆闷雷声如患结核病的机枪手在干咳
　　乙醚罐之上火光冲天远远传来战舰的咆哮
　　它在海面起伏像鲸鱼被垂死的蚂蚁包围那阵尖叫那舰长
已疯狂
　　突然金色的光亮降至海面愈发庞大辉耀整片天空
　　那致命的寒颤和悲痛击中了我的身体我几乎无法睁开眼
　　光芒覆盖着那艘战舰如同脑中慢慢褪色的一张过度曝光
的相片。

1959 年，纽约

---

① 指大麻。
② 第二次世界大战时期日本用飞机发动自杀式袭击的战术。

五

卡迪什及相关诗歌

（1959—1960）

卡迪什[1]

为娜奥米·金斯堡（1894—1956）而作

一

此刻想到你是多么的奇怪，走的时候没穿胸衣眼也没闭，我走过格林威治村撒满阳光的人行道，

曼哈顿老城，冬日午后晴，我一夜无眠，念念叨叨，大声朗诵祈祷文，听着唱机上雷·查尔斯[2]失明嘶吼的蓝调，

那节奏那节奏——三年后你在我脑中的记忆——当我大声朗诵《阿多尼斯》[3]最后的激情的诗句——我哭了，那些苦我们是怎么熬过来的——

死亡对于歌手又是怎样一种解脱，歌唱，记忆，希伯来赞美诗或佛学问答中的预言[4]——与我对于一片枯叶的幻想——在清晨，

人生亦梦亦幻，你的时光—加上我的一起奔向天启，

---

[1] 原标题为："Kaddish-Poem, Narrative, Hymn, Lament, Litany, Fugue"（卡迪什——诗歌，叙事诗，赞美诗，挽歌，连祷与赋格），是金斯堡最为重要的作品之一，是诗人为自己死去的母亲娜奥米·金斯堡而作。本诗共分五章，也是诗集中最长的一首。本诗的创作跨度由1957年的巴黎至1960年的纽约。卡迪什是希伯来语"神圣"之意，代表犹太教中仪式上所朗诵的祝祷文。

[2] 雷·查尔斯，美国著名爵士布鲁斯音乐家，双目失明。根据金斯堡后来的回忆，当时唱机所放的是《我该说什么》（what'd I say）这首歌。

[3] 英国诗人雪莱于1821年写给济慈的挽歌，对于本诗的创作有一定影响。金斯堡曾说"如果你把这些韵律和呼吸融入你的身体中，你能感受到变化并产生新的主意……你能从别的诗人中获得那种精神，后面你的创作就水到渠成了。"在创作《卡迪什》前金斯堡曾反复朗读《阿多尼斯》。

[4] 泛指问答式的佛教文化书籍。

世界结束的时刻——花儿在阳光下燃烧——之后又会怎样,

脑海中浮现的一个美国城市,

似闪电划过,那个关于我或是中国的春秋大梦,或是你与苏联,或者是从未存在过的一张皱巴巴的床,

像黑暗中的诗——归于湮灭,

没什么可说,也没什么可哭,除了那梦中的存在,困于自身的失踪,

在这失踪中唱着、尖叫着,买卖幽灵的碎片,讨好彼此,崇拜无所不在的神明——渴望还是无处可躲?——除了幻象的持续——还有什么?

它在我四周萦绕,当我走到街上,向后望去,第七街堡垒似的办公楼鳞次栉比,高耸入云,它们直达天际——在天际之上——有个古老的蓝色国度。

或者一路向南,向着——我走去下东区——你五十年前走过的地方,那个小姑娘——来自苏联,吃下你第一个剧毒的美洲番茄①——在码头吓得要命

然后在奥查德大街②拥挤的人群中挣扎着奔向何方?——向着纽瓦克③

向着糖果店④,新世纪第一瓶自制汽水,还有在昏暗的屋子那发霉的暗棕色地板上用手搅出来的冰淇淋

向着教育婚姻精神崩溃,手术,师范学院,还学着去当个疯子,在梦中——这是什么人生?

向着窗台上的钥匙⑤——那把伟大钥匙耀眼的光芒已经

---

① 十九世纪末一些人固执地认为原产于美洲番茄是有毒的,这种观点在早期美国移民中十分流行。
② 纽约曼哈顿下东区的一条街,是纽约早期移民时代著名的犹太人聚居地。
③ 新泽西州的城市,金斯堡祖辈的家庭在此生活。
④ 金斯堡的祖父,娜奥米的父亲曾在奥查德大街经营一家糖果店。
⑤ 引用母亲临死前寄给金斯堡那封著名的,"艾伦,不要吸毒。"的信,后同。

在曼哈顿的上空显现，撒向地板，遍布人行道——一束万丈之光，我正第一次走进犹太剧院——穿过穷街陋巷

你知道，我也知道，但现在无所谓了——这一路从帕特森，到西海岸，到欧洲再回纽约的奇异旅程①，

此刻门外的西班牙人与街上暗肤色的男孩叫嚷，和你一样老的逃生梯

不过你已经不老了，你把老留给了我——

而我，无论如何，可能已和宇宙一样苍老——而宇宙大概会和我们一起湮灭——足以将未来一笔勾销——发生即消逝。

那很好！无悔的结局——到最后不再担心辐射，缺爱，甚至是牙痛的折磨——

尽管会以一头将灵魂作食物的猛兽现形——唉，我们的灵魂，就是那头羔羊，献出它去满足它饕餮无厌的食欲——包括头发和牙齿——来自于骨痛，裸露的天灵盖，断裂的肋骨，腐烂的皮肤，和难以抚慰的混乱思维的阵阵咆哮。②

啊！啊！我们做得更糟！我们被困住了③！可是你逃脱了，死亡令你解脱，死亡自有它的仁慈，你跟你的时代交了差，跟上帝交了差，跟那条通往死亡的小径交了差——最后跟自己也交了差——完全交了差——回到在你父亲出生前那子宫般的黑暗，在我们所有人出生之前——在世界诞生之前——

好了，去休息吧，再也没有什么苦让你受了。我也知道了你的归宿，这有多好。

再也没有花儿生长在纽约夏日的田野里，再也没有欢

---

① 诗人离家后云游四方，回到纽约写这首诗的岁月轮回。
② 娜奥米发病时的癫狂状态。
③ 也有"我们的身体在药物或毒品的影响下"的意思。

乐,再也不怕路易斯①了,

再也没有他的眼镜和笑颜,他的高中时光,债务,爱情,不敢接的电话,怀孕时的床,亲戚,还有手掌——

再也没有什么伊莲娜姐姐,——她早你一步离开了——这是我们的秘密——你杀了她——或者她不堪忍受你而自杀——关节炎折磨的心脏——但死亡杀了你们两个——这没什么区别——

你可记得你的母亲,1915年在默片影院的日复一日的泪水——遗忘,为玛丽·斯勒片中的人性光辉动的真情,还有年轻时卓别林的舞蹈。

或是看《鲍里斯·戈都诺夫》,夏里亚宾用他的嗓音把哭泣的恺撒召回莫特剧院——那出戏是同伊莲娜和迈克斯站着一起看的——还看着资本家们坐在池座里,看白裘和钻石,

和青年社会同盟的人一起徒步穿越宾夕法尼亚,宽松的黑色裙裤,照片上四个女孩紧紧抱在一起后面是一片荒芜,眼里闪动着欢乐,但非常羞涩,那是1920年的少女眼中才有的孤独

现在,所有的女孩都老了,或者死了,那墓中飘逸的秀发——还好她们后来都嫁了人——你嫁了——我也来到了世上——在我的哥哥尤金之后(他的悲恸会延续到他撒手人寰,直到他走完癌症的病程——或者被杀——还要一阵子——不久他就能想到——)

这是我能回想起的最后时刻,我看到他们了,真真切切,此刻——虽然不是你

我揣摩不出你的感受——还能有什么丑恶能张着狰狞的

---

① 本句所提及的是金斯堡的父亲路易斯·金斯堡,他是中学语文老师,也是诗人。娜奥米在患病期间的行为波及父亲以及几乎所有家人,包括自己的婆婆和丈夫。金斯堡将母亲的离世视作一种对于"莫名恐惧"的发解脱。

血盆大口——向你袭来——你可准备好了没?

向何方?向黑暗中的——那个——那个上帝吗?一束光芒?漫步在虚无中的主?就像梦里黑云中的一只眼睛?上帝最后,和你在一起?

超出我的回忆!无法猜测!不仅仅是墓中那发黄的头骨,或是一簇虫子的灰烬,一条褪色的彩带——顶着光环的死神?你能相信么?

阳光是否只在思想中灵光一现,只是刹那间的存在,就再也不见?

无可超越我们所拥有——你所拥有——多么可怜——但还是赢了。

因为存在过,变化过,像树,像折断的树,或者是花儿——滋养了大地——然而却疯掉了,用那花瓣似的——绚烂色彩——思考着无边的宇宙,震颤着,脑中的一剪①,剥光树叶,藏在鸡蛋箱搬的医院里,缠绕的布条,溃疡——癫狂大脑中的歇斯底里,彻底废了。

没有花能像那朵,那朵知道自己在花园里的花,和刀做着斗争——无济于事——被蠢货雪人的冰冷折断——即便在春天——被诡异的幽灵带到——死亡——他冰锥的锋刃——头顶凋零的玫瑰之冕——狗是他的眼睛——血汗工厂的鸡巴——电熨斗之心

生命所有的集合,已使我们不堪重负——钟表,肉身,意识,鞋子,乳房——作孽的儿子——你的共产主义——"偏执狂"进了医院。

有次你踢了伊莲娜一脚,然后心脏病要了她的命,中风也找上了你。沉睡?不出一年,姐妹两个,双双离世。伊莲娜的心安了吗?

---

① 指脑白质切除术,一种对于精神病患者极具道德争议的手术,患者的脑白质被探针破坏后变得木讷温顺。金斯堡的母亲最后做了这个手术。

下百老汇写字楼里的迈克斯与哀愁度日，孤独的长髯散落于午夜的账单中，不是很确定。生命在流逝——他自己知道——而他又在为何而烦恼？还在做着什么发财梦，或者已经发了财，雇了保姆，生了孩子，甚至认为你是不朽的，娜奥米？

我快见到他了，现在我必须停止——和你讲话——那些你有嘴时我却没说出口的。永远。而我们就被其所束缚。永远——如同艾米莉·迪金森的马群①——奔向终点。它们知道方向——这些骏马——快得超越了我们的想象——马群跑过我们的生命——并掠走了它。

何等壮丽，不要再哀伤，这破碎之心，落后的思想，结了婚的梦着的，凡人的洗心革面——那些在谋杀中报销掉的屁股和脸蛋。

活一世，付出，花朵发了疯，乌托邦建不成，幽禁于松树下，黄土埋身，孤苦无依，耶和华啊，接受她吧。②

默默无名，背影，永远离我而去，没有开始，没有结束，死亡之源。我并非想这样预言，我未婚嫁，无赞无美，无天无堂，无头无脑地在极乐中的我仍向往你，天堂，身后的世界，这虚无中唯一被颂祝的地方，非光非冥，没有白昼的不朽永恒——

收下吧，这首我写的，一天的时间一蹴而就的赞美诗，我的生命，也抛向无物，只为赞美你——死亡

这就是结局，来自荒野的救赎，迷途者走过的路，被众生追寻的归宿，为泪水所洗净的黑色手帕——诗篇的后一页——我和娜奥米最后的救命稻草——向着上帝创造的完美黑暗——死亡，守住你的幻影！

---

① 金斯堡受到美国女诗人迪金森的诗《因我无法阻止死亡》的启发，诗中提到"奔向永恒的马群"。
② 花朵暗指母亲，乌托邦暗指苏联，诗人用犹太卡迪什的句式向神祈求亡母的www安宁。

二

　　一遍又一遍——情不自禁——那所医院——仍然还没写下你的病历——留下在抽象中——一些意象
　　划过脑中——像剧院里年复一年的萨克斯合奏——对于电击的记忆
　　那童年在帕特森的家中的漫漫长夜，看着你的神经质——你的胖——你的下个动作——
　　那翘课在家照顾你的午后——一劳永逸——我发誓再也不去因为那儿的人不赞同我对宇宙的看法，我迷失了——
　　那之后的承担——誓要将爱洒人间——透露一些细节——（和你一样疯）——（揣着明白装糊涂地去妥协）——
　　但你死死瞪着窗外百老汇教堂的街角，寻找着来自纽瓦克的神秘杀手。
　　就给医生打个电话吧——"得了回家啊歇着去吧"——我就穿上外套然后扶着你上街——遇到个中学生尖叫着，莫名其妙——"您要去哪儿啊女士，去死吗？"令我毛骨悚然——
　　可是你只是竖起虫蛀的大衣领子掩鼻而过，用防毒面具抵抗老城区肆意弥漫的毒气，那些祖母喷的毒气
　　还有那开大黄巴士的司机是不是也跟他们一伙？你看到他吓得腿直软，我都没法把你弄上车去——去纽约，时代广场，去换灰狗巴士
　　我们又耗费整整两个小时对抗无形的虫子和犹太疾病——被罗斯福下毒的空气——
　　吹来毒害你的——连我也不放过，希望这一切能在一栋静谧的靠近湖边的维多利亚式房屋里结束

三小时公车行驶过隧道与全美的工业 ①，贝永市紧锣密鼓迎接二战的降临，储油罐、油气田、饮料厂、路边饭馆，硕大的机车堡垒——一直深入到新泽西州松林密布的印第安区——宁静的小镇——慢慢长路越过荒地与密林——

那些鹿不曾经过的小溪，藏着古老贝壳的河床——是把战斧还是宝嘉康蒂的遗骸 ②——在疯狂的高速路的边上，有无数的老太太在一间昏暗的小屋子里给罗斯福投票

或许是一只站在树上的鹰，或许是一个隐士正寻找着站满猫头鹰的树枝

无时无刻的争论——害怕前面双排座上的陌生人，不管不顾地打着呼噜——谁知道这呼噜声要打到哪站呢

"艾伦，你不明白——是这样——自从那三根棒子埋进了我的后背——他们在医院对我做了些什么你知道吗，他们对我下毒，他们想要我死——三根大棒子，三根"——

"你奶奶那婊子，老东西！上周我遇着她了，穿着裤子像个老头儿，还背着破麻袋，正从公寓的石头台阶往上爬"

"就在逃生梯那边，充满有害的病菌，就这么冲着我来了——就在晚上——我觉得路易斯开始帮她了，他已经完全屈从于她了——"

"我是你亲妈，带我去莱克伍德"（靠近齐柏林飞艇的坠毁地点，把希特勒们炸了个粉碎）"那儿是我的藏身地"

我们到了那儿了——瓦特则医生的疗养院——她却把自己藏在壁橱后面——恳求医生给她输血

我们被赶出来了——拖着行李一直走到了那栋绿草成茵的陌生房子前——迟暮的松树迎来了夜晚——充满了蟋蟀和野葛的死气沉沉的街延伸向前——

---

① 彼时金斯堡只有12岁，却要带着精神分裂的母亲坐长途车一家家地寻找愿意接受她的疗养院。
② 美国富有传奇色彩的女印第安原住民，促进了原住民与新移民的互相了解，她的埋葬地是一个谜。

我只好将她锁了起来——在那栋巨大的疗养院里的房间里——用她的钱付给女房东一周的租——她拖着那个铁箱子——坐在床上策划着越狱——

阁楼上铺着精美床单的可爱小房间——印花窗帘——旋花小地毯——和娜奥米一样老的彩色壁纸。我们的家。

我搭头班回纽约的车走了——靠着最后一排座椅的靠背,沮丧至极——还有比这更糟的吗?——就这么甩了她,麻木地走开吗——我那时只有十二岁。

她会在房间里捉迷藏再高高兴兴的钻出来吃早饭么?还是会把门锁挂上再死盯着窗外的马路寻找间谍?竖起耳朵去听有没有希特勒们把毒气从锁眼里灌进来?在椅子上发着白日梦——或是去嘲笑我,对着——一面镜子,对着自己

十二岁的我搭着公车经过新泽西的夜晚,把娜奥米交给了雷克伍德郡鬼屋里的命运女神——留在了这命运公车上这公车就是我自己——在座位上不能自拔——所有的小提琴已被折断——我的心在肋骨后面阵阵绞痛——大脑一片空白——她在棺材里会安全吗——

还是回那所纽瓦克的师范学院,身着黑裙学美国的文化——没有午饭吃的冬日步行——一毛钱一根泡菜——晚上还要回家哄伊莲娜上床睡觉

第一回精神崩溃是在 1919 年——她向学校请了病假然后在那昏暗的房间里躺了整整三周——真够糟糕的——没有理由——疑神疑鬼——梦到整条华尔街都在吱嘎作响

在大萧条之前——去了纽约的北部——暂时复原——路易斯拍下了她盘腿坐在草地上的模样——她的长发上缀满了花儿——笑着——用曼陀林弹着摇篮曲——左派夏令营的上空有烧野葛的味道裸裎中的我第一次见识了树林——

还是回到那所师范学院,和蠢货们笑成一团,差生班——她俄国式的拿手好戏——嘴唇轻柔的蠢货,圆瞪的双眼,干瘪的手与脚,凹陷的后背,称作佝偻病——

大脑袋们埋头苦读《爱丽丝漫游奇境记》,一块写满了"猫"的黑板 ①

娜奥米耐心的读着,那本关于共产主义的童话故事——独裁者在一夜之间大发慈悲的童话——巫师们的宽仁之心——士兵们拥吻在一起——

绿色桌前骷髅旋转 ②——从国王到工人——那些形象被帕特森出版社印满了整个三十年代直到她疯掉了为止,或是出版社关门,说不定同时发生。

哦,帕特森!那夜我迟迟未归。路易斯忧心忡忡。我如何会那样——我没想到吗?我不应该丢下她。莱克伍德郡的疯狂。快叫医生来。给他松林中的家打电话。太晚了。

精疲力尽的爬上床,很想离开这个世界(大概是那年新爱上了 R ③——我高中时代的英雄,之后做了医生的犹太男孩,一个安静的乖孩子——

后来我为他牺牲了许多,搬到曼哈顿住——报他报考的大学——在渡船上曾许愿如果被录取就定会去回馈人类——郑重发誓,就在我翻山越岭去参加入学考试那天——为了去当个有革命气派的为工人服务的诚实律师——我就想被塑造成那个德行——被萨科和万泽 ④,诺曼·托马斯 ⑤,德布斯 ⑥,

---

① 与《爱丽丝漫游奇境记》小说里出现的神秘猫角色相对应,暗示这些"大脑袋"愚蠢到即无法理解神秘事物的概念,也不具备基本的阅读能力。
② 德国1930年的舞剧,表现第一次世界大战时期,身穿燕尾服和黑色领结的政客在外交会议的场景里围绕着一个绿桌子旋转,谈论着征兵、战斗、贩卖军火和难民的命运、瓜分全球利益。与此同时死神的舞蹈在舞台前部贯穿了全部八幕戏。原注。
③ "R"代表金斯堡少年时期的好友保罗·罗斯(Paul Roth),二人关系十分亲密。金斯堡成年后追随"R"考入纽约哥伦比亚大学学习,从此也慢慢发现了自己的同性恋倾向。
④ 美国著名的鞋厂冤案事件受害者。1927年,制鞋工人萨科和鱼贩万泽在证据严重不足的情况下,仍被受到政治势力影响的法官作为替罪羊判以抢劫谋杀罪并执行死刑。
⑤ 社会党领袖,有"美国的良心"之称。
⑥ 美国工会领袖,美国最著名的社会主义者之一。

艾特格特①，桑德堡②还有坡③感召——被小蓝书影响④。我想当总统，想当参议员。

　　愚昧的哀愁——后来幻想着跪在R颤抖的双腿前向他表白来自1941年的爱——他的甜美让我那样陶醉，虽然，那些对他的渴望和绝望——初恋——迷狂——⑤）

　　紧接着天就塌了下来，狂轰滥炸的同性之爱，与马特洪峰比肩的阳具，大峡谷般宽阔的屁眼——另我哀愁的大脑不堪重负——

　　我曾走过百老汇并把虚无想象成一只悬空的橡胶球时——外面发生了什么？——回家走到格雷厄姆街哀愁又从长长的绿色树篱中钻出来开始肆意弥漫，电影散场后的白日梦——

　　凌晨两点的电话铃声——紧急情况——她彻底疯了——娜奥米躲在床下对着墨索里尼的臭虫尖叫——救命呀！路易斯！奶奶⑥！法西斯！死亡呀！——房东被吓坏了——干粗活的老用人也用尖叫回击她——

　　恐怖，是唤醒邻居们的良药——那帮二楼试图征服更年期的老太太们——她们拥有破裹腿布，干净的床单，丧子之痛——阴郁的丈夫们——孩子们在耶鲁发出的嘲笑声，或者在纽约市立大学把头梳得油亮——要么像尤金一样在蒙特克雷尔州立师范学院里瑟瑟发抖

　　娜奥米把胖腿蜷缩在胸前，伸出手去拥抱空气，羊毛衫一直褪到大腿，皮大衣被扯到床底下——头顶着弹簧垫子躲

---

① 美国民主改革派政治家，伊利诺伊州第一位民主党州长。
② 美国诗人，小说家，创作多聚焦于社会与政治问题与劳工阶级的生存状态。
③ 即诗人爱伦·坡。
④ 二十世纪初在美国影响极大的丛书系列，选题广泛，不乏尖锐敏感话题。封皮多为蓝色，精致小巧便于随身携带，销量在三亿至五亿册之间。
⑤ 金斯堡曾称自己因为"性感的手写体"爱上了"R"，但R并非同性恋，在R的一封信中提到和女孩的约会后，二人渐渐疏远。
⑥ 娜奥米的婆婆，原文BUBA，意第绪语中的"祖母"。原注。

在用手提箱为她自己搭建的小小堡垒中。

路易斯缩在睡衣里手持电话听筒,被震惊了——现在又怎样?——谁知道啊?——是我的错么,是我将她推向了孤僻?——独坐于没有开灯的房间里,在沙发上战栗着,试图想个明白

他搭早班的火车去了莱克伍德。娜奥米还在床底下——以为他带着坏警察来了——娜奥米尖叫着——路易斯啊当时你是什么感受?娜奥米的妄想是否令你感到窒息?

拖她出来,走到街角,找到一辆车,连她带行李一起往里塞,可出租司机在药店门口丢下了他们,公车站,两小时的等待。

紧张的我缩在一间四居室的床上,卧室里空荡的大床,就在路易斯的桌旁——颤抖着——那夜他回了家,在半夜,告诉我了一切

娜奥米在处方药柜台前和她的敌人进行着斗争——用整排整排的儿童读物,冲下体的胶袋,阿司匹林药片,锅,还有血——"别靠近我——凶手!滚开!求求你别杀我!"

冷饮柜前路易斯陷入了恐惧——那些莱克伍德的女童子军们——可卡因的瘾君子——护士们——当班的大巴司机——乡下的警察——一帮蠢货——还有个梦到了猪站在古代悬崖边的神父?

这是什么气氛——路易斯开始言不及物?——顾客把可乐吐了一地——要么就动也不动——路易斯受辱——娜奥米得意洋洋——就是要当众拆他的台,公车来了,司机却拒绝让他们上车独自驶向了纽约。

给瓦特则医生打电话,"她需要休息"去精神病院——格雷斯通州立医院找医生——"带她来吧,金斯堡先生"

娜奥米,娜奥米——满身大汗,怒目圆瞪,胖,连衣裙一边的扣子是解开的——披头散发,长袜淫亵地挂在她的腿上——尖叫着要求输血——振臂高呼着——手上抓着鞋——

光脚踩在药店的地板上

　　敌人已经悄悄接近了——什么毒药？录音机吗？中情局？藏在柜台后的日丹诺夫？是在药店后面秘密研制着鼠疫病菌的托洛茨基？还是山姆大叔空降到了纽瓦克，密谋在黑人区散播什么有毒的香水？是以法莲叔叔，泡在政客常去的酒吧里和杀人犯醉成一团，海牙的阴谋？是露丝阿姨穿梭于西班牙内战的战火中撒着小便？

　　直到那辆三十五块钱一趟的救护车从雷德班克呼啸而至——抓住了她的胳膊——把她捆在了担架上——她仍在呻吟着，莫须有的中毒，将药片吐了新泽西州一路，从埃赛克斯郡到莫利斯顿都能听见她祈求着那一点点怜悯的呼号——

　　记得格雷斯顿她躺了三年的那个地方——曾是最后的希望，再次把她拉进精神病院——

　　到底是哪间病房呢——我在那儿逛过好几次——精神紧张的老妇，苍白的似乌云似尘土似高墙——呜咽着坐在地板上——或是椅子上——那张脸爬满了巫婆式的皱褶，咒骂着——乞求着我十三岁的年纪能给予的怜悯

　　"带我回家"——有次我去那儿寻找捉迷藏的娜奥米，她正准备接受电击——而我答道

　　"不，妈，你疯了，——听医生的吧"

而尤金呵，我的长兄，她的老大，却远在纽瓦克的一间精装修公寓里攻读着法律——

　　第二天就赶到帕特森的病房——他坐在客厅里一张塌陷的沙发上说到——"我们得送她回格雷斯顿"

　　——他的脸上写满了迷惘，写满了青春，突然间眼里涌出泪水——突然间满脸是泪——"又有什么用？"悲恸令他的颊骨吱吱作响，闭上眼睛，大声哭喊——尤金的脸上只有痛苦。

　　他躲开了，躲进了一部纽瓦克图书馆的电梯里，他每天

的牛奶就放在老城区他那所一周五美元邻近电车线路并配有家具的房间窗台上——

他一天打八小时工,每周赚二十块——在法学院的那些岁月——清白地独居在黑人妓院旁

没上过床,可怜的处男——把充满了理想的诗和对时局之己见寄到了帕特森报社——(其实我们都写了,那些信猛烈抨击了博拉议员和孤立主义——帕特逊市府让我们感到神秘——

我溜进去过一次——本地那座以教堂风格装饰的具有阳具崇拜性质的祭坛,集市街上摆着怪怪的哥特派诗集——里昂市政厅的翻版

配楼,露台和漩涡形的门廊,直通巨人般钟楼的大门,秘密藏图室里一屋子的霍桑著作①——税务局里黑色的德布斯雕像——伦勃朗面色阴郁的抽着香烟——

寂静滑过了委员会议室内精心打磨过的桌面——市参议员?财政部?发型师莫斯卡密谋着——黑手党魁克拉布在厕所里发号施令——疯子们争抢着地盘,火灾,警察与密室的形而上学——我们都完啦——外面的公交站尤金在思索着童年

在福音布道者们狂热地传了三十几年教的地方,怒发冲冠,声嘶力竭并笃信着小小的圣经——用粉笔把"准备好迎接主"写在人行道上

或者把"主即是爱"写在横跨铁路的过街天桥上水泥墙——他的妄言与我相似,那些布道者——市政厅的亡灵——)

但尤金他多么年轻,读了四年蒙特克雷尔师范学院——教了半年就辞职继续过活——他怕那些清规戒律——风骚的古铜色皮肤意大利学生,和没经验的姑娘上床,不教英语,

---

① 霍桑,十九世纪美国黑暗浪漫主义小说家,专于关注人性的恶和与原罪。

漠视十四行诗——他那么浑浑噩噩——也就这样迷失

也让他有了双重的生活并为学法律而卖命——研究巨型蓝皮书赶去坐那部十三英里外纽瓦克的电梯并为了美好前程埋头苦读

在他的破门槛外又发现了娜奥米在那儿尖叫,那是最后一次,娜奥米走了,留下了我们——我们的家——他坐在那儿——

来些鸡汤吧,尤金。传播福音的人在市政厅前痛哭。郊区步入中年的路易斯爱上了诗歌——这是个秘密——他1937年的诗集韵律涌动——赤诚至极——他渴望着美

娜奥米的第一声尖叫打碎了爱——是1923年吗——如今在格蕾斯顿病院游荡——给她新的一击——电击的击,外加四十单位的胰岛素。

而卡地阿唑①使她发胖。

没几年她就又回了家——我们长了教训做了准备——我算好了日子——我妈又能下厨房——弹钢琴——玩曼陀林——炖肺片,研究斯捷潘·拉辛②还有共产主义的芬兰战线——路易斯背上债务——她却怀疑儿子的纸币有毒——资本主义无奇不有——她走过长廊把家具打量。完全没有印象。健忘得够呛。检查小餐巾——餐厅的家具已被卖掉

那张红木桌——相伴二十年的宝贝——落到收废品的手中——我们还留着钢琴——爱伦·坡的书——和曼陀林——琴得换新弦了,已落了土

她走进卧室躺在床上发呆,还是睡觉,藏起来——我跟着她,不能让她独处——我躺在她身旁——窗帘拉着,黯淡

---

① 一种精神类药物,和胰岛素曾在治疗精神病的实验性电击疗法上并用,这种疗法不久即被放弃。原注。
② 俄国民歌,歌颂在顿河起义的俄国哥萨克英雄,拉辛于1671年在莫斯科被凌迟处死。原注。

的午后——路易斯大概在外屋的桌子前等着什么——或是为晚餐炖鸡肉

"别因为我刚从精神病院回来就怕我——我是你妈——"可怜的妈,迷失——恐惧感——我躺在那——说"我爱你,娜奥米"——一动不动枕着她的胳膊。我大概哭了,这难道就是可怜虫们抱团取暖吗?——真是尴尬啊,一会儿她就坐起来了。

她可满足过吗?她——独坐于窗前那张新沙发,心神不宁——用手托着下巴——眯起眼睛——揣摩那日的命数——

她用指甲剔着牙,嘴唇撅着,疑心重重——思维陈腐得像老太太的阴道——眼睛低垂而呆滞——有某种罪孽写在墙壁上,还没赎呢——纽瓦克下垂的乳房步步接近①——

她似乎通过自己脑袋里的窃听器接受到了电台里的闲言碎语,又被在住院时健忘期里黑手党从她后背埋入的三根大棒子所控制着——产生的疼痛折磨着她的后脖子——

一直疼到脑袋——罗斯福知道她的事,她对我说——他们不敢杀她,现在还不敢,但政府有个名单——能一直延伸希特勒那儿——她期望能离开路易斯的家永不回头。②

某夜,突然发病——浴室传来了她的声响——灵魂深处的悲号——血红的呕吐物从她的嘴里流出——排泄物从下体喷涌——褪着裤子趴在马桶上——两腿间流过的尿液——和她的那些黑色污渍一起在瓷砖地板上散发出恶臭——她居然还没晕过去

那年她四十,浮肿,一丝不挂,胖,万劫不复,躲到大

---

① 娜奥米本身是天体主义者,病情加重后赤身裸体的情况更加频繁,最后发展到随时随地肆无忌惮地裸奔。
② 罗斯福和希特勒频繁出现在娜奥米的妄想中,她固执地认为自己居住的地方到处被安装了窃听器,自己的脑袋里也有窃听器,并认定这是阴谋,背后必然是罗斯福和希特勒在搞鬼。

门外的电梯旁去报警，嚷嚷着让她的女友露丝来帮她——

有一次她带着把剃刀或是瓶碘酒把自己锁了起来——听到她在水池边哭边咳嗽的声音——路易斯打碎绿漆门的玻璃冲进去——我们把她拖回了卧室

然后整整一冬都相安无事——散步，独处，逛百老汇，读工人日报——胳膊断过一次，因为滑倒在结满冰的马路——

她开始策划如何从整体经济大规模的阴谋中逃脱——她逃到了布朗克斯区的伊莲娜姐姐那儿。由此我们已故的娜奥米便开始了在纽约的另一段传奇。

不管伊莲娜帮忙还是工人圈① 帮忙，她上了班，作了书记员，她成功了——跑进坎贝尔的店里买番茄汤——把路易斯寄给她的钱攒起来——

紧接着她找了个男友，一个医生——艾萨克大夫为全国海员工会工作——这一对意大利秃子和矮胖的鸳鸯呀——那家伙曾是孤儿——他被遗弃过——老套的残忍——

这位邋遢鬼，沿着床边或是椅子坐着，在她紧身胸衣里做着白日梦——"我很性感——我又胖了——我在被送到医院前可是个美人儿——你要是见过伍德拜因时的我该多好——"

这一切都发生在一间全国海员工会里陈设良好的房间里，时为1943年。

翻着杂志里光屁股小孩儿的图片——婴儿爽身粉的广告，羊肉熬小红萝卜——"我以后除了美好什么都不会去想。"

夏日的阳光穿透玻璃照着她一圈圈转动着的脖子，催眠般的，祷告般的——梦境重现——

"我摸他的脸颊，我摸他的脸颊，他的手滑过我的嘴唇，

---

① 纽瓦克区域社会主义者建立的为犹太移民服务的互助组织。原注。

多么美好，那宝贝儿的手很美。"——

她的身体方案地扭动，恶心——一些关于布痕瓦尔德的记忆[①]——胰岛素涌过了她的大脑——她一脸愁容神经无意识地颤动（和我撒尿时一样）——毒素渗透到她的皮下组织——"别想了，他是个叛徒。"

娜奥米说："死后我们就会变成洋葱，卷心菜，胡萝卜，或南瓜什么的，反正都是蔬菜。"从哥伦比亚大学回到老城后的我表示同意。她手持圣经，整日神游在那些美好里。

"昨天我见到上帝了，他什么长相？恩，中午我正准备从爬上一个梯子——他的小木屋在乡下，跟门罗[②]一样，纽约州林区中的养鸡场，他是个孤独的白胡子老头"

"我煮了晚饭给他吃，我给他弄了顿特别棒的晚饭——小扁豆汤，有蔬菜，黄油面包——炖脾脏——他坐下吃了，面色阴郁。"

"我对他说，你看看这每天的争斗和屠杀呀，到底为了什么？你为什么不制止呢？"

"我试试吧，他答道——他能做的就这么多，他看上去很疲惫，是个老光棍，他很喜欢小扁豆汤。"

她边说边给我上了菜，一盘冰冷的鱼——一堆胡乱切了洗了的生卷心菜——有味儿的西红柿——一周前煮的健康食品——浇了不明液体的碎甜菜根和胡萝卜，半温的——那一盘又一盘令人绝望的食物——有时太恶心我吃不下去——她施舍的双手和曼哈顿一样腐臭，疯狂，想讨好我的干劲，半生的冷鱼——鱼刺周围还是红的。她臭烘烘，多数时间在裸奔，我只好直视着空气，或者低头翻书来忽略她的存在。

我认为有次她甚至试图引诱我——在水池子里作出挑逗的模样——趴在一张能把整间屋子都塞满的大床上面，屁股

---

① 指德国纳粹建立的布痕瓦尔德集中营。
② 美国第五任总统，出身于低微的小农场主家庭，早年全家住在林区的小木屋里。

外面套着蕾丝，展示出那些关于手术，胰腺，妊娠，堕胎，和阑尾的种种疤痕。肚子上的刀疤如同为脂肪缝制了一条巨大而丑陋的拉链——看看她两腿间松垮的那道缝儿——什么，还有屁眼儿的臭味？我打了个冷颤——我抵抗着，收效甚微——或许只是徒劳吧——感觉我早已逃离的子宫内那只野兽又发出了它的怒吼——大概吧——不知她是否在乎？她需要一个情人。

以上帝之名祝福并赞美，荣耀并崇高，赞颂并受敬，升天并歌颂。①

而路易斯正在帕特森黑人区的一间污秽的公寓里试图重建自己的生活——昏暗的房间——后来他找了个姑娘结婚，再次坠入爱河——虽然有些干瘪而拘谨——他被娜奥米的唯心主义荼毒了整整二十年。

有次我回家，回到久别的纽约。他很孤独——坐在卧室里，他从转椅转过来对着我——哭了，泪水从眼镜后红红的眼睛里流下来——

这就是我们离开后他的样子——尤金去参军了——娜奥米在纽约自己过。呆在家里和个孩子也差不多。路易斯走过老城去邮局取信，去学校教课——坐在写诗的那张桌子前，孤绝——这些年独自在比克福德咖啡馆里咀嚼的那些孤独——已远去。

尤金退伍，他变了开始胡混——在犹太行动中把鼻子去掉了②——有几年总去百老汇找姑娘搭讪喝咖啡只为和她们乱搞——接着就上纽约大学，是的，没开玩笑，他去拿了法

---

① 原文 Yisborach, v'yistabach, v'yispoar, v'yisroman, v'yisnaseh, v'yishador, v'yishalleh, v'yishallol, sh'meh d'kudsho, b'rich hu，诗人在此直接使用犹太祝祷文的原句。
② 原文 cut off his nose in Jewish operation，本句有自嘲犹太身份的意味，在当时欧洲极端势力的反犹宣传中，犹太人被讽为鹰钩鼻，也称犹太鼻。诗人的意思是哥哥从部队回来改变了很多，变得不那么"犹太人"了。另外，operation 也有手术之意。

学毕业证。——

　　尤金去陪娜奥米住，吃她病情加重后做的不放调料的廉价鱼饼，——他瘦了，时常感到无助，娜奥米却在月光下摆出二十年代的姿势，在一旁的床上半裸地卧着。

　　尤金边咬指甲边打量着——儿子来当护士——隔年尤金搬到哥伦比亚附近——尽管她渴望能和孩子一起住——

　　"听听你母亲的恳求吧，我求你了"——路易斯仍然给她寄去支票——我自己那年在疯人院呆了八个月①——这首挽歌里就不提我自己的幻景了——

　　娜奥米几乎沦为半疯——总觉得希特勒在她屋里，在洗手池里她发现了他的小胡子——开始害怕艾萨克医生。怀疑他也是纽瓦克那伙人的——她去了布朗克斯在伊莲娜风湿性心肌炎的心脏附近住下

　　迈克叔叔不到中午绝不起床，可娜奥米六点准时打开收音机监听间谍们的暗号——或是沿着窗台侦查一番。

　　因为楼下的空地，有个穿松垮黑衫的老头总鬼鬼祟祟的，把垃圾往黑风衣下面塞。

　　迈克的妹妹伊蒂——在金贝尔商场干了十七年会计师——住在楼下的公寓，离过婚——于是伊蒂把娜奥米收留在罗尚德街的家——

　　伍德劳恩公墓就在对面，爱伦·坡曾驻足的浩瀚坟场——布朗克斯地铁线的终点——那边不少共产份子。

　　娜奥米报了布朗克斯成人高中的油画夜间部——独自横穿凡科特兰公园的高架铁路一直到课堂——画是娜奥米主义的②——

---

① 垮掉派成立初期，成员中兴起和时代广场的小偷流氓"交朋友"以体验"最真实的生活"，金斯堡也参与了这种危险的社会体验。1949年他因卷入一起窝藏赃物案被捕。在哥伦比亚大学师友的帮助下，金斯堡被释放，代价是住进精神病院进行八个月的治疗。
② 金斯堡自创的戏谑语，指母亲的画自成一派。

人类坐无忧营 ① 夏日的往昔里的草地上——有着干瘪脸的圣人和他们长长的-病态-宽松的裤子，那是病服——

新娘与矮个子新郎出现在下东区——消失在碾过布朗克斯区那巴比伦式的公寓屋顶的高架桥列车里——

阴郁的画作——但她表达出了她想表达的。曼陀铃不见了，弦一根根在她脑中绷断，她努力过了。向着美丽？还是某些老套的人生感悟？

她开始折腾伊莲娜，而伊莲娜的心脏有毛病——跑上楼唠叨几个钟头间谍界的破事，——伊莲娜身心俱疲。迈克斯总在办公室，为雪茄店做账到深夜。

"我是一个伟大的女人——我拥有全然美丽的灵魂——全是因为那帮（希特勒，奶奶，赫斯特 ②，资本家，佛朗哥，每日新闻，二十年代，墨索里尼，行尸走肉们）想要让我闭嘴的家伙们——奶奶是这个组织的首领"

就这么折腾姑娘们，伊蒂和伊莲娜——半夜摇醒伊蒂说她是间谍伊莲娜是叛徒。工作了一整天的伊蒂根本无力承受这些废话——她正筹备着工会。——而伊莲娜在床上奄奄一息。

亲戚们叫我过去看看，她的状况越来越糟——我是她最后的救命稻草——坐地铁和尤金一起去看她，吃了一顿变质的鱼——

"我姐姐在广播里嘀嘀咕咕——路易斯绝对在屋里——他妈妈告诉他该说什么——骗子！我为我的俩孩子做了饭——我弹了曼陀铃——"

昨晚夜莺将我唤醒／萧萧世界静若止水／金色月光歌声回荡／它站在高高寒丘岭 ③。她的确在寒丘岭。

---

① 美国20世纪30年代由左翼家庭成立的夏令营，在纽约州郊区。原注。
② 美国20世纪备受争议的报业大王，开创了美国纸媒以煽动炮制耸人听闻的文章获取影响力的风气。著名电影《公民凯恩》的人物原型。
③ 来自十九世纪的流行歌曲《昨夜》，由挪威作曲家哈夫丹·科尔沃夫创作。

五 卡迪什及相关诗歌（1959—1960）

我把她顶在门上喊"别欺负伊莲娜了！"她盯着我看——轻蔑——淡漠——不相信两个儿子竟如此的天真，如此的愚蠢——"伊莲娜是个糟糕的间谍！她有任务的！"

"——房间里没有窃听器！"——我冲她大叫——走投无路，尤金躺在床上听着——他又能怎么才能从这致命母亲的魔爪下逃脱——"你和路易斯分开好多年了——奶奶老得走不动路——"

我们一下子都活了——我，尤金和娜奥米在这间神秘的房间里感到了亲近——没完没了地向对方大叫——我穿着哥大的外套，她半裸着。

我敲打着她那颗感受到广播，三根大棒和希特勒的脑袋——她妄想的整个图谱——没错——她自己的宇宙——和哪都不挨着的地方——那里没我，没美国，连世界都没有——

你和那些家伙一样，和梵高一样，和疯安娜一样，全都一样——都到了末日了——雷鸣，精灵，闪电！

我看见你的坟墓啦！怪人娜奥米呀！我自己的——崩裂的坟墓！欢呼吧，以色列！① ——我是亚布拉罕②——而你——已踏入死亡？

你的最后一夜在布朗克斯的黑暗中——我打电话——从医院一直到秘密警察进门为止，你我正看着对方，而伊莲娜的尖叫正划破我的耳朵——从被她的喘息压得透不过气的床上，渐渐微弱——

无法忘记，那敲门声，在你与间谍做着不懈斗争时，——法律在步步逼近，以我之名——永恒进入房间——你跑进浴室脱得精光，用躲猫猫来抗议这英雄般的命运

---

① 原文 Shema Y'lsrael，犹太经卷《妥拉》中的头两个词，为犹太宗教仪式中晨祷与晚课所使用。
② 金斯堡的犹太本名 Israel Abrahm，相当于英文中的 Irwin Allen。原注。

结局——

目不转睛地看着我,我背叛的眼睛——暴怒的警察最后救了我——从你脚下伊莲娜那颗破碎的心脏,

你大骂从金贝尔下班疲惫的伊蒂打开的破旧收音机——路易斯穷得要离婚了,他想赶紧再婚——尤金藏在一百二十五街,做着白日梦。为几件破家具和黑鬼打官司,为黑姑娘作辩护——

浴室传来了抗议声——你自称神志清醒——你穿着大棉袍,你那时还很新的鞋子,你带着钱包与剪报不——还有你的真诚——

你徒劳地用口红擦你的嘴唇,从镜子偷看疯子是我应还是那闹闹哄哄的警察。

还是七十八岁的间谍奶奶——你的幻觉——她带着用于政治绑架的口袋翻过了墓地的围墙——还是布朗克斯的墙上,半夜身穿桃红色睡袍的她,注视着窗外空旷的停车场——

啊罗尚博大街。——幽灵的乐园——布朗克斯区最后的间谍之家——最后的伊莲娜与娜奥米之家,一对儿共产姐妹未能完成的革命——

"行吧——穿上您的外套太太。——我们走吧——车就停在楼下——你想和她一起去警察局里吗?"

坐着车——抓着娜奥米的手,把她的头搂在我怀中,我比她高——吻了她告诉她这么做是最好的选择——对病人伊莲娜——心脏病患者麦克斯——得非常必要

娜奥米问我——"你为什么要这么做?"——"是的太太,一小时后你的儿子就要和你分开了"——救护车上的人说

几小时后到了——于凌晨四点穿过市区的夜驶向了某个贝尔维尤——驶向了永不回头的医院。我目睹了这次遣送——她向我招手,泪水在眼中打转。

两年后，我从墨西哥旅行回来——布伦特伍德附近的荒原凄凄冷冷，杂草灌木丛中时隐时现的废弃老蒸汽铁路指向那所疯人院——

新砖砌成的二十层大楼——被长岛如野草般滋长的疯狂城市所淹没——月光巨城

一条小路通向侧翼宽大的精神病院的小黑洞口——那扇门——分岔处的入口

我走进去——这里一股怪味——一个个大厅——电梯向上——女病区的那扇玻璃门——娜奥米——两个丰满的白人女护士——她们架着她出来，娜奥米愣住了——我喘着粗气——她刚刚中风——

她太瘦了，皮包骨头——娜奥米已老得不成样子——白发苍苍——松松垮垮的衣服挂在肩上——眼窝深陷，多苍老啊！面颊枯干——风烛残年——

一只手已麻木——四十年的光阴与更年期的沉重被上次的心梗削弱，瘸着一条腿——满脸皱纹——一条疤痕横跨她的脑门，是前脑叶白质切除——完蛋了，垂下的手浸在死亡之中——

哦，这俄罗斯的面孔，坐在草地上的女人，你长长的黑发上带着花环，曼陀铃放在膝间——

美人儿，坐在夏日的雏菊花丛已婚的你，满心幸福的许诺——

我天上的妈，现在赞美自己的爱情吧，你的世界已脱胎换骨，蒲公英星星点点的田野里有一丝不挂的孩子跑过

跑到牧场尽头的李子园里摘果子吃，一个小屋内有白毛黑鬼正传授他接雨脸盆的神秘技艺——

受祝福的女儿来到美国，我渴望再次听到你的声音，还有由你母亲弹奏的，那首拥抱自然的歌——

啊荣耀属于将我带出子宫的缪斯，呼吸到第一口生活的

神秘教我讲话与歌唱,那备受折磨的脑袋里出现了这样一幅画面——

颅内的虐待与折磨——是何种该被诅咒的疯狂幻想驱使我灵魂出窍去追寻不朽知道为你送来了平静,啊,诗歌——人类苦苦追寻的本源

是死亡哺育了宇宙!——此时你身着永恒的赤裸,白花插在你的头发上,婚姻在天际之上被彻底封存——没有任何革命能使这种贞洁破灭

啊美丽的嘉宝① 我命中的冤家——所有1920年在无忧夏令营拍的照片依然栩栩如生——纽瓦克市所有的老师都在那儿——伊莲娜那时还健在,迈克斯也没有被幽灵缠身——路易斯也未从高中退休——

回来呀,你!娜奥米!恢复意识!憔悴的不朽和革命都来了——渺小脆弱的女性——医院里足不出户的灰白双眸,病房的灰墙延伸到皮肤上——

"你是间谍么?"我坐在一张酸臭的桌子旁,眼含热泪——"你是谁?路易斯派你来的?——窃听器——"

她头发里的窃听器,她不断拍打自己的头——"我不是坏姑娘——别杀我呀!——天花板上有动静——我拉扯大了两个孩子——"

两年没来过这里了——我开始哭——她盯着我看——护士进来打断了我们的见面——我跑到厕所里藏起来,把脸贴在马桶后的白色墙壁上

"太可怕了"我抽泣着——再见她一面——"太可怕了"——就像她已经死了葬了烂了,在——"这太可怕了!"

我回来后她叫得更厉害了——他们将她架走了——"你不是艾伦——"我看着她的脸——但她和我擦肩而过,没有

---

① 诗人将母亲比做好莱坞家喻户晓的女星嘉宝来赞美。

看我——

　　推开病房的门,——她连回头瞥我一眼都没有就走了,世界平静下来——我看着她的背影——她颇显老态——一只脚已踏进了坟墓——"这太可怕了!"

　　某年,我离开纽约——她的魂魄出现在我西海岸伯克利一间旅店的梦中——这一辈子,困在那副躯壳何以示人,苍白或是癫狂,快乐渐行渐远——

　　即将死去——那目光——是我暗含其间的爱,娜奥米,我这人间的生母仍然——寄出她长长的信——为疯子写赞美诗——杰作出自仁慈的诗神之手

　　那将为枯荣的荒草再披上绿色,把草中的劣石粉碎——使阳光永照大地——滋养世上全部向日葵与金光闪闪的铁桥的太阳——洒在陈旧的医院里的——也将洒进我的院落

　　某夜我从旧金山回家,奥洛夫斯基在我房间里——华伦[①]窝在沙发上一动不动——是尤金的电报——娜奥米死了

　　我跑到外面把头深深埋进车库边的灌木中——感到这对她或许是件好事——

　　结束了——不再孤单地游荡——两年的孤寂——没有人陪伴,将近六十岁的——瘦骨嶙峋的老太太——她曾经拥有圣经里娜奥米长长的发辫[②]

　　在美国哭泣的露丝——在纽瓦克慢慢变老的瑞贝卡——回忆着竖琴的大卫,现在已经是耶鲁的律师

　　还有以色列阿布罕姆——就是我——站在旷野对天吟唱——上帝呀!——这就是结局——她死后的第三天我收到了她的信——

[①] 垮掉派重要成员,诗人。
[②] 希伯来圣经《路得记》记载的和娜奥米同名的人物,意为"愉悦,和蔼",后因遭受不幸改名为马拉,意为"苦"。《路得记》1:20—21。

又一个惊世预言！她写道——"钥匙在窗上，钥匙在窗台的阳光里——我拿到钥匙了——结婚吧艾伦别吸毒——钥匙在栏杆上，在窗上在阳光里。
爱你的
母亲"

这就是娜奥米 ①——

赞　歌

祈福称颂我主尊由他的美意所创世间之万物
赞美颂扬我主无上圣名！
于纽瓦克的屋邸赐福的！于精神病院赐福的！于死神殿前赐福的！
为同性恋赐福吧！为偏执狂赐福吧！为城市赐福吧！为《圣经》的字里行间赐福吧！
为那些挣扎在夜的边缘的人赐福吧！赐福！赐福吧！
为哭泣的娜奥米你赐福吧！为忧心忡忡的娜奥米你赐福吧！赐福赐福赐福于病痛深处！
为住院的娜奥米你赐福吧！为孑然一身的娜奥米赐福吧！福至你的胜利！福至你的囚禁！福至你生命最后的孤独！
福至你的败退！福至你的中风！福至你紧闭的双眸！福至你憔悴的面颊！福至你萎缩的双腿！
为死去的娜奥米赐福吧！为死亡赐福吧！为死亡赐福！
为把悲伤带进天堂的那位赐福吧！为这结局赐福！

---

① 在娜奥米寄给尤金的一封信里写到："上帝在我床前显灵了，我看见他在天空上。光芒万丈，一把供我逃出去的钥匙就放在窗台上。金黄的阳光让我发现窗台上的那把钥匙。"

为在黑暗中建造天堂的那位赐福吧！赐福赐福赐福吧！赐福！

为我们不可逃脱的死亡赐福！

三

不仅仅是我没忘记她在纽瓦克的停尸房里猛灌下的廉价果汁

还看过她趴在病房灰色桌子上哭得昏天黑地的样子

还记得关于希特勒在门口的那些鬼话，埋在她脑子里的窃听器，那三根敲进她脊背的大棍子，她对着天花板三十年令人厌恶的尖叫声

还经历了时光飞逝，记忆模糊，战争的铁蹄，电休克疗法中的咆哮与沉默，

还见过她笔法粗糙的画，布朗克斯区房顶的有高架列车飞驰而过

她的兄弟们死在河滨或苏联，她独自在长岛写下最后一封信——她在窗边阳光里的白日梦

"那把钥匙就在阳光里在窗边在铁栏上那把钥匙就在阳光里"

还有到那张铁窗边的伸手不见五指的铁床就在太阳从长岛西沉时中了风

外面浩瀚大西洋的吼叫展示其不灭的存在

从噩梦中逃出来——分裂的造物——她的头靠在医院的枕头上等死

——最后一瞥——熟悉的黑暗中尘世一丝永恒的光亮——这幻景里没有眼泪——

但是那把钥匙应该留下——在窗前——把钥匙放在阳光里——给生者——那便可以

将一束光放在手里——打开门——回头看到
造物的光指向同一座坟墓，如宇宙，
也如医院拱廊前的白漆门上钟的滴答——

四

哦妈妈
我遗忘了什么
哦妈妈
我丢下了什么
哦妈妈
别了
黑长靴
别了
破套袜
别了
你乳房囊肿附近的六根黑毛
别了
你烂裙子与阴部的一缕的黑黑阴毛
别了
和你松弛的肚子
和你对希特勒的焦虑
和你口中的下流段子
和你按在破旧曼陀铃上的手指头子
和你跟帕特森门廊般肥硕的胖肘子
和你塞满了罢工与烟囱的肚子
和你托洛斯基与西班牙内战的下巴
和你献给穷途末路的工人们的歌声
和你的歪鼻子和你鼻子里纽瓦克式泡菜的味儿

和你的双眼

和你双眼里的拮据

和你双眼里的伊莲娜阿姨

和你双眼里饥肠辘辘的印度

和你双眼在公园里随地撒的尿

和你双眼里美利坚的衰落

和你双眼里你关于钢琴的一败涂地

和你双眼里的你加州的亲戚

和你双眼里救护车载着奄奄一息的马·雷尼 ①

和你双眼里被机器人侵略的捷克斯洛伐克

和你双眼正准备去参加的布朗克斯油画夜校

和你双眼里你看到天边的消防门里站着个杀手祖母

和你双眼正让裸奔的你嚎叫着穿过房间带到了门厅

和你双眼里看着被警察拖到了救护车里

和你双眼曾被捆绑在了手术台上

和你双眼啊和被摘除的胰脏

和你双眼里的阑尾手术

和你双眼里的堕胎

和你双眼里被摘除的卵巢

和你双眼里的电击

和你双眼里的前脑页白质切除

和你双眼里的离婚

和你双眼里的中风

只和你的双眼

你的双眼

你的双眼

和你被鲜花儿覆盖的死

---

① 美国布鲁斯女歌手,被称作布鲁斯之母,死于心脏病。

五

哇哇哇 ① 乌鸦飞过长岛上空酷日照射下的墓碑群

主啊主啊主啊娜奥米已于这绿草底长眠而我和我的前半生与她同在

哇哇我的眼睛也将葬在这绿荫中我如天使般自立

主啊主啊穿梭于黑云叱咤其间洞察世上万物的慧眼

哇哇诡异的叫声从萧萧树林冲向云端

主啊主啊阴间的无边荒原上巨人研磨的声音盖过了我的话语

哇哇光阴蹉跎了羽翼不过是寰宇一瞬

主啊主啊云端阵阵回响风吹过枯叶卷起记忆的咆哮

哇哇我度过的岁月大梦散场哇哇纽约巴士破鞋子无垠的高中校园哇哇一切关于主的幻象

主啊主啊主啊哇哇哇主啊主啊主啊哇哇哇主啊

1957 年 12 月巴黎至 1959 年纽约

---

① 原文 caw caw caw，乌鸦的叫声，与下文的 lord lord lord 形成拟声关系。

麦司卡林①

慢慢腐化的金斯堡啊，今天我凝视着你镜中的裸体
我发现那苍老的头顶，毛发已日渐凋零
我稀疏的头在厨房的灯下闪闪发光
就像某个和尚的脑袋在破旧的墓穴中
被守墓人的手电照亮
后面还跟着一大群游客
这就是死亡吧
我的厨房如马厩，看看橱柜里面
博伊托②今晚在那台留声机里唱着他关于天使的古老歌曲
发黄的相片中安提诺乌斯③的半身像仍在墙上向我投来目光
木质双翼的圣灵顺着上帝柔美的手掌放射的光芒降落在安详的处女面前
贝亚托·安吉利科④的宇宙
猫发疯地在地板上乱挠
当死亡的鸣锣撞上腐化的金斯堡的脑袋时会发生什么
我所在的又是哪个宇宙
死亡死亡死亡死亡死亡猫安静下来
我们永远摆脱了——腐化的金斯堡

---

① 一种从生长在美国南部和墨西哥北部的仙人掌种子、花粉中提取出来的致幻剂，最早被原住民巫师使用。
② 博伊托（Arrigo Boito，1842—1918），意大利文学家、作曲家。
③ 古罗马皇帝哈德良的情人。
④ 贝亚托·安吉利科（Beato Angelico，1395—1455），意大利文艺复兴早期画家。

那就让他烂掉吧,感谢上帝我很明白
感谢何人
感谢何人
感谢你,耶和华啊,你超越我的眼
那条路必能通向某处
那条路
那条路
越过这滩腐烂的大便,越过安吉利科的狂欢
咻,一声婴儿的啼哭后就滚蛋
或许这就是答案,直到你有孩子才能知道
我就不知道,从没有过孩子不会以那种状态生活

是啊,我应该乖一点,我应该结婚
去发现婚姻的奥秘
但我无法忍受那些女人在我身边晃来晃去
一身娜奥米的气味
啊,我被这熟悉的腐烂的金斯堡缠住了
甚至再也无法忍受那些男孩儿
无法忍受
无法忍受
说实在的,谁的屁股又愿意被人干呢?
无边无际的海洋拍打而过
是时间在流动
谁又想真的出名,签名,像个电影明星

我想知道
我想我想荒谬地想知道想知道是什么腐化着金斯堡
我想知道我彻底腐坏后会如何
因为我已在腐烂
我的头发在脱落,有了肚子,对性已经厌倦

对于拖累我屁股的宇宙我已知道太多
并仍想探求
我想知道我死后会怎么样
好吧，我很快就会知道
我真的需要现在就知道么？
那会有什么意义么意义意义意义
死亡死亡死亡死亡死亡
上帝上帝上帝上帝上帝上帝上帝是独行的侠客①
打字机的韵律

我猛敲着打字机对天堂能有什么影响
我卡在这儿了，换个话题吧
格雷戈里啊，卓越，他唯一的事业
我则过于敏感有数百万只耳朵
在我的耳朵里吵闹，做着交易
报纸上有太多图片
褪色的泛黄剪报
我远离诗歌，陷入黑暗的冥想

思想的垃圾
世界的垃圾
人的构成一半是垃圾
与所有坟墓中的垃圾

威廉姆斯② 在帕特森能想些什么？死亡已凛然而至
太早，太早

---

① 虚构的蒙面得州游侠，与他的同伴一起在美国旧西部为正义而战斗，美国独有的文化的标志。
② 威廉姆斯（William Carlos Williams，1883—1963），与象征派和意象派联系紧密的美国诗人。

威廉姆斯,什么是死亡?
你现在是否每分每秒都在面对这个问题
还是你已忘记,只在早餐时面对爱人丑陋的脸
你是准备重生
给世界带来解脱走进天堂
还是解脱,解脱
接受一切——冷眼旁观——直到永恒——被虚无掩埋,
这是一个脑筋急转弯,是月球在向没有答案的地球发问
人类没有荣耀!人类没有荣耀!我没有荣耀!没有我!
不由精神指引的写作没有意义

            1959年,纽约

麦角酸[1]

它是一头遍身生眼的怪兽
它藏在幻象[2]与内心之间
它在电动打字机里喘息
它是自我循环的电流,如果它有电线,
它定将自己连接
它是一张浩瀚的蜘蛛网
而我就困在蛛网第一百万根卑劣而无穷尽触须上,我是一名战士
迷茫,间离,是一只虫子,一个思想,一件自我
是无数典型错误中的一个
我,艾伦·金斯堡,是抽离的意识
我是想当上帝的那个
我是努力聆听永恒和谐中无尽微小的颤动的那个
我是目睹自己的毁灭伴随轻柔的音乐火中焚烧时瑟瑟发抖的那个
我是憎恨上帝并为他命名的那个
我是在不朽的打字机上出洋相的那个
我就是毁灭的那个

但在宇宙的彼端,那千万只眼的蜘蛛没有名字
无穷无尽地吐出自己的丝线

---

[1] 指迷幻药麦角二乙胺,又称 LSD。
[2] 原文大象,指一幅由金斯堡向斯坦福大学教授费德里克·施皮格尔堡借来的图画,为在迷幻时体验。后面的大象也指这幅画。

这野兽不会带着苹果，香水，铁路，电视，和头骨向你逼近
一个吃自己，喝自己的宇宙
我脑壳中的血
这生物有着多毛的胸部与我腹部的黄道带
这头献祭的牺牲未能度过美好的时光

我镜子中的脸啊，毛发稀疏，眼睛下方布满堵塞的血纹，口交者，一块烂肉，会讲话的兽欲
一阵叱责，一阵吠叫，无穷中一次意识的痉挛
令所有的宇宙瞩目的讨厌鬼
我试图逃离自身的存在，却未能传递向宇宙之眼
我呕吐，我恍惚，我的身体被惊厥攻占，我的胃肠蠕动，我身处地狱的烈焰
蛛网上丢弃着无数死气沉沉的木乃伊光溜溜的骨头，那是鬼魂，我就是鬼魂
我在那阵音乐中放声大哭，向着这房间，向任何能听到的人，向你，你是上帝吗？
不，你希望我是上帝吗？
有没有正确答案？
需不需要正确答案？回答我，
是或否难道真能由我决定——
感谢上帝我不是上帝！感谢上帝我不是上帝！
可我仍渴望去看穿，借由和睦的首肯
看穿宇宙的每一个角落，在它们任何的状态之下
首肯，此地……首肯，我乃……首肯，你是……一个我们

一个我们
也定会有一个它，一个他们，与一个毫无答案事物

五 卡迪什及相关诗歌（1959—1960）

它蔓延，它等待，它是静止，它是开始，它是战斗的号角，它是多發性硬化症
　　它不是我的希望
　　它不是我于不朽的死亡
　　它不是我的词语，我的诗歌
　　当心我的词语

　　这是一个幽灵陷阱①，由锡金的祭祀编织
　　用一千根五颜六色的彩线编织成的横梁
　　捆扎起来，形成精神的网球拍
　　我看见那空气般轻柔的光波辐射而出
　　明亮的能量沿着丝线四散将传播数十亿年
　　那交织的结带奇迹般地互相传递着幻变的色彩成为
　　幽灵陷阱
　　这小型的宇宙图景
　　感知意识是相互关联的机器零件
　　在时光内翻起波澜向观察者传递
　　一劳永逸地放送着微缩的自身形象
　　每一分钟重复一次延续着变化无穷贯穿自体
　　每一部分皆是同一

　　这图景或曰能量从太虚之初就在太空的深处自我繁衍
　　或许是一声哦或唵
　　产生的变奏由相同的词构成与原貌同一式样自体盘旋着蔓延扩散
　　创造出庞大的自我图景遍布时光的宏渊
　　耀目地盘旋在一条条遥远的星云与广袤的星座之间

---

① 在斯坦福精神研究院对于 LSD 的研究中发现，使用者的眼前有时会出现一张多彩变幻的网。诗人将其称为"捕捉笨幽灵的网"。

从容不迫，全然真切，在曼荼罗形成大象皮上的画，
或是一幅画的翻拍呈现出虚构中微笑的大象，尽管那头大象的相貌如何是不相干的笑话——
那可能是恶焰魔鬼手中的符咒，或无常的鬼怪，
或许在我空虚中的肚皮的照片
或许在我的眼睛
或许在创造符咒的僧人之眼
或许只是它盯着自己的眼睛直到逝去

尽管眼睛会逝去
尽管我的眼睛会逝去
那遍身生眼的怪兽，那无名，那无答案，那躲避着我的，那没完没了的存在
那种自我受孕的生物
在最微小的部位颤动，以其全部的眼独立地向外观望
唯一的与不唯一的各行其道
我无力跟随

我已为这儿的怪兽画了一幅像
我还将描绘许多
它似隐生宙的生物
它爬行，它在海底蠕动
它要来接管都市
它入侵意识的各个层面
它如宇宙般精美
它令我呕吐
因为我害怕我会错过它的昙花一现
它总会出现
它总会在镜中出现
它如海一般破镜而出

它波涛滚滚

它从镜中决堤将观察者淹没

它淹没了世界，当它淹没了世界

它也淹没了自己

它漂浮在物质世界如一具填满音乐的死尸

脑中塞着战争的喧嚣

一个婴孩在它的腹中大笑

一阵垂死的厉嚎在那深深的海底

一尊失明的雕塑微微上扬嘴角

它就在那儿

它不属于我

我想将它据为己有

成为英雄

但是对于现世的意识，它是非卖品

它永世特立而独行

它将令所有的生灵圆满

它将成为未来的广播

它将在时光中听到自己的声音

它需要休息

它厌倦不停地听到和看到自己

它想要另一种形态另一个牺牲

它想要我

它给予我充分的理由

它给予我存在的理由

它给予我无尽的答案

一个意识用于抽离，一个意识用于注意

我被召回成为唯一或他者，这么说吧，我即是两者，又非两者

它没有我也能照顾自己

它的两者皆是无解（它的答案未曾命名）

它在电动打字机上喘息
它打出破碎的词语,成就破碎的词语,

曼荼罗

众神在自己的肉体上起舞
新的花朵盛开将死亡遗忘
天眼高悬超越幻觉的心碎
我看到了欢愉的造物主
歌队涌现对世界高歌赞美的诗篇
旗帜与标语挥舞着超然而现
最后那唯一的图景仍在不朽中拥有无数双眼眸
这就是杰作!这就是知识!这就是人类的尽头!

1959年6月2日,帕洛阿尔托

愿你回归,愿你快乐

今夜我的高潮涌现于公寓的窗边
椅子上,凌晨三点
凝视着火炬炙热的蓝色
外面的街道亮若白昼
新铺的砖上凝结着影影绰绰的幽冥
——正如上个礼拜守旧的拉比们
步履沉重地走在棕色裸露的土地
踢翻——枯枝
与铁罐
而一个疲倦的妇人坐在西班牙式的
垃圾提桶上——在酷日下
——那是一个月前
消防栓被水柱淹没——
三点的艳阳当空
今天却暗含阴霾——
外面一片漆黑,有只猫
无声地穿过巷子——我喵了一声
她抬头看我,接着越过
路上的一堆碎石
跳上金光灿灿的垃圾桶
(启明星出现在夜空
街巷散发出恶臭)
(或是隔壁罐头里的杂碎)
——我觉得美国混乱不堪
警察焦虑地在街上拦起拒马

那些巡逻的警车碾过街巷,犹犹豫豫:

今天有个二十岁的女人,抽了她兄弟一巴掌
那哥们正在玩一块幼稚的砖——
把弄着一块大石头——
"别弄了!警察!警察!"
但是并没有警察——
我左看右看——
他们对面只有一堆粪便。

催泪弹!炸药!小胡子!
我会长出胡子,身揣可爱的炸弹,
我会把世界炸个底朝天,穿梭在
死亡的裂缝
并改变这个宇宙——哈!
我有个秘密,我破旧的手提箱里
藏着颠覆性的萨拉米香肠
"大蒜,贫困,致天堂的遗愿,"
肉里夹着这些奇异的梦幻:

火烧云,我听见了上帝的声音
在梦中,或在布莱克清醒时,或是我清醒时
或是被制成熟食的那些打着鼻息的牛
与惨叫的猪的梦——
手起刀落
我脑中有根手指被砍断
我对死亡知之甚少——

头戴月桂的兄弟们啊
这世界是真实的么?

那月桂
是玩笑还是饱生荆棘的王冠？——

绝食，嗝屁
一败涂地
我堕入
无尽的哀鸣

——外面的街道上，
我正在监视纽约市。
黑暗的卡车咆哮而过
发自深处地震颤——

如
果
这
世界
是
一连串
的
台阶

如
果
这些
台阶
在
边缘
彼此
相连

留下我们,像飞向时光的小鸟
——双双眼眸和车头灯——
星云内部
虚空的缩水

星系和星系交错如同纸质的风车
它们消逝,如尘烟——
诞出怎样的森林。

1959 年 9 月 15 日

圣歌之四

我现将我隐秘的幻象，和上帝那无可名状的面容一一记录：

那不是梦，当我正躺在哈林区一张舒适宽敞的沙发上进行着不涉及爱的手淫，并半裸着用嘴唇读出旁边打开的书页里布莱克的字句时

嘿看那儿！我正对着那盆向日葵发着呆翻过一页书时

一个声音出现了，是布莱克，朗朗吟诵自大地传来：

那声音跃然纸上唤醒我未曾使用过的秘密耳朵——

我将视线移向窗口，外面连排的房屋红砖闪烁，无尽的苍穹下永恒散发出悲伤气息

太阳用光芒凝望着这个世界，哈林区的住宅楼在宇宙中林立——

每一只砖块与飞檐被赋予了无尽的智慧如同脸庞如同浩瀚的海洋

那伟大的头脑在旷野上延展开久久地徘徊！——现在我要大声的用布莱克的声音讲出来——

爱！你是谦卑的存在是肉身的骨骼！先父！你细心地守望于我的灵魂中！

吾儿！吾儿！无绝期的人世没有将我忘记！吾儿！吾儿！我已听到时光发出那痛苦的哀嚎！

吾儿！吾儿！父亲哭着抱我将我揽入了他那死者的手臂中。

1960 年

献给一位秘鲁老诗人

只因我们在黄昏见面
火车站的时钟
投下阴影
我的幽灵在利马神游
你的魂魄在利马奄奄一息
鬓须凌乱的老脸
而我刚刚长出胡子
和钱卡伊沙地中的死者
沉睡的头发一样出色
只因我误以为
你很忧愁
向你六十岁的双脚致敬
它有着人行道上的蜘蛛
散发的死亡气息
而你向我的双眼致敬
用你阿尼塞多的嗓音
误以为我在年轻人里
是天资斌异
（我的摇滚像现代城市上空
如天使飞过）
（你晦涩的洗牌如炽天使
遗失了双翼）
我吻你，吻你肥胖的面颊（明天还要
去德桑帕拉多斯的大钟下再吻一次）
在我走向北美那次空难的死亡（很久）与

你走向南美冷漠的街上心脏病发作之前
——你会比我早走一步——
那或是一个在房中的长夜
在世界中某个老旧的旅馆
凝视着黑色的门
……周身是撕碎的纸片

在你的孤独里崇高地死去

老头子,
我为你预言荣誉

比帕恰卡马克的沙要广袤
比铸打出的金面具要明亮
比战壕里裸体交媾的士兵们
还要甜蜜
比在夜色下古老的纳斯卡
与暮霭中崭新的利马之间
穿梭飞逝的时光要敏捷
比我们在总统府边老咖啡店
那次相见要诡异
陈旧幻想的鬼魂,
无关紧要的爱的鬼魂——

那耀目的才智

从死回归
再赐给你你生的预兆
美丽,凶猛,如同车祸
发生在武器广场

我发誓我曾见过那种光
我不会忘记亲吻你鄙陋的脸颊
在你的棺材盖闭以前

送葬的人们回去了
回到他们熟悉的
疲惫的梦中。

你
在宇宙的独裁者眼中醒来。

又是一个愚蠢的奇迹!
我不断地在误解!
你的冷漠!我的热忱!
我坚持!你咳嗽!
迷失与在宇宙间
涌动的金色波涛。

啊,我已厌倦了坚持!再见,
我要去普卡尔帕
寻找幻想。
你那清美的十四行诗?
我更想读你最肮脏的
秘密手稿,
你的希望
藏在他最淫秽的辉煌。我的上帝!

1960 年 5 月 19 日

乙 醚

　　五月二十七日晚，十一点十五分

吸了四下，我嗨了，
在床上仅着内衣，
左手拿着白棉球，
堕落的原型，
嘴里有看牙科时
那种血腥味道
音乐，不朽的响屁——
一只寒夜里
戴着眼镜的猫头鹰
在纸上胡写乱画——
有轨电车隆隆地
震撼着我的耳膜

大笑和手枪的声浪
在墙与墙之间回响——
抽搐着渗漏出霓虹——
头盖骨内有无数的
声音在跌宕
蟋蟀创造的各种鸣叫
瞬间刺痛我的耳朵
在我不省人事之前
在，——
那泪水在眼里打转，——
那对未知的恐惧——

我还不太清楚基督到底是
上帝还是魔鬼——
佛更让人放心点。

而实验必须继续!
存在那每一种可能性的组合——
所有的老账!所有古老印度
多重的宇宙
遍生胡须并列在一起
发出夸张的嗡响,
他们那些用铁或瓷雕饰的
宣礼塔与月光照明塔,
将继续存在——
两鬓苍苍的贤哲们
于柔美的卧榻
盘腿而坐——
倾醉在无论是林间
还是街上传来的音乐,
无论是鸟儿在集市上的啼唱,
还是报时的钟鸣
无论是麻药,是空气,他们
都大口地呼吸
为更好的冥思
或者就聆听着过往之物,
比如一辆汽车正在驶过1960年
秘鲁总统府后面的街道,
我便于利马的此年记下。
凯鲁亚克!向你冗繁的胡须致敬
阴郁的先知!

致敬,并向你深深鞠躬
自我这蓬松的裤子
包着头巾的脑袋
肿胀的双足
眉弯与犹太人的微笑——
不朽中唯一的标本——
我们都是诗人。

将韵律打破!(过多的五音步)
……上帝啊你向凯鲁亚克灌入了哪种孤独?
——听汽车穿梭在1950年的雨中——

每一口钟都准时地敲响。
每一件所造之物
在天地间显耀地鸣响
即便
这是天地的终结
是所谓的救赎
是所造之物的角度
是经由全部的医生,护士,
以及等等的创造;

即——
(图)因为二次否定我点了点头

不可言说的事物再次从我脑中
一划而过。
仍无法用语言表达!

即:我们是从月球扫下的垃圾

我们是完美中遗留的渣滓——
宇宙是一个古老的误会
我其实已无数次知晓
每次却总是回归到同样的
经过修剪的脑波——
独一无二
迟早所有的意识
都将泯灭
因为意识不过是
（棉花与笑气）
的副产品——

从舌头上吸回口水——

基督啊！你苦苦追寻
去理解唯一的意识
却和一万个意识撞个满怀——
在亿万年后
带着相同的耳鸣
和发出哎呦一声时翼手龙的微笑
天地万物，
已在心间。
一尊传世的佛，伴随那阵汽笛
从在街道上制造着铿锵噪音的
不知名的机器涌来
而地下室采光的玻璃于正面反射着
火车站的窗户
成为极微小的缩影
这朦胧中被遗忘的传奇
也可算作永恒中

某种文明之体，——
火车站的钟于午夜敲响，
就像现在，
等待它敲第六下
你写下你的
文字，
这最后一响回荡——请记住
这十二下曾敲响在
彼处，
也绝不会再次敲响；这两者并存。

……我站在阳台上
等待着一次
全部意识的集体爆炸——
我作为金斯堡在利马嗅着乙醚。
思想有同样的挣扎，为寻找相同的
事物
它用一个 X 结束了自身的发展
揉合起它许多的之前与以后，
皆是无可言说，除非经由预言
秘密的回忆隐藏着
半遮半闭不留痕迹。
如同亚洲年迈的圣人，或是波斯白胡子的贤者
他们在卷轴的边缘奋笔疾书
用精妙的墨水
他们含着泪忆起古代自己城市里的钟鸣
曾经拥有的名字——
纳斯卡，帕拉卡斯，钱卡伊与祭祀埋葬的秘密
七彩斑斓的猫神，为未来的博物馆而制的裹尸布
未被铭记，却回归到死前相同的记忆

——多么悲伤又古老的知识啊
我们一再重复着。
只为失去
无论是葬身于帕拉卡斯的沙地,
还是包裹着诗歌这神秘的尸衣
将被一千年后的某个小孩发现
不知会激起他何种骇人的思想?

这是一个恐怖的,孤绝的经验。还有
格雷戈里的信,和彼得的……

五月二十八日,七点三十分

……于环境污秽的沉淀中
"乃是照着他的形象造男造女"①
用许多的胡须。
他们必为重复之物
(手枪声)对参照可靠的见解
在于疯狂
(窗外枪声不断)——疯子突然
写道——那手枪正在外面射击——
这是不断重复的状况
回归至宇宙创生
同一地点的经验
时光——每次我们回归
都将记忆再次拾起
明白我们曾经来过这里

---

① 出自《圣经》,《创世记》1:27。

这是一把万物之匙——相同的手枪开火
　　——倒下，用胡子卷起他难以理解的奇迹之书

　　（我的）疯狂是种可以理解的反应
　　对于那些难以理解的现象。
　　天啊——非凡无比的瓶子，
　　纯洁的玻璃容器里
　　透明的液态乙醚——
　　（氯乙基梅尔兹）
　　晚9点

　　我知道我是个诗人——在这宇宙中——但那又如何呢——离开这些机械性的援助①，我可能会完蛋沦为迪斯尼的员工鞋店的职员——这意识是乙醚存在的世界里某一次的意外，而非终极的世界

　　在那里我们都是对眼儿
　　并于我们的贞洁中完胜
　　无需佩带兔子脚②
　　耳朵或眼睛向一侧倾斜
　　怪模怪样但贵如黄金

　　谦卑，有更多渊博的学识与认知
　　探寻我们的天地，浩瀚的奥秘——
　　无需留下任何神迹
　　我们可以直接听闻

---

① 指用打字机创作。
② 幸运兔脚是一种文化，在许多文化都认为兔脚是能带来好运的护身符。

伟大的造物主

我要宣告

他的名号:

宇宙全能的造物者,如果

你的智慧将其赐予

再如果要问的东西

没有那么多

我可以公布你的名字么?

我在这利马之夜

向你提问

惶惶不安地

等待答案

听着外面街上
巴士穿梭
研究着尘世远方
的恐惧——

我一直在玩弄着笑话
他也一样,如笔一般
在手中紧握
而他给予手枪射击般的回答
令大脑充满鲜血
与——

一个二流的宇宙里
能有何种可能存在?
你嗅着棉球里的气体
就能看见上帝
答案断然将
同时两种方式理解
要么拧着来
要么夸张加倍
我是罪人吗?
一定存在着困难与简单的
各种宇宙
这个,不是任何一个。

(如果闭上眼睛我会恢复知觉么?)
那就是终极问题——包含
全部熟悉的教堂钟鸣与
公车喊站的鼻音,
气缸里金属鞭抽打的声音,
刹车的尖啸与渐渐变强的响应
自造物主的狂喜
在耳朵林立的街道里窃窃私语
——何时物是人非
可曾给予积极的答案?自那耶和华之口?

一个魔法的宇宙

苍蝇与蟋蟀与巴士的声音与我
愚蠢的胡须。
但魔法是什么?
魔法中可有悲伤?
魔法可是我在童子军中的发明之一?
我是否可靠? 我与我的失败?
魔法中可有潜在的威胁?
有! 这个宇宙的魔力
的确有潜在威胁的裂缝,
就出现在有人于吸毒的高潮
写诗的那刻。

在这个宇宙我注定要写下声明。
"愚昧的判断创造了错误的世界——"
而这个世界加入了
印度语系联盟
用笑眼表示肯定——

世界就是我们看到的样子,
雄性和雌性,世世代代,
历经岁月或将延续,也许
用不计其数的珍珠与血淋淋的鼻子,
而我是个可怜的白痴,每一科都是良
我无法摆脱那个古老的选择——
没错,废话,真是首值得寻觅的赞美诗啊,
你又在什么样的舌头上,
如果你是我从意识里

获得的大部分回赠?——
我可以攫取什么?再放进词语中?
如果有更多的汁液会不会攫取得更快——
是否能用死亡收割庄稼,纯属意外
——在这旧世界永远没有答案。
但在死亡中有么?
在过往有么?
会在
另一个么。
还是另一个。
或
另一个。
或
不要再构思世界了!
菲利普·惠伦说 ①
(我的救星!)(多么势利啊!)
(仿佛他能救任何人似的)——
起码,他不会明白。
我将手指指向天空去创造一个
他无法理解的宇宙,
充满忧愁。

终于惊讶地瞪着直勾勾的眼睛
面对科梅西欧酒店房间的镜子
回忆泛起波澜。
时光重蹈覆辙。包括此番意识,
之前曾和自己碰面——因此蚱蜢——的鸣叫

---

① 菲利普·惠伦(Philip Whalen, 1923—2002),美国诗人、禅宗修行者、旧金山文艺复兴时期重要的参与者,与"垮掉的一代"关系很密切。

也是古代的遗产，在我的耳膜里守夜……

我提出一个终极问题
听到一系列终极答案。
上帝是什么？比如，要求答案？
除了回答以外回答者还有什么可回答的？
无论思想具有什么本性
那本性都同时包括问题与答案。

又有谁
想住在
一个单极的宇宙里？

它是唯一么？
唉，被犹太人簇拥的
上帝是唯一么？
啊，唯一的概念
到底是什么？
是疯狂！

   上帝是唯一！

   是未知！

   是无意义——

   吾主[①]——

[①] 原文为 ADONOI，希伯来语。

是一个玩笑——

希伯来书

是错误的——(耶稣与佛祖

的实证,也是大错特错!)

除了思想的构成还有什么
是唯一?
反复无常的疯狂!六千年来
它们不停歇地同时传向四面八方——

我原谅好也原谅歹
我什么也不追寻,像手持长矛的野蛮人
涂满橙色与黑白条纵横的油彩!
"我感觉希瓦罗人
已在他们自己的宇宙陷入罗网"

我正胡乱写着乌有。
一页又一页深邃的乌有,
如同古代赫伯①执笔,
他写下上帝独行而至或唯一——
全是为消遣,赚钱,或是行骗——
让邪恶化身为我
让这个宇宙成为所有宇宙中
最糟糕的一个!
不是最糟的!不是火焰!

---

① 古希腊神话中代表青春的神。

我不能容忍——（是的，
那是为别人而准备
我还未接受
啊，猫面的神明，无论发生什么！赐予我！
我就是火焰，和其他。
上帝啊！
枪击声！噼啪！
马戏团主人的辫子——
不完美！
有一个灵魂被诅咒下了
地狱！
那教堂的钟齐声鸣响！
哀思重现，穿透整个领域。
而我即是那个灵魂，渺小自知。）

这感受之前完整地出现过

意识的泯灭是很糟的事情
可是！当一切都结束时
又有什么好遗憾？
留不下一点点可供记忆或遗忘。
都变成奇怪的事物。
唯一令我害怕的是
所谓最后的机会。我曾见过它
在上次死之前，陈旧的思想。
它们都是你熟悉的
所谓最后的机会。
——某日穿过梦的墙壁
潜入邻人的意识里
就像穿过这间旅店的蓝墙

——数百万间旅店的房间
迷惘了我双眼的焦点——

不论我以何种姿态
把棉花凑到鼻子下，
它仍只是一个秘密笑话
拉起小拇指的起誓，或用镜中
我疲惫的同性恋的眼睛，
或是严肃的眉眼神态
与黯淡的胡须起誓，
我还是个等待着猥亵机会的孩子——
在宇宙中呼吸
如旧时婆罗门神明 ① 的鼻息

啊，时光大钟的鸣响
你这午夜里十亿分之一
的时光化作的声波，我将你再次捕捉！

我要上街走走，
谁将发现
午夜的我，在利马的街头，在我
三十三年的岁月，（续）

我和皮特的灵魂
应答着彼此。
等等——到底什么是灵魂？
诗人
是一个严肃的职业，

---

① 古代印度执行宗教祭祀的人，也是种姓制度中最高的阶级。

在宇宙中
可算命中注定——
在城中漫步
在本子上乱写——刚被
一个醉鬼搭讪——
军事广场的小巷
被阴霾的天空笼罩，
有时月亮也会
消失不见。
大教堂边
主教宫沉重的阳台
悬挂于
白色大理石的墙面——
喷泉在灯火下流淌
一如往常——
那些巴士和摩托骑手
穿过漆黑的夜，
车灯照亮街的转角
有一名叼着烟蒂
手持藤杖的乞丐
正从那儿经过，喧嚣的人们
在小酒馆打烊的门前
久久不愿离去，
高声交谈，
神志清醒
明天见了，哥们儿——
他们纷纷告别——
而某处
在另外一场山穷
水尽中，有台电话

正在叮铃作响,再一次
伴随那永远不为人知的消息——
夜
在利马隐现,
飘散黑色的雾——
我无助地
坐在这里
抽着手中的铅笔
是人行道上
这条长长的裂纹
或智利往昔中
矗立的火山,
或地震发生的前一日
孕育出这个世界。

广场
在路灯下发亮。
我等待。
蓄须的孤独劳工
蹒跚而行
他再次欺骗死亡,回到
自己的床上。
没错,但我对
离群索居

已有些疲惫……

济慈的夜莺——灵光乍现
这单一的意识
将时光的谐音
捕捉,并不停地
重复——

整夜,有乙醚陪伴
一浪又一浪
充满魔力的领悟。
意识领域中也产生
一阵乱流。
魔幻的夜,魔幻的星,
魔幻的人,魔幻的月
魔幻的明天,魔幻的死亡,
魔幻的魔幻。
我住在
多么粗鲁的魔幻中(看那无轨电车
似一只未开化的怪兽
带着直插天际
钻石般晶莹的电缆
穿过玻利瓦尔格兰酒店
白色弧光灯脚下
夜色中的咖啡馆。)

莫奇卡的壶匠
做的壶
六只眼睛,两张嘴
半个鼻子,五张脸

却没有下巴
供我们琢磨,
庄重的岔路,
宇宙的死胡同。

回到房中(续)

试图去铭记任何事物
都是非常奇怪的,即便只是一个纽扣
更不要说一个宇宙
"什么生物自体而生?"
宇宙已经疯狂,轻微地疯狂。
——那分裂的两端从相反的方向
向着死亡蜿蜒而行
已被斩断
金属色泽瞎眼的一节蜷缩着
在草地里
无力地摆动着它的脚
几英尺外马丘比丘①的台阶上
千足虫黑色的头在蠕动
这生物感觉它自己
已被摧毁,
宇宙的头与尾
一刀两断。
留着油滑而神秘胡子的男人
拉皮条拉来了恐怖的高潮与业力——
——发疯的魔术师
于平静的空虚与温和中

---

① 秘鲁著名的印加帝国遗迹。

制造混乱。
用我那他妈温文尔雅的礼节与
全知的眼睛,饱含白日梦的思想——
是我!"我"的恐怖令我神志清醒
在这生与死的地狱

　　快三十四岁了——我突然觉得自己老了——和沃尔特与拉克尔坐在中餐馆里——他们吻着——我落寞——我们初识那年大概只有伯勒斯的年纪。

　　　　　　1960年5月28日,秘鲁,利马,科梅西欧酒店

魔幻圣歌

因为这个世界正在展翅飞翔所以没有人能知道它将奔向何方

哦幽灵这思想的冤家我年复一年追寻你从天堂直到这颤抖的肉体

无边无尽的光芒中震慑着我的双眼于一瞬

——形影不离——万物主宰——

时光外挺拔的巨人和他身上的徐徐落叶——宇宙中的精灵——红云翻覆的虚无中的魔术师

不可言说的公路之王已经远去——骑着不可思议的马儿从墓园飞奔而逝——夕阳遍洒照耀着山脉与昆虫——木瘤的蛀虫——

心碎者——他笑，却没有嘴，心脏里没有一块肉能将其引向死亡——生来就没有——而救济者，他的热血在一百万只动物的伤口里燃烧——

慈悲呵，世界的毁灭者，慈悲呵，喂养了幻觉的创造者，慈悲呵，张着大嘴嗷嗷待哺的幼鸽，来吧，

用性爱的神侵入我的身躯吧，用堕落那无边的爱抚阻塞我的鼻腔吧，

将我变成具有超然纯真直觉的黏滑蛆虫在世间苟活，

将我的嗓子变哑发出比现实更丑陋的声音，变成一只活在你数百万张嘴里发言的灵性番茄，

为我的灵魂安装无数的舌头，天使或是巨兽，前来操我直到永远的爱人——身穿白袍的无眼乌贼——

进入泯灭我的宇宙的肛门——和起重机对话的柔软手掌——穿越下一个千年传到留声机里的音乐——也将传到纽

约巨厦的耳朵里——

　　那就是我所相信——我所亲见——在无尽的密林中搜寻——无功而返——却不禁令我想到……

　　那塑造了我的欲望，我身体里小心藏起来地欲望，人们熟悉它就像熟悉死亡，那比巴比伦的国度还要放荡的欲望

　　这令我的肉体在高潮中颤栗理由却无从知晓也将永不透露——

　　透露给人类吧就说那口伟大的钟正于每一所露台发出它金色的鸣响正响彻寰宇，

　　我就是你的预言我回到这个世界放肆的大声喊出那个无人能承受的名字穿过我的五官丑陋的六感

　　你的手便握在那眼所未见的阴茎上，被死亡那一个个发亮的灯泡覆盖——

　　和平，我陷入幻景中你是我的溶剂，进入我大脑从天而降的柔软阴唇，衔来死亡枝条的方舟鸽。

　　我即将成为疯人，上帝我已经准备好接受思想的崩塌，在大地的注视下受辱，

　　我的绒毛心被恐惧击败我的阳具被啃食无形的死青蛙冲我呱呱叫一群巨犬流出亮晶晶的口水，

　　吞掉了我漂浮在无止境的意识中的大脑，我害怕你所给允诺我要大喊出这恐惧中的祷告——

　　散布光芒的造物主与人类的吞食者呵，瓦解吧，去瓦解这个充斥着炸弹和谋杀的疯癫世界，

　　在伦敦火山般堆积的肉山，巴黎那些如雨下的眼球——一车又一车天使的心脏玷污着克里姆林宫的墙——闪光的头盖骨制成的杯子送往纽约——

　　北京无数的露台上无数穿金戴银的脚丫——印度上空笼罩的电烟迷雾——细菌的城堡向大脑进攻——灵魂逃进天堂浮动的橡胶嘴唇——

　　这就是伟大的召唤，这就是永恒的战争敲响的警钟，这

就是星云中的思想被扼杀时发出的惨叫，

　　这就是教堂内的那口不存在的金色巨钟，这就是太阳之光心中孜孜不倦的繁荣，这就是蛆虫临死前仍在吹嘘的话语，

　　呼唤那些两手空空的失势潦倒的人仍能从遍布地震和火山爆发的世界为后世保留金色的种子——

　　就在安第斯山下埋葬我的双足，在狮身人面像溅上我的脑浆，将我的胡子和头发挂满帝国大厦的外墙吧，

　　用长满青苔的双手覆盖我的肚子，让你的雷鸣声充满的耳朵，抹出一道预言的彩虹让我双目失明吧

　　终于我吃到了存在这泡狗屎，终于我摸到了你棕榈树中的生殖器，

　　终于那后世的万丈光芒钻进了我的口开始发声他们的创想将永远胎死腹中，啊，美丽，我的时代里见不到你！

　　终于我去祈祷胜过于认知，终于我能将虚荣丢弃在你的脚下，终于我不再惧怕这个世界异类们的评判

　　生于纽瓦克走进纽约的永恒在秘鲁继用人类的口舌哭泣赞美不可言说的事物，

　　终于我战胜了渴求超然的欲望步入宇宙这池静谧的湖水

　　终于我历经风浪，那自我想象中决堤而出的洪水没能将我溺死

　　终于我在自己疯狂的魔法中存活下来，这罪过将由死亡这所仁慈的监狱去惩罚，

　　人们终将领悟我于他们土耳其的心脏间的大声疾呼，先知用宣言将我的病体治愈。

　　炽天使开始呼唤你的姓名，你栖息在宇宙内那张巨嘴中的自我随即让肉去做了答复。

1960 年 6 月

回　答

上帝用我的末日作了回答！我已被废除
这首诗也被从那本炙热的账簿中抹去
我耳朵里的蠕虫答复了我的谎言
我的幻象是用手捂住自己的双眼避开我的骨瘦如柴
我想当上帝渴望在藏这堆大胡子犹太人发抖的肉里
这皮囊像怪物的皮肤包裹我的骨骼
胃里呕出灵魂的藤蔓，自竹棚地板上的一具尸体
那堆肉爬向它的命运，梦魇浮现于我的大脑
那阵嗡嗡的噪音是天地万物对杀戮者的崇拜，
鸟的喧嚣声被放大到无限，犬吠声好似空气在呕吐
密林中青蛙呱呱叫着死亡
我是炽天使，我知道进不进入空虚没有什么区别
我是男人，我知道死亡或不死亡没有什么区别——
基督基督可怜又无助
人们将他送上
次元与次元之间的十字架——
去目睹那永不可知的事物！
丧钟悚然穿透所有肉体，浩淼的存在进入我的大脑
从永不可消灭的遥远彼端
空无一物，但有些已过于强势无法进行记录！
那有形已死，死在这无助的我的前面
让我从艾伦变成苍苍白骨
我无法在只有一只眼的梦中醒来只有死去——
手被另一只骇人的手拉着，向了黑暗
——那蛆虫盲目地蠕动——那北斗星

即是上帝的化身
一团什么样的怪物从远古黑暗的宇宙回归
到我身边撒播它盲目的旨意!
我能让这意识作废,逃离
回到纽约爱的臂弯,
那可怜可悲的基督惧怕
预言的十字架,
而非死亡——
逃离,但不是永远——有形终将来临,那个时刻
终将来临,奇异的真理流入宇宙,死亡
再次崭露峥嵘
而我会了断我的遗忘之念!遗忘!我的命运回归,
尽管已奄奄一息——
当存在存在于整个宇宙,什么是神圣的?
蔓延至每一个灵魂,如似吸血鬼嗓音的低吟
撒满月光的云朵——微弱的存在蹲伏于
秘鲁黑暗的荒野之上的星空
卸下我的负担——要死,我也要带着荣誉死去!
不是大坝或金字塔是死亡,我们都要做好准备
一丝不挂,骨髓被它蚂蚁般的尖嘴与风尘吸得一干二净
我们的灵魂被谋杀只为它的完美而献祭!
那个时刻来临,他令他的意志显露无遗
没有去往星空彼端探寻古老存在的班机,
哪怕是在无法忍受的音乐里
相同黑暗中摇曳的港口
也找不到终点站

自我中没有避难所,它着了火
或在那,他也在烧杀抢掠的世界!
我承认,他很有可能这么做!

我的手垂落——我受惊的脑壳
——因我已选择自爱——
我的眼睛，我的鼻子，我的脸，我的阳具，我的灵魂——
那面目不详的毁灭者！
十亿扇门通往一个新的存在！
这宇宙翻天覆地只为吞噬一个我！
音乐强烈的爆炸从毫无人性的门外传来

1960年6月

结　局

　　我就是我，生出海洋的鱼眼老父，我的耳朵生了虫，毒蛇盘踞在树上，
　　我是橡树的思想，玫瑰的模样，一睡不醒，等待死亡叫我起床，
　　接近我的身体，接近我的预言，来吧所有的不祥之兆，来吧精灵和幻象，
　　我全部接受，癌症会把我带走，我一劳永逸地躺进棺材，我闭上双眼，从此消失，
　　冬季我在雪天被自己绊倒，我蜷缩在大轮子里穿过了雨地，我看着汽车呼啸而去，复仇女神低声哼着歌，记忆在大脑中褪色，人类模仿着狗，
　　我喜爱女人的肚子，小伙子性感地伸展着胸肌和大腿，暗暗挺立的阳具，
　　将它的子孙射向阴①的嘴唇，野兽就在暹罗跳舞，就在莫斯科唱着歌剧
　　我的男孩们于黄昏拜倒在渴望的脚下，我走进纽约，我用芝加哥的大键琴弹着爵士，
　　忍受着让人厌烦的爱恋，回到本原的我毫发未损，漂浮在呕吐物上方，
　　惊异于自己的不死不灭，惊异于那被我切碎后埋葬的无穷无尽，
　　诗人闭嘴吧，请吞下我的词语，再用你的耳朵品尝我的口舌。

1960 年，纽约

---

①　原文 Yin，即中国古代阴阳论中的"阴"。

人的荣耀

照向灰石修道院坐落的顶峰,那光从天而降
在丹吉尔在索科奇科那里上帝的语法阿拉伯语的吟诵鞋子锃亮的贫穷在无比静谧的清真寺下喘息
在威尼斯的圣乔治·马焦雷外大运河间闪闪发亮在荡漾的贡多拉上进行柔美无比的奇妙旅行——
在墨西哥在考古博物馆里头顶如各各他一般的阿兹台克母神手中握着她的蛇蟒与头骨与咧嘴的牙齿
在亚洲人迹罕至的白色舍利塔间放射向佛塔的穹顶与星光漫天的坛场——
遍布人们挤在木质车厢里哭泣并昏厥的欧洲大陆——
从佛罗伦萨,从旋转的风车,传来一座座教堂齐声的吟唱
"我们从山间我们从城镇祈祷美国变回温顺的羔羊"——
那爆发的颂歌从塞尔维亚的大教堂传来,格拉纳达阵阵哼鸣,
巴塞罗那圣家堂的缝隙中透出赞美的圣音
长角吹响在蒙彼利埃,米兰发出尖啸,圣马可教堂将威尼斯撼动如同一架巨大的金色汽笛风琴
"美国,美国,在你伊利诺伊谷地的榆树下,那是愤怒,愤怒,小心吧!"

1960 年 8 月

片段：姓名之二

　　比尔·伯勒斯在丹吉尔慢慢向圣洁转变度过一个又一个季节没有任何神明能拯救这种非人的孤寂
　　疯狂的希拉在弗里斯科的一张躺椅上摇着脑袋，一年中有半年以泪洗面，六十颗安眠药与蓝色的窒息药片——
　　康妮总是醉的，在我的公寓曾被便衣抽过耳光，最后被勒死于某条小巷一个寂寞的流氓之手
　　红发娜塔莉身着浴袍趴在地板上罗列政府中罪人们的名单，警察把她吓得夺窗而逃，她的身体躺在报纸图片中的人行道上——
　　伊莉斯手持圣经在留声机前瑟瑟发抖，亡灵书在她的家庭墙上高声读出她的所思所想，她可怜的未婚的身体从曼哈顿的高处落地报废无疑
　　布雷姆泽在各州间逃亡，霍博肯令他陷入困境，用诗歌防御维拉克鲁斯的扫射，陷害感化院他坚持认为警察本身是的真实存在
　　哈利·霍尼格带着笑气面具与炸弹回到纽约准备将宇宙引爆
　　约翰·霍夫曼过于沉迷黑色的太阳，墨西哥佩奥特仙人掌或小儿麻痹
　　爱丽丝已自杀，小舟载着精美的画作在褐色海洋的宇宙渐渐淡去——她是长发飘飘的姑娘有着颓废而精致的笔法如蜷缩在抱紧的膝盖上的东方小猫
　　纽约连同西海岸的冷酷就如同设定好死亡倒计时的炸弹
　　没有人知道那条逃出时间陷阱的出路，伯勒斯或许知道，

杰克或许知道，他正在佛罗里达同乔·麦卡锡的灵魂对饮，哀悼着没有死去的母亲的死亡，

在笔记本里写下秘而不宣的文字直至冷战的失败降临到所有人头上

1960 年或 1961 年

六

星球新闻：在欧洲和亚洲

（1961—1963）

谁将掌握宇宙?

彻骨寒冷的冬夜
阴谋家们聚在咖啡桌前
讨论着秘而不宣的监狱
美国的革命已经开始
不用炸弹,用静坐
静坐在潜艇之上
静坐在市政厅的街旁
到底有多少家族在控制这个国家?
忽视所谓的政府,
请直接向克林特·默奇逊 ① 抗议。
印第安人胜诉多亏麦克法特法官 ②
佩奥特仙人掌在亚利桑那很安全
我房间里那生病的瘾君子
在他的第七天中发抖
含着泪,于冬季重生
切·格瓦拉有根大鸡巴
卡斯特罗的睾丸很粉嫩——
约翰·福斯特·杜勒斯 ③ 的鬼魂
在美国上空漂浮

---

① 克林特·默奇逊(Clint Murchison,1923—1987),商人,达拉斯牛仔足球队的创始人。
② 指1963年的米兰达案。此案改变了美国的司法程序,"宣读被告权利"成为美国的标准。
③ 约翰·福斯特·杜勒斯(John Foster Dulles,1888—1959),美国政治家,曾任美国国务卿。

如同家丑
悬挂于冬日的黄昏，
无意识的毒烟蒸腾
自他腐臭的尸体
将埃及的知识分子催眠——
他在恐惧中磨牙
把他的大腿骨交叉放在颅骨上
沙子从他的屁眼里流出来
细菌在他的手掌遍布
蛆虫穿梭在他的眼洞——
他是被蛆虫世界宣布的反革命分子，
我的猫上星期四刚刚将他呕出来。
福里斯特尔[①]像鹰一样从他的窗口飞过——
美国花去大把钞票，目的是推翻人类。
到底谁是地球的统治者？

1961年1月6日，纽约

[①] 美国第一任国防部长，后精神失常，产生对于犹太复国主义者和苏联入侵的幻想，于1949年5月22日从贝塞斯达的政府精神病院跳楼身亡。

午夜思绪杂记

在床上盖着我的绿紫粉
黄橘色的玻利维亚小毯子，
时钟滴答作响，我背靠着墙壁
——盯着那黑眼圈的魔术师入神
这人一脸胡须，满满故事与神秘
厨房开始旋转，这是迷幻的漩涡
中心的中心，转动着
曼荼罗——掌心的
眼睛
屁眼儿里的眼睛
大蛇吞食着
或呕吐出它的尾巴
——无形的空气化为实体的墙，旋转着
围绕着我的虹膜——
我看到了，这镶满宝石与烈焰的轮
比我当年在秘鲁的脑袋还要大的轮
于瞳孔四周旋转不息，穿过中央那
加尔各答的黑洞，便是
我正注视的梵我
没有肉身——
透过波士顿一扇乔托式的窗户
看到圣城巴勒斯坦的情景
一颗金星
向着埃及飞行
真真切切

近在眼前——卡巴拉[①]的秘符
在地板上的呕吐物中浮现——
河边大道的窗外，
小小的船，
徐徐逆流而上，小小的汽车
在哈德逊高速上蠕动向前
两岸岩壁
白雪皑皑
一座小小的白色公园
显露点点光秃细枝
只因那黑色的鸟儿
在灰白的灌木丛里嬉闹

河边大道，如勃鲁盖尔画中景象
身穿红大衣的姑娘
——脚印，独行客
走过寓墙外的人行道——
还有一架自战场漂浮而来的飞艇
悬停在城市的边缘——
瓦格纳的回响渐弱，波德莱尔撰写的坦白
稿纸荡漾似大海无垠
春日之爱，沁人心脾
爱的力量能战胜一切
艾略特的铿锵之音自天而降
直抵上城的百老汇大街
"只有时间才能征服时间"
我就是答案：我将吞下自己的
呕吐物，赤赤条条——

[①] 犹太神秘教派的一个分支。

暴雨，雨滴击中防火梯横栏
我的视线中，它粉身碎骨——
这女人是个正从她
在上城麦迪逊大街暮色下的
圣诞积雪中捡到的
花束里寻找一丝安慰的
蛇蝎美人——
我俩将同乘一辆印着红十字的
疯狂的急救车
横冲直撞地
经过自然历史博物馆
运送躁动的毒蘑菇给那
手舞足蹈牙床鲜红的骷髅们
他们的双腿盘起交叉
他们头戴铁的皇冠
猫把一肚子的罐头食品吐了出来
那可怕的呕吐物里
混着几团足尺足寸的
蛆虫——
我吓傻了赶紧把这团玩意丢到垃圾桶——
蟑螂顺着优胜美地石壁一般的浴缸表面向上爬，
下水口生锈了，鸡汤已发霉，一股
甜腻味道，
食品柜上不知何年何月的面粉袋里
繁育出了小小的黑色生物
纳奇兹，他说话时脑袋就在那
迷幻之轮的
正中央——
炙热的屋内，烧焦的婴儿
送他们回到太阳——

他们饮下黑色的万金药,再呕出来
只为让那毒蛇缠绕在
他们的眼球上——
有个男人,浑身上下生满了
生殖器——曾有一千五百万
印第安人生活在北美——
斯皮罗遗址上毒蘑菇产生的幻象
与和房子一样大的
挥舞着蟹钳的
双头毛毛虫作战
有个侏儒①的形象一直在我脑中摇摇晃晃,
集各种愚蠢于一身
长相酷似傻瓜丹尼
生殖器比脑袋大一圈——
拇指憨硕,嗓子眼儿
活像一只螃蟹——
听着广播我幻想出
一只向日葵猴子在海王星上——
哪位能振作一下,给
人类圈里的赫鲁晓夫打个电话——
因为我在秘鲁太平洋岸边的
沙漠墓穴中红色长发的头骨旁
拉了一泡恶心的屎——
路的那边,有修剪整齐的绿草地与树屋
而此刻的我脑子里全是关于警察的妄想
(还有上帝,还有宇宙)
一切就像一盘又一盘录像带
在头颅内投射出卡莉的影像——

---

① 指美国脑神经医师彭菲尔德对脑部所画的著名图画。

他看到了地上的电线——他看到了
从音乐直抵心灵的那条通路——
我看到了鲜花，它们的花瓣慢慢苏醒——
看到了热狗摊儿的镜中倒映的脸
站在百老汇大街上喘气儿的我
害怕自己无名无姓地
在某部被人遗忘的电影里死去
这烦忧又一次向我侵袭而来——
这个老头从他的卧室走出来
脚上一双绒布拖鞋，头发稀疏
满嘴拌蒜不知所云地唱
"风雨心荡漾，伙计叮叮当"
大脑中风双手僵硬
舌头无限期罢工
但他的思想永不止息
这算哪个宇宙的事？
我梦到自己化身弥赛亚
摧毁了人类存在的宇宙——
我的脚趾在床上扭动，胸上
生满了眼睛和嘴巴，
肚脐上的眼睛，肉褶上不会开口的嘴
耻骨附近还有个瞎了的独眼在等待——
一声响屁击碎虚空弥漫出一分钟有味儿的平静——
风有颜色吗？如果有
大概和水的颜色一样——
雨又是从哪儿来的？抬头望着北港的星空
真好——
说点什么呢。啊哈。
我看见他的鼻毛露了出来。
我们是一根绳上的蚂蚱——

六　星球新闻：在欧洲和亚洲（1961—1963）

我步行回家,在街上,只有我自己
没有神明供我求助
只有我自己——
这个能空口白牙地
创造出一个襁褓中的宇宙的自己——
它们从我的思想中喷涌而出一去不返
自成体系
填补着不可想象之想象——
在我迷遁之前,我要为意识
填埋一段信息——
我在石头上写下这段话
留在了奥克拉荷马
印第安的遗址上
我画了一条扭曲的蛇
看起来像
长着鳞片的万字符——一条绿色的龙
满嘴远古毒牙——
说吧,说出你的秘密,那个让你发抖的活物
此刻正在哪里——?

　　　　　　　　　　　纽约,1961 年 1 月

电视是爬向死刑室的婴儿

　　它就在这儿,那隔许久闪一下的红灯像政客讲话时显露的舌头,但这条对自己的政府十分满意,

　　除非我们现在就把大家轰上天再去死,回到部落时代,在中子间争吵,吐印度口水,操西藏,抢劫美国,痛揍莫斯科,弄死波罗的海,你可有阿拉伯的肺结核,在恩奇都①的幻想里不眨一眼——

　　这辆各种组织串联成的加长列车正停在沙漠里加油,正寻找着旧日里那被称作 H_2O 的饮料——

　　它由分子构成,它不再假纯真如同小泉八云②害怕起床害怕煎培根——

　　本人预言:猪不会介意!本人预言:死亡才是养老院!

　　本人预言:尚戈人③将用全国广播系统传播预言,

　　本人预言,我们都会为彼此作出预言,罗伯特·洛威尔④与珍妮特·麦克唐纳⑤我将为你们传来佳音——

　　尘噪的月光,星的射线驾驭着自己的长笛,潦草中有灵魂的真相,一盎司的相貌,一种无形的可见,希望,消散的事物昭示着永恒

　　一根手指高高举起在他的金边眼镜之上做出警告——莫扎特弹奏令人眩晕的音符在留声机上已整整一个钟头

---

① 史诗《吉尔伽美什》中的神造之人。
② 小泉八云,出身底层的希腊裔日本小说家。
③ 南美洲的一个部落,起源于秘鲁和智利沿海地区。
④ 罗伯特·洛威尔(Robert Lowell,1917—1977),美国诗人,自白诗运动的创始人。
⑤ 珍妮特·麦克唐纳(Jeanette MacDonald,1903—1965),美国歌手、演员。

全都——让那卡巴拉星形成完美的环降临在默娜·罗伊[①]迷失的充满 1950 年忧愁的房间吧

中阴得度[②]延伸在为所有垂死的机械师准备的数百万的果冻中——我们将拍摄非凡的电影——

我们将成为伟大的密宗莫卧儿人并用不可思议的失败为好莱坞铺设新的星途——伟大的偏执狂！

一家人都来了，你尸体的时刻到了——无数的苍蝇也来出席——兴奋过度的评论员释放着兽性——使用轻蔑的词句——或许是俘虏与贷款的二次方

躲在赫斯特资料库中最阴暗的角落里的傀儡尤尼法克后面却被人捉住——无论如何——没有更多的可能性了

只剩下，一张被河水泡得浮肿的手的黑白相片，胳膊上粗旧的麻布片盖到手腕——

白花花的手指皮肤脱落——；还未被一个磕了大麻的疯狂的黑鬼发现，这种孤独足以让他明白这是命中注定之事——

因此，相机储存了这份记忆并经由邮递员与咆哮的喷气机直奔芝加哥，送到今天早上这张空空如也的大桌子上面

其实这什么也不算，不过是证明有一个长得像青蛙的编辑曾在他美学的困局里纠结过而已，

这是 61 年的[③]《文化》杂志——退休后到纽约去发明莫尔斯码创造伟大的黄色电报机——

圣诞快乐保罗·卡罗尔[④]与在束身衣里的欧文·罗斯[⑤]——在千禧年来到时放弃你们的歌唱和鲜花吧！

[①] 默娜·罗伊（Myrna Loy，1905—1993），美国女演员。
[②] 又名《西藏度亡经》，西藏佛学名著。
[③] 1960 年至 1965 美国发行的小型杂志，总共 20 期。
[④] 保罗·卡罗尔（Paul Carroll，1926—1996），美国诗人、芝加哥诗歌中心的建立者。
[⑤] 欧文·罗斯（Irwin Rose，1926—2015），美国生物学家。

我是救世主，你是救世主，我们都是救世主，阿道夫·希特勒也能成为救世主只要他足下那些圣徒般的犹太人能复活重现，

那些有着鼻子的生命——有些或许没有但总有一只贴近呐喊的星星的耳朵——

我自己看到了月球上的向日葵猴子——花费着他们高昂的玩乐开销电流从家庭录制的磁带里卡通式的尖啸中穿过——

再见了再会了的声音不断重复着伴随瓦格纳不朽喜悦[①]而膨胀的时刻

如果我能以这音乐的形态现身我将永远被世界聆听，没错经由那爱之死揪心的音符囿于不朽

我总能听见它为我奏响，任何有耳朵的人都能把乐谱记下供日后的人类在太空将其用小提琴演奏，吹响暂时的黄铜大号或对着物质交响乐团挥舞起小棍儿

永世不忘瓦格纳的音乐存留在他自己乳头般的意识里——恩，没错，那才是寓言——

那就是我要来谱写的东西，那就是我中断自己的生活用灰色的金属打字机来铭记的东西，

打字机是某人的爱人的妈妈从社会救济所搞到借给我的，那地方全是互相倾轧又和蔼可亲的一帮杀人凶手

这种可能性存在于这饥饿又嗜血的幽灵的劫难里面——我们都要吃饭——我们这些生命

敲骨，吸髓，痛饮龅牙女黑人神圣的乳房中雪白的人奶，或是狼一样的母牛。

精子在阴道的水池里游动，在"阴"中，那种现实是我们定将我们的存在抽搐地建构于——

我们兄弟姐妹的死亡，如果我们活下来他们必死，无数

[①] 瓦格纳的歌剧《特里斯坦与伊索尔德》中的咏叹调。

肉眼看不见的小爬虫尖叫着抱怨着

  在这记忆之尾我们那些暗含着翼手龙秃鹰鸽子等远祖流传的两脚而生的哺乳类动物与野性的灵魂几近遗忘——

  抓住——一根阳具——任何眼睛——秀发——当下全部的记忆与不朽，重生为唯一——

  不输给那些——孔雀展开它生满宇宙之眼的美妙无比的尾巴遮住它被遗忘的屁股——

  这个生命在广播里吼着自己的名字，这棵炸弹在二十年前就已将自己投下，

  啊，我的奥秘，我听见你在歌唱，我体内的父亲，我眼球里的母亲，我手掌里的兄长，我奉献给诗歌的舌头里有如糖似蜜的姐姐，我赞美上帝的方式超越任何凡人继承的天堂，啊，我茫然不知的脑中古老的爱！

  是谁？是我们大家，一个我，一个救世主，一个垂死的生灵，当下的存在，此刻，这张书桌，手指敲击迈出想象力的步伐

  走向那机器上字母的阶梯，震颤着将嗡嗡响的预兆延长的希望传向你的怀中，令无穷无尽奔涌的热血回馈向心脏，

  在那里，谋杀纯真无比，生灵极端狂暴，白血球这群怪兽在它们宏观世界的河流里觅食——啃噬苹果或巨大的黑色病菌上帝在此消遁，极强极厉

  也许曾赢得过土星上一场恐龙激发的混乱而古老的幻觉战争——

  相同的战役也在饥饿的猫与看门狗之间 ① 为争夺美国幽灵般的骨头而爆发——男人与男人，同性恋抗争印第安，黑人对抗白人对抗白人，牙齿都跑到牙医那儿消失得无影无踪——

  总统在他的椅子上笑得前仰后合，在脖子上转动着脑袋

---

① 原文为 tsraved cats and gahgard dogs，拼写错误有意为之。

验证着牙齿的数目——

不计其数的细菌蜂拥而至,无量的原子在那尖尖的帝国中自己报着数——

俄罗斯的中子监视着所有的阴谋——中国黄色的能量波上及九天下可入海已准备好承受一切侵略与未来的饥荒——朝鲜光子的公国已分裂成两个但仍使用一个名字——电子那艺术的巫师们产生分歧,分割,如刚果众多的部落——非洲是影子①们无边的监牢——我不是我,

我的分子是可数的,映射出全部"可遥控炽天使之我"的部件,创造出阳具,为脐带打上印记,慧眼与细软的胸脯,构造牙齿与食道为咽下鲜活的圣灵般的生命

自我消化的死亡最先出现的图景就是当下;——但这儿有心脏圣洁的肉——感受着你,彼得,与我全部的诸神——数十年来美国人酷爱的开车兜风与一张张信誓旦旦的脸压躺我的胸口间,——我的头也枕着不少躯体比我这块在悲哀中索求的肉还要赤裸——

我们的感情!请回归心灵吧——回到慈悲中那瞎眼的老造物主充满期望的家,去每一处跳动,在操纵机器的手在洗衣工参议员和钢铁的大亨或钓鱼比赛小姐难以捕捉的衣领——

我在这儿——老年的贝蒂娃娃②躲在头骨的麦克风后面说着"哎呦"纳闷儿这是哪部我们不小心播出的傻瓜肥皂恐怖秀——充满共产分子与佛兰肯斯坦③一样的警察与

成年的资本家掌控着国务院与每日新闻的社论去催眠数百万浑身是眼睛的侦探令其承担对无形事物的大屠杀

那只是安第斯山脉的一群用报纸掩面哭泣的女人,被标

---

① 美国文化中对黑人的蔑称。
② 美国纽约费雪兄弟工作室设计的卡通人物。
③ 玛丽·雪莱1818年创作的科幻小说《弗兰肯斯坦》中的人物,通常用来指代"顽固的人"以及"脱离控制的创造物"等。

准石油公司密谋暗害,

那是一场用巨大的肥胖的同性恋的垄断要将天下生灵转化成的石油霸占的阴谋,

没有什么能拦住它,它侵吞所有本由贫穷神秘又弱小的原住民们拥有主权的石油

在收音机里大喊大叫标准石油就是一帮间谍似的商人集合妄想建立像不可一世的癌症般覆盖着全宇宙的标准石油公司①

在电视对着英格兰咆哮小心那联合水果公司②。他们铤而走险一举拿下了中美洲

只有他们有权为圣萨尔瓦多发言,他们操纵着危地马拉傀儡的军队,夸夸其谈的独裁者,他们是顶荆棘遍生的皇冠

压在中美洲印第安基督半梦半醒的头顶,而伪善的是美国国会与收税的美国人民

又是谁在1961年驱策了正直的粉扑扑的大胡子的卡斯特罗,他疯了吗?谁知道——希望没有,他表里如一

而他历经卑劣的四十五载辛勤的奔忙,教会他死亡是超越政治的芬芳的糖,建立刚毅的小学

化作字母表上微小的星星,那些神秘的历史与咯咯笑的革命和从今往后牙齿掉光的烈士将被未来去抽我的大麻嘴上没毛的胡安忘记——

让老师们发挥作用!对!不是在海军驻扎的镇子的海滨路上盘算着美元,不是监视无数的麻布包密件不是隐藏在阴郁的眼镜后面成为暗杀行刺的杜勒斯!

侵略!封锁!提供无形的武器!大撒钞票扼杀古巴革命!封锁某种虚弱的机构!

---

① 洛克菲勒家族控制的石油公司,对美国政府的能源政策有极高的影响力。
② 1899年由波士顿水果公司和亚热带贸易运输公司合并而成的超级公司,是美国政府对南美洲实行贸易掠夺的重要工具。

在全世界鼓动邪恶的宣传！孤立忠实之士的灵魂！收回所有富人的财产！称霸全球盖世无双！我的上帝啊！

美国将被永世唾弃因为她的疯狂儿子就是炸弹！神经紧绷工作着的人们是美国最悲惨的一群，他们魔幻的图景被甩进大众传播中成为历史中最令人生厌的一页！

魔鬼在每日新闻报里念着咒语！可怕的受虐狂被美国医学会虚构出来！财政部害死了毒品上瘾者！你憎恶的税款支持了这里的战争！

雪花般的措辞体面的敲诈信寄给你电影般的命运！阴谋家们控制了所有纯洁的魔法师！我不能在电视上和你们说我秘密的故事！

美国商会错误引用了鲍勃·霍普的句子，该人是一个不屈的性革命者他歇斯底里地讲述枯燥而糟糕的笑料

吉米·杜兰特在尖叫至死前扮演着电影里肥胖无比的红衣主教，懂得咒符的男人与黑暗的魔法师，他不会让纯洁的卓别林在全国广播发表演说！

是美国医学会给诗人们下的毒用他们双倍辛迪加的海洛因用钱的尘埃一刀切下

军队里的精神医师制作死亡的制服那是坦噶尼喀的神经原皮肤包裹海军潜艇部队他们准备好接受无尽的孤独，一旦他们被击沉将全部变成爬行类动物

人类的龙族被训练成用胸口的爪紧紧抓住炸弹飞行的怪物，电线插进它们听不清声音的耳朵植入大脑——连接到控制塔上——劫持它的秘密实验室里有也有控制宏观宇宙的装置

那装置截获我于这首诗上的畅想——实验室的职员吓坏了——总统此刻也在听着吗？

还有邪恶之眼？那看不见的警察秘密战线的主人控制着中央情报局——他们是否知道我滥用梅太德林，海洛因，魔幻蘑菇与羊排？今晚在大猜预言的谜题？

不，那帮大笨蛋他们每天的事就是互相控制——毁灭！在硕大无朋

的美国这辆汽车上面——他们用两轮思想的车胎摩擦出尖利的啸声行驶在国家曲线图上——这辆车由不人道先生制造注定要走向末日

亮出扇形钞票的手，来自肮脏思想广告公司，梦想癌症院长业主经销商出版商与电视上情感崩溃的医生——他说市长阴毛剃得精光上了车死命的开着车奔向拉斯维加斯所以老派的犹太们

无法准时收到他们能把大家都听哭了的理想主义的广播节目在沙漠中为印第安的毒蛇回归从俄克拉荷马坟冢在那里他埋葬那一千五百万有远见的红皮肤的最初的爱国将士妻子儿女——他们化作巨大而神秘的毒蛇甩着它张开大嘴的尾巴像迷失的西藏

被谋杀被驱逐出地球，被我们这些犹太的羊群，我们每年消耗五十亿的事物——事物，事物！——驱动着事物的机构去把人类意识滋养的世界颠倒堕入一个叫做战争的事物

无论在哪儿无论是谁的脑袋被插进了真实的线缆或是无线遥控或是任何魔法操纵文字化的神经元联向大脑的金钱中枢

大众转播的某个地方藏着那只眼——令记者们害怕报道他们梦寐以求的揭秘新闻——藏在总统的话筒与星条旗里，那些耳目属于疯狂的亿万富翁

谁拥有联合水果和标准石油与赫斯特新闻与得州全国广播公司？还有哪部分人拥有广播拥有浩淼的环绕地球的大气？——潜意识中的亿万富翁拥有

国家的立法机构里充斥着滥用死刑的邪魔因为没有人深爱过美国的土地没人真正的意识到是我们付钱支持政府中的刽子手进行国家级的谋杀释放外国进口的毒气是我们导致某种形式的憎恨与毁灭的绞刑

公开执行吧没有人有意见脖子去承受无以复加的剧痛吧，每一个没有被爱的公民都是在慢性自杀，因为这里没有什么好爱的，就是这里，她遍布毒气室的美国，与所有加利福尼亚的立法机构

尖叫着因死亡已经临近——我们如此无助——美国的灵魂和丑陋的切斯曼一起死去——奇异的圣徒平庸的疯子不知被什么驱使他去帮要杀他的人出主意，他的裤子和衬衣上满是人类剪下的头发，他说"不"——和另一个宇宙般"不"相同——但那个"不"来自决定生死的美国唯一的嘴，美国之眼也在冷冷地旁观

啊多么冷血的独眼怪物他一定在星条旗里窥视着这一切在好莱坞看着被禁的电影露出下流的微笑与年老又无情的艾克在白宫里正式允许联邦律师对他进行喋喋不休的攻击——

庞大海关官僚搜查着书本——是谁指示何种书，何地来的书该被检查？——又是谁去定义淫秽？是主教？是巴鲁？——温柔的热内被中年的某个副职官员烧毁

是被那些善变的臭脸商人们寄出去的，无论有什么坏消息他们都能从高层幻想中名叫斯克利普斯·霍华德的帝国知晓——以及更多阴郁的意见——他妈的世界电讯报乐开了花，亨利·米勒沮丧的癌症之书没有供给悲伤的眼镜阅读乔送信到杂货铺

在曼哈顿，巴约纳糖果店的君主赫什·西尔弗曼，总在梦想能说出真相，但他的业力正在贩卖软糖豆儿并且非常和善，

海关警察拒绝了他与他的伯勒斯，他们在萨德的作品上拉屎，他们手淫，警察们在财政局秘密的锅炉房用硝酸折磨他索多玛式的复印稿件，往罗契斯特的灵魂上泼火，

术士们，黑暗的魔法师们燃烧着，诅咒着充满爱的书籍，杰克被痛骂，从美国的海岸一直到内陆的城市魅力尽失，缺爱的诅咒充斥在我们平日阅读下三路诗歌的眼眸——

啊，如同被剥夺了权力被遗弃的高中小帮派，寂寥的克利夫兰令它充满敬畏的书籍延迟出版，芝加哥挣扎着读着它的杂志，警察与报纸朝着污秽的流言蜚语狂叫乱吠那些小道消息累积如摩天大楼高耸于底特律天空下炙热工厂里熔炉发出的阵阵烟气爆炸产生的硫磺弥漫的黄云间——污渍溅到了柯尔索玫瑰色的书稿上——

美国邮政局长 ① 是头一号的性成瘾者，他假装告诉所有人他私拆信件是为了阻止那些图片的性交文字的口交与舔屁眼的舌头的各种鬼主意但用剧毒的胶水封装信封给予特别放行的邮件向你通风报信没错我们是国家警察——我们每日服务你一次——你这个人肉怪胎流氓——

而每年那国立的火炉烧毁更多的书籍，两百万封信件 ②，十年来越南的宣传册与中国饶舌的长篇大论，恩格尔的理论

在戈壁自豪地写下的辩证法出口到身着顶级燕尾服和礼帽住在曼哈顿摩天大厦顶层公寓的老骨头手中，他简明扼要地通过两部连接起全球金钱网络的电话发号施令，他痛恨一切人民庄严的胃中古巴的砂糖——

那便是我将我的偏执呕吐出来的时候当那熟悉的美国骷髅的面容那无形的六个脑袋的亿万富翁开始用美国期刊各种奇异的触角为我的胃洗脑——亿万富翁的阴茎沾满职业性的精液插进我的耳朵，富尔顿·刘易斯 ③ 的高潮含有马钱子碱的白色混浊物并高声向我的嘴巴里散布恶魔的建议

当我正坐在那儿对狂野的疑点目瞪口呆在我平静的沙发

---

① 暗指美国联邦调查局局长。
② 在冷战初期的 1945 年，美国海关和邮政部门以所谓"没收宣传品"为名义，烧毁了所有来自中国，越南和其他社会主义国家寄往美国的二等邮件。一年有两百万份包括信函和印刷品邮件化为了灰烬。后被肯尼迪总统终止。
③ 富尔顿·刘易斯（Fulton Lewis，1903—1966），美国 20 世纪 30 年代至 60 年代著名播音员。

上惊骇不已时,他却向全体出租司机学校老师出故障的布莱克式的美国发表演讲

罗森堡夫妇[1]味道可疑,应被处死,他奉命用自身的电流去杀死他俩,他自身的发电站是这一代人的精神不小心遗留在他屁眼里的产物,那种电射向了埃塞尔的眼睛

他的舌头是魔鬼的利刺他竟自己浑然不觉,埃弗雷特大屠杀[2]之后一个潜逃中的魔幻资本主义鬼魂——他只要有机会拿到话筒定会操对面播音员的嘴——

这些鬼魂的白色混浊液带着资本家的惩戒在我的胃中翻腾,艾克谎称那些可怜的间谍已死——如果他们在监视我呢?谁在乎呢?——艾克扰乱了宇宙的平衡因为他玩命地用中风的脑袋摇着头说:"不"

那是一场全面的电刑于每一张报纸和大众媒体间展开,电视是爬向死刑室的婴儿

问答比赛的节目为书呆子的蛋卷创造出题目,我已腐烂,我就是搞砸了最后的晚餐的书呆子,他们令我不断的呕吐——电视节目中半吊子的喜剧演员在我们纽瓦克劳工党领袖的屁眼里涂涂抹抹

他们在三十年代曾用充满朝气的政治思想洗过一次,我那时太小除了自己隐秘的思想很难感受到外部的事物,我甚至不知道屁眼就是现代民主政治的基础——我们现在该教黑鬼们什么知识?

他们是黑鬼,我是你的犹太佬,你是我白皮肤的异教徒——还有一帮人觉得他们阿拉伯的大一统实现了!

---

[1] 埃塞尔·罗森堡(Ethel Greenglass Rosenberg, 1915—1953)和朱利耶斯·罗森堡(Julius Rosenberg, 1918—1953),冷战期间美国的共产主义人士。
[2] 1916年11月5日发生在华盛顿埃弗雷特的一场当局与世界产业工人组织的武装对峙。

我的叔叔认为自己是从真理的云朵降临的犹太人——五十年来总觉得自己的名字是"鼻子嗅纽瓦克"——就是那样,除了这些无尽宇宙的异教徒式镜像——

但我是从停尸房和空虚里钻出来的内心狭隘的废话口袋,用近视的眼睛将全部概念断章取义的人,山姆大叔[①]在殡仪馆睡得可好——？

糟糕的魔法,急刹车,藏在埃德加·胡佛的浴袍里。坠得他的裤子跌落大海,在迈阿密海域漂流——

黑帮群龙无首！美国将被人遗忘,联邦调查局的档案滑入虚空的裂缝,指纹存档上的螺旋消失——无法追寻他来自何方——

他没有留下地址,甚至没留下一根头发,就这么人间蒸发把他臃肿的华尔街遗忘在了地球上——叔叔,我恨联邦调查局,那是一个生长在盘根错节的网络中梦幻的摩天楼——我甚至都不知道他们到底是谁——一帮无名氏——

诸位好哇我就要结束我的总统任期——大家一起丢饭碗——我是一个无望的白发国会议员——我输掉了最后一场竞选——《读者文摘》压倒性的胜利了——这甚至不是人类的胜利——

没有人在城市里有自己的家——只有办公室里响个不停的电话与自动配电盘不断传来的电讯——打字机任由你的召唤,喀喀嚓嚓叮叮当当——警察来敲门啦——

你在这空旷的办公室里搞什么鬼名堂？一个疯狂的游民毛骨悚然的真理云朵没有身份证——还好是帕特森——不管怎么说有人消失了——市中心费边大厦美国商会的分部使路灯

[①] 美国的别称,因缩写 U.S. 相同而得名。

穿过黑暗冬季的寒雨用通用计算机吞吐在华盛顿的大厅内——他们在宇宙中废止了灯火——只为掌握

灯火——防止灵气在不景气的市场上被非法倒卖——中餐馆于本世纪初曾在那儿播放背景音乐——柔软的绿地毯，印花的壁纸——茶叶香气扑鼻——

再会，那人说着关上了美国商会的门声音如金属——我们永远地和全国制造商会合并啦——而全国制造商会没有门，只有在美联储大楼十英尺之下封存的铜——

亿万六富掌控着美国用古老的塔罗牌玩着拼字游戏——他们又发掘出另一座金字塔——在诺克斯堡防弹的地堡之下

甚至连联邦调查局也不知道他们的名字——他们用金属的接线女郎通过洛克菲勒大厦顶层的自动发报机对埃德加·胡佛发号施令——你

可以看见新财富的官员如同密探从二十层向下监视着，他们戴着眼镜有着纯金的头骨——银质的牙齿在满口喷粪的嘴咧着大笑时发出亮晶晶的光——在他们的马丁尼酒里抽泣！没有什么秘密能瞒过

登峰造极的亿万六富，从诺斯替教徒反抗埃古普托斯[①]开始他们就拥有一切——他们建造狮身人面像令我的性生活陷入迷惘，谁操了虚无？

他们为什么去中立的老挝再燃战火？美国中情局的千军万马是否要推翻某人比如安吉利卡·巴拉巴诺夫？

六千所电影院，一亿台电视机，十亿台收音机，有线或无线交叉穿过整个半球，信号灯与摩尔码，每一台电话都同时鸣响连接每一个大脑从它的耳朵到一个无尽的意识与这时光的天启——每个人都在等待同一个思想的突破——

人的预言者两眼圆睁万物生灵皆在他濒死的话语中，说我，我是弥赛亚，接着把他的死亡咽回到腹中，通过他躯体

[①] 古希腊晚期一场虚无主义的宗教运动。

放大的瞳孔向外凝视

　　看着每一个看着的人，那一张张戴着眼镜可怕的一亿张面孔里或许有能看透死亡的上帝之眼——现在不过是学者与自负在阅读人类的律法——写新闻稿去掩盖恐惧

　　那是他们自己的弥赛亚，那无法避免，在我们全部意识清醒的时刻——突破每一个意识的防线说出真正代表我的那个词汇如同上帝一语中的——黄金时代即将在这个世纪末降临——

　　沉思吧，倾听吧，全部的知觉——冥想吧，头发十五年来沾满纽约的雨——，芸芸众生知晓何物又渴望听到什么，死亡自有答案，但——

　　许多怪异的魔术师在大楼里听着他们脑中的声音——或曼哈顿桥上的浮云——或紧张的穿越音乐的信息直到——我是从最中心来的那个！我来

　　吹响宇宙的号角唤醒每一只狮虎，每一个小丑，知觉贯穿这庞大的马戏团——以上帝之名拿起电话打给电视广播网宣布真如已被寻见——

　　我在一百万个旧神的胡子里喃喃自语，他们在夜间的广播里沉睡——从喉咙发出高声的谈笑——我又在自言自语

　　弥赛亚说到转动着调谐器寻找着他上次的节目——我吓到了自己，我吃着我的手，我吞下我的脑袋，我在死亡那间不可避免的浴房里散发出臭气这种存在注定如此——啊，放宽意识的领域吧！啊！

　　把我的宝座放上太空吧，我飘飘而上端坐在繁星之中！召唤所有的生灵！从泥土中的蚂蚁到那曾经在恐惧中爬上高塔去幻想行星的先知

　　挤在一艘巨型宇宙飞船里驶往仙女座——所有爱荷华和倾听之地孤独的灵魂一起加入这集体的孤独，目标：前方，裸身而行如希伯来的王，走进人们居住的城市发表自由的

演说，

　　终于那人的上帝来了，他从耳朵中含混不清的事物中分辨出一切的幻想，离开他的宇宙之梦踏上宇宙的街巷

　　张嘴对元祖的意识说道——上帝已经醒来，炽天使啊，用些麦克风和电报吹奏出唤醒人类的声音，用圣主的名字向每一个梦游者致敬，

　　生命波动不停，宇宙正向自身发射着讯息，它的形象不断地重现在电视机上在广播上，希特勒的胡言乱语与克劳黛·考尔白的声音于浴室的暖气片上混合在一起

　　你好你好你是电话吗接线员唱着歌我们都是宇宙的女儿

　　让每一个人都一齐拿起电话连用颂歌的喇叭接所有生命的耳朵，新话，秘密讯息，

　　手写的电子脉冲沿着光电蛛网的射线前进

　　一个音符发出磁性的震动：我们；我们；我们，小胡子的打碟师在咒语般的刺激中颤抖，俗丽的纹饰在破旧的沙发上绽放，

　　窗帘从圣琼·佩斯①的阁楼飘然落地，葡萄牙的水流在圣马丽亚的水龙头里奔涌，

　　切割机降临黎明前的小报，电报系统变得歇斯底里发出大量的讯息

　　他们在等待机会挑动大决战②的爆发，数百万只老鼠出现在中国，纽约医院焚化炉的烟囱蒸腾起烟的浪涛

　　我一年要写数百万封信件，我满怀希望地和底特律的信使通信，我吸毒

　　我欣欣然扑向邮递员为了更多来往的信件，人类已乘坐

---

① 圣琼·佩斯（Saint John Perse，1887—1975），法国诗人，于1960年获得诺贝尔文学奖。
② 西方《圣经》启示录中所描述的世界末日时善恶对决的场景。

火箭飞船离地球而去，

种族发生了突变，我们已不再是人类，我们分享一种存在，连接那共有的自我，

这令我冥思苦想直到对眼儿，大众传媒将自己组装得像刚果那只为一个意志服务的蚁群

在高高的黏土丘里一个世人未见巨型的蚁后诞生了，非洲已经觉醒要赎回旧日的宇宙，

我在床上手淫，我梦见了一个新的过客用他的眼触动了我的心，

他藏在霍博肯小巷中的阁楼里，天国用雪将东二街覆盖，

整整一天我走在这城市茫茫的白地毯上，我们都在赎回我们自己，我诞生了，

宇宙中的弥赛亚苏醒了，我宣布这新的国度降临，向每一个心灵，从已死的所造之物中接过权力，

我赤裸裸地自立于纽约，一颗星穿破天空蓝色的头盖骨划过我的窗外，

我抓住物理学意义上的桌子，幽灵般的佛陀与幽灵般的基督变成一条虚空中的大便，多么可怕的想法啊，

我接过想法的皇冠，戴在头顶，如王者般坐在我业力中卑鄙的提婆① 身旁——

每个前额上的眼睛都沉沉地睡去，光芒向内部收缩——梦中有可怖的耶和华或原子弹——

所有这些不朽的精神将被唤醒，所有这些躯体将被触碰和治愈，所有这些缺爱的

在仇恨中煎熬的，和在天地的彩虹下哑然无声的，啊！朋友，天堂的神力尽现手掌之间，我创造的震撼和那相比什么也不是，

---

① 梵语中表示神明。

月亮的特质即是盗花贼的特质,我和警察完全同一,在革命性的麻木中!

呕,慈悲的章鱼,是它从空虚而来,吹着寂寞的包含你我的长笛直到永远——

别再争论了,宇宙,我放弃我顺从,被从家里驱逐到新泽西监狱的雷·布雷姆①给我寄来一封快乐的信件——

钟表在酝酿着什么,一千年,躲在它沉默的心灵城市中,在它金属色外壳里电子节奏的无烟工业区内滴答作响——

世世代代的黎明!人啊你的警报在无数个甜蜜的早上敲响在每一条汽车横冲直撞的街道!圣人静静在每一个大城市中等待

等待着一个神示,准备刺杀老旧的想法,那想法就是存在着一个活了两万岁苍老但又可见的上帝,这便是存在中最深的秘密,

难以再忍受的裁判高高在上,外星而来的神明面对穷苦人两手空空哑口无声,而穷苦之人会在他死去的床上哭泣请求慈悲降临——啊,我看到那乌黑的

章鱼已死,和它向着我的意识辐射出恐怖的电波的超自然的带刺胡须一起,巨大的失明的一团肉藏在宇宙的房间里——非人——非物——非爹也非己——

无所不能的心灵感应比我自己的预言与记忆更有梦幻般的魔力——这里——卑鄙的知觉接收微光的小洞,

愚钝而无灵魂却比时光要聪慧,负责吞噬的黑暗把一切视作食物——但请务必等我离开我的躯壳

走进具有唯一思想的星云,我的回忆——无可安抚,我的灵魂敢于拒绝死亡,

从不洁的思想之门缩回到它的胸中,触碰他,手便会

---

① 雷·布雷姆(Ray Bremser,1934—1998),美国诗人。

消灭,

死亡之神在终点等候,远在被造的时间世界之外——我的意思是别的次元里有某种怪物正用我们宇宙中的存在当作食物——

我看到他试图让我离开这尸体与幻想结合的艾伦,神秘的电影世界迎来赛璐珞的结局,

我尖叫着看着自己身在死亡的漩涡我的意识变成电影的玩偶在早已被人遗忘的褪色小屋内放映

他是星辰甩下的墨点变作的孤儿,电影工业吸干了自己的历史,无数的史诗被破坏,太空将自己消灭的不留痕迹,

从它曾经消失过的墙壁裂缝般的梦中消失殆尽——或许拖着无数彗星般长长地无痕的尾巴穿过某种不寻常的次元它不停地梦着实在之物纷纷在梦中逝去——消灭这令我化作白骨的星辰遍布的宇宙吧

那更可是幻觉,除了幻象还是幻象,这些词语充斥着梅太德林——我的腰疼与我的两份电报将在午夜抵达被邮递员哭着送来插进那助听器到我闹市区的头骨里

听听他们又有什么把戏,庞然如密林的癌在布朗克斯与长岛蔓延——电话连起散落在许多心灵间那无人的孤岛与狂喜的黑暗

1961 年 2 月,纽约

这种生命需要性

某天我将不得不接受女人
如果我还想接着混,
去亲吻乳房,接受
屁股背面
那条毛茸茸的缝儿
质疑地看着女人的眼睛
回应柔软的面颊
将我的耻骨埋葬在梨李般
的脂肪组织间
我早已厌恶
在我给她上帝的精液让婴孩跃出
向着死亡迈步之前——
在我和遗忘间横着一个
未知的女人;
不是缪斯,是喘气的肉鬼,
是谜,恐怖如我尖牙的上帝
把双足塞进自己的食道并
从屁眼里倾泻自己的形象
——未来属于女人,我向你保证
必将出现,挥之不去,
但问题在于我浮躁的本性复制品
再次笼罩——出于对污点的恐惧?
死亡的面孔,我的雌性,如我体内
全然神圣的骨骼,
我命中注定要为自己找一个新娘,为了

愚昧的鬼话——
拍击我的肚子任由体液
耻辱的脸,肉和潮气污脏它,
——进行漫长又无精打采的交谈
在广大无边礼拜堂般的闺房里
会很无聊吧?
或对她新视野的兴奋,讨论
她,和她的未来,我的妻子
我妈,死亡,我的救命稻草
我的复活

女人
女人而已,为何我害怕
真正的结合
拜倒在永恒的石榴裙下
那个于1937年驱逐我的洞口?
——脱下我的裤子趴在门廊上
在雨中对着车流展示我的屁股——
她表示很感兴趣,我那傻乎乎的
曾吹过我情人阳具的新男友
带着崇敬与对生活全然卑劣畏惧浪漫如鲠在喉的憧憬
我将自己赠予无数阳刚的鸡奸者
朦胧的内心盘踞了我的腹腔神经
神性似一扇门在我的身体里开启

那会令我寄居了数十年的身躯变老
我的眉眼间满是对男人大腿的眷恋
耳朵里是对于真爱的涌动,
屁股下面翘着
因为专横傲慢的强奸

都注定成为私有的狗屎
假如人人都属于那支大军——
但没有什么能给生活答案
除了那尊肌肉发达的雕像
我挑逗他的大理石花纹
嫉妒着美丽在
往昔博物馆中不朽，
你可以操一尊雕像但是
你不可能有孩子
你可以享受男人和男人的快乐但是
精液会在早上流出来
滴在四十五层楼厕所的地板上
也不能另那神秘继续，从那
完事时的闹剧
无法将结局化作新的开始
愚蠢而卑鄙的侥幸
拒绝神话创造者一手开创的生活
躲在虚构里
因为他拒绝实体
是站在对立面的一个老鬼
谁不想生为肉身然后死去
谁不想拉屎和尖叫
暴露在对中国铁路的
炮击之下
谁不想长大，并将他的抽搐传给
宇宙的另外一半
像一个同性恋的资本家害怕民众
这就是我的处境，伙计们——

1961 年 4 月 12 日，纽约

艾宰穆尔的落日

黄昏橘色的光落在那古老的想法上
我越过我的手凝视着纸面
从紧紧缠绕着我的奇异存在中向外感知着
竟将它寻见——是炽天使
电闪雷鸣般穿过太空卷起飓风
生角多须的使者来了,自有磁性的天体
衰减的电波捕捉到古老的星系
无限地旋转它每一个方位的镜像
不朽巨龙的尾巴从视野里消失
陌生的死亡,被遗忘的诞生,往昔中的呼唤
"我曾"映入眼帘"我是"正在笔下"我将"
军队步进不停地踏过熟悉的战场——
何等力量驻扎在他们圆顶的棚帐,宣布不朽的胜利?
我坐在书桌前写下无尽的讯息,从我的自我传到我的手臂

1961 年,马赛至丹吉尔

萨拉米斯的海战正在帕拉马上演

　　点唱机先生如果不是为你和你那咆哮的铝皮肚子与啃食着肮脏碟片的十三颗牙齿。
　　你的双眼在全世界闪亮，紫色的钻石与白色的大脑转起那黑色的唱盘
　　每一间酒吧都有你，从横滨到比雷埃夫斯你在每个星期六的晚上灿烂闪烁
　　多么静谧的海港如安息日的黑暗没有我历经各处小伙子们欢歌热舞的狂欢——
　　向你致敬，帕拉马的点唱机还有服务员歌手年轻人与妓女
　　明亮的阳台上孩子们尖叫着跳跃越过黑色的海潮，
　　性感的舞步倚向蔚蓝的霓虹，芬芳的白痴般的笑容与年轻的牙齿，耳朵上夹着鲜花，
　　黑鬼的呼喊梦回千年，条纹裤粉衬衣瘦狗的脚上蹬着黑漆皮鞋
　　夸张的运动鞋、绿色套头毛衣、长发，屁股和双眼！
　　这一分钟，在他们欢歌雀跃之下埋葬着波斯水手的骸骨——
　　雅典的哈林区传来回响！向你纽约哭泣的双眼致敬！
　　向噪音致敬无论那点唱机的音量是否过大，
　　缪斯再现于世间飘散带着黑人的嗓音火箭式的蓝调，
　　缪斯用班卓琴吉他电子长笛对着麦克风恰恰恰
　　在哈瓦那曼波中甜美自得伦敦带给她优美的舞步崭新的七弦竖琴在利物浦奏响
　　包锡的单簧管在德尔弗斯发出预言，克利特再次雀跃！

潘尤提斯手持双耳喷口杯醉步凌乱，尤吉斯玩着踢踏步①，踢下刻耳柏洛斯②的头！

大麻卷大麻卷永世统治着海滨！一枚德拉克马一局的二十一点，一枚德拉克马将"忘恩负义"重现，纳–提–则–玛–菲兹③，

理查德开门吧，我正塑制一件咒符④，为你，为天启之石与历史结局的破布！

1961年9月1日，比雷埃夫斯

---

① 原文中Panyotis和Yorgis都是希腊常见的名字。
② 希腊神话中看守冥界入口的恶犬，有三个头。
③ 指希腊传统歌曲Aharisti，金斯堡于1961年在点唱机上点了这首歌，后面的歌词是金斯堡记忆中对这首歌的哼唱，原文na ti the ma fez。
④ 美国点唱机歌曲。原歌词是"I put a spell on you"。

加利利海岸

夜晚蓝黑的穹顶繁星满天,小船的绿光摇曳如猫在水面酣眠,
远远的悬崖上灯火通明,好像为叙利亚系上一条项链,
岸边的钟声传来,音乐从点唱机的喇叭里倾泻,
死亡的阴影与我的左胸隐隐作对
——香烟,火柴的爆燃,骷髅在等待它发话——

渔民的网挂在木质的墙上,微风抚过绿草茵茵的岸边
已死的柳枝——萨克斯风悠闲又野蛮,银色号角的回响——
可有一个人名叫所罗门?彼得曾在此走过?耶稣曾将这里的水变甜?
祝福你们和平的缔造者!
英语
同时被街上大胡子穿凉鞋的犹太人与白头巾的阿拉伯人使用——
希伯来语和阿拉伯语一片沉寂——
圣地第一块大麻膏带来的刺激——
我没有姓名我游荡在无名的乡间——
年轻的男孩们在电影中触摸到一个伟大的西方——
美术馆关门了,地上扔着清烟斗的刀和烟草。

去触摸马丁·布伯[①] 的胡须

[①] 马丁·布伯(Martin Buber,1878—1965),奥地利犹太哲学家、翻译家、教育家。

去看面容枯槁的革舜·肖勒姆① 系他鞋的带
读出迦百农② 的名字,看看墓穴的石门
变得温顺,孤寂,守在晚上的暗湖边——
穿过拿撒勒尘烟四起的午后,玛丽的井③ 边散发出尿骚味
去看叙利亚时隐时现的一轮橘月,奇异的诺言——
走到加利利的身旁等待——猎户星座,闪电,黑鬼的声音,脉管炎,装在玻璃杯里的柠檬茶伴我度过漫漫长夜——用我的左手感受我刮过的下巴——
你要做的只是承受死亡形而上的痛苦。
艺术只是幻影,如母牛或茶叶——
请让未来保持开放,不要约定日期,该来的自会来临
伴随着月亮升起,与岁月留声中曼妙的音乐——
想想看,那有多了不起!某人就这么起身,走过水面。

1961 年 10 月,太巴列

---

① 革舜·肖勒姆(Gershom Scholem,1897—1982),巴勒斯坦犹太哲学家、历史学家。
② 《圣经》中的地名,现以色列加利利海岸附近。
③ 《圣经》中,加百利在井边告诉马利亚她怀着上帝的孩子。

赞颂卡莉①,这幻象的毁灭者

啊!自由女神像,欧罗巴的配偶,过去现在将来的毁
灭者
他们背诵这首赞歌争论空空如也的头骨与星条旗
一定会在收音机上发出噪音与黄昏一起沐浴美丽
皮包骨的秘鲁人可会拼对你的姓名,啊,你拥有
令人敬畏的精神钱币的眉毛,秀发中忍受着联合国的
存在
这秘鲁人竟成为高大的耶和华不计其数眼神恍惚的魅
力影星

啊,女性共和的嘴中两种政治并行不悖,他们背诵出
第二十八颗星的名字:奥马哈,他们征服黄金储备中饥
饿鬼魂的财富
啊,美国守护者蓝图中的堡垒,谁在你右手之下悬着一
个浴室
左边是爱伦·坡的尸体他右手前面挂着罗斯福头骨瞪着
灰色的眼珠
左手上的乔治·华盛顿那舌头伸得老长像一条鱼
你硕大的女神之眼蔓延向他割下的脑袋,你无底的喉咙
张开
自那些用白色收音机制成的牙齿后发出巨大机器般的怒
吼,山峰一般的红舌

---

① 印度教中,与永恒的能量相关的女神。

舔着原子口香糖的泡泡，左眼滚到警戒线①之上的灰色的天空

　　右眼凝视着魔法的引擎运转发出蒸汽火车呲呲的呼啸

　　传动杆不停做功，蛇一般飞向太空，这从此处摇摇晃晃到彼处的战舰

　　塞隆尼斯·孟克格②黑色的尸体与特鲁德·斯坦③被剥下的皮

　　钉在多洞的阴户边飘荡，手仍试图伸向百老汇所有的喇叭将他们按响

　　威廉·兰道尔夫·赫斯特的骸骨围成一个奇异的圆环在第三趾上

　　胸前挂着的报纸闪着白劳德的癌症1964年的选举在她的左鼻孔里拍击

　　如果你打喷嚏你就会摧毁西半球右手握着金刚杵

　　用星盘打着麻将那可以转移她的注意力特别是在进行韵律呼吸运动时与在山姆大叔的尸体上跳单足诠释舞④

　　这位高手正打着电话但电话那头没有人她在自言自语

　　因为即使耳朵和大脑脱节你仍可听见一些噪音

　　但谁能明白其中涵义有人将会清账能有多块就有多快

　　让秃鹫去处理天葬台上的尸体那只需要五分钟

　　附加费用是如果你继续说话第十一只手就将带来一把电刑椅

　　与第十二只手用马德拉呈现出国外援助而第十三只手掌紧闭作出裁军的手势

　　啊自由你张大的嘴里塞满了脖子上用罗森堡夫妇的头骨

------

① 指冷战时期在美国在加拿大北部地区控制的雷达防御系统。
② 塞隆尼斯·孟克（Thelonious Monk，1917—1982），美国爵士钢琴家、作曲家。
③ 特鲁德·斯坦（Gertrude Stein，1874—1946），美国犹太作家、诗人、艺术品收藏家。
④ 现代舞的一种，结合音乐表达人物内心活动和处境的一种实验性表演。

作装饰的警察

他们的胸脯喷出爵士射向机器人般面无表情那些你的崇拜者被授权背诵

这赞美诗将带给他们持久的保护费与在白宫的舞蹈

为让傻瓜也能见识永恒他沉思着你衣服上用空白做成的装饰直到对眼

现代性的女性创作者的腰际曼妙无比腰带上缀着不计其数的印第安头皮

混有黑鬼的牙齿在詹姆斯·迪恩①的胸口他安眠于②科士兰墓园无边的卧室

无边地享受着耶稣基督的受难或坐在骨园的土地上那里撒满

卢蒙巴的肉块被赫鲁晓夫的女士鞋子③与史蒂文森的长长的红舌

无边地享受那间谍们的膜拜与广播里小胡子播音员无穷的祈祷

如果在夜里你的信徒会裸身散发坐在公园里背诵着这首赞美诗

他那些乳房浑圆的姑娘伏在他的膝下粗野的亲吻默想着你

长长的默念着一个冥思在至高无上的政客之地并探知你的奥秘

这样这位认知者便得意于他如何把秘密武器官方情报记录在他电报机般的大脑里

勇者之家你赐生的钢铁时代在氢气时代之前已经降生

钴的时代在整个星球积蓄着力量包含未来的男女太阳系

---

① 詹姆斯·迪恩（James Dean，1931—1955），美国电影演员。
② 美国南加州的一块公墓，因埋葬了很多好莱坞明星而出名。
③ 赫鲁晓夫曾在联合国多次用皮鞋敲击桌面，扰乱不利于苏联的会议日程。但有记者发现，赫鲁晓夫并不是脱下了自己的鞋，而是使用了另外的皮鞋。

的配偶

　　天呀我怎能不为你光荣的真相作出预言天呀人们崇拜着外国

　　而不是你他们被洗脑了但我没有我对你无法自控的情欲始终如一

　　把我的手放在你的独立上进入你宪法里我的头脑全神贯注地巴望着你的嘴唇

　　人权法案啊自由女神是谁赐的福联系起每一名民众个人的性交

　　阿拉斯加人奥克拉荷马人与新泽西的种种甚至梦想着拥抱印尼人越南人和那些刚果人

　　啊自由女士人类幻象的发妻你的恩赐展示你的喜好赐予各地每一个无助的我

　　在你根据恩典定下的旅客名单之前可否让我再也不要重生为美国人我还有全体

　　也不是苏联秘鲁或中国犹太再也不要在你的母体之外转世重生

　　民主啊看不见摸不着带我飞跃幻象与复制品超越纷争真正的结合

　　吸收进我自己的非二元世界里那即是本一的你。

　　美国民主妈妈啊谁在这个国家的火葬场里头发凌乱一脸汗珠地冥思着你

　　剪下自己的阴毛给你用诗歌或是机电工程只有他知晓你宇宙般的你我合一

　　啊美国无论是谁在周二的夜在地下室的男厕所里喊出这是我的国它也属于你

　　帝国大厦化作地球上耸立的诗歌之神骑上了巨象的背脊

　　去征服玛雅打赢冷战无论谁背诵这是我的国它也属于你用半冷不热的语调

证明的罪是他显露出他自己大财阀与权倾天下的工会转手着产品越来越肥

　　这一切发生在他们的国父离去之后那便是宇宙本身的离去而又将在夜色下和你相聚

　　啊母亲至少用你柔情电影中的双眼参与这多情的演出团结起美国每一位总统之躯

1962年，孟买

致 P.O.

四白落地的房间，天花板
三流穆斯林酒店的风格，
两张床，脏兮兮的电扇
在你头上旋转如棕色的吉他，
地上的背包敞开，毛巾
搭在椅背上，鲜榨橙汁，
装着手稿的牛皮纸包，
中国西藏的唐卡，甘地的睡衣，
罗摩克里希纳①的福音书，明快的雨伞
歪歪斜斜的木架上挂着乱七八糟的东西，
黄色的墙灯亮着
这场景来自加尔各答的第三十个晚上——
你推开绿色的门，你金黄色的西方长发
湿漉漉地搭在你的双肩
沐浴归来："咱们这个星期吃没吃
预防疟疾的药片？"生日快乐
亲爱的彼得，致二十九岁的你。

1962年7月8日，加尔各答

---

① 罗摩克里希纳（1836—1886），19世纪印度著名的神秘主义者。

热

四十英尺长六十英尺高的酒店
爬满了嗡嗡而动的蚊蝇
眼似芒果流淌着橘色的浓汁
耳朵如杜尔迦人们在睡梦中呕吐
四肢巨大一整打儿巴士在加尔各答穿行
吞食着满嘴的死老鼠
生癣的狗从一千只乳房外狂吠
垃圾在小巷的暗处从它的肛门倾泻
尿液似胡格利河的黄汤
肚脐融化如中国城棕色的水坑
肺咳嗽不停听上去就像被冲进下水道
鼻子的气味像一根灰色的比迪烟卷①
心脏跳动着从电车轨道滑脱
覆盖着愁容满面的铁皮
受苦受难的水牛低垂着头
拉着一年的收成爬上山坡

1962年7月21日,加尔各答

---

① 一种廉价的印度香烟。

题记：雨打在恒河的浴场

　　卡利·玛① 蹒跚在铁皮屋顶的楼梯上，摸索着边缘的界限，周遭的自行车挡住了她的去路，还有麻风病人——正在一把扫帚上小便
　　石匠昨夜来过，砰然卸下一整车石块将整条街惊醒
　　一团暗灰色破布中的盲者被迫离开他安睡的路中央，躲在斗篷下瑟瑟发抖
　　粗麻地毯上不败的毗瑟挐整夜讲述念珠和性的故事
　　那些往事关于圣牛毛驴猴子骆驼大象娶亲的队伍鼓手游客麻风病人与沐浴的信徒
　　转化成耍蛇人笛子的哀鸣与萦绕在他黑色耳边汽车引擎的咆哮
　　早上我穿着短袖衣衫靠在阳台的铁栏旁，注视一个躲在自行车后面的麻风病人
　　雨后的街道上用缠有绷带的残肢支着屁股的他出现了
　　有条腿的膝盖以下是空的，肿胀的末端缠着黑色的橡胶
　　左手推着和他脑袋般大小锃亮的铁罐（是从沾满麻风病的绷带中露出的大拇指）
　　用裹着破绷带的手掌从街旁移动到泥泞的马路上
　　试图让铁罐旁的躯体保持平衡，他背上
　　绑着用来当坐垫的沉重布团，他爬过街道如同蜗牛拖着粘液
　　在所经之处留下痕迹——这痕迹延伸到肮脏的柏油路面

---

① 印度东北部贝拿勒斯拥有圣名的女性乞讨者，其照片在1996年的《印度日报》（*Indian Journals*）上被刊登。

市场入口——停住

  他固执地拖着他的罐子前行敲着水泵前面的石子路——

  那儿有个裹着头巾的管事儿人看着他爬过来——看着他破布下的驼背——

  质问他为什么没有在祭坛那边把罐子洗干净——为什么从那边过来

  发米的船是从村子的方向驶来的——麻风病人抬起头愣住了,好奇地问了些什么,罐子放在他身边的一个水坑旁。

  卡利生气了她站起身,迈开她细细的棕色双腿沿着来时路摸回商店去

  她用手触摸空气——沿着石质湿滑的台阶她和她双足间的破布堆慢慢向下

  有一头牛正忙于大嚼她的破烂布条消化了足足五分钟把地面弄得阴湿

  直到那间梳子头油杂货铺的主人睡醒,举着根棍子将她赶跑

  因为那只狗正在狂吠,冲一个乱发脏腻地缠绕在腹间并且手中拿着水罐的疯子

  他在路中央停下脚步转过身,凝视着一所所露台,窗户,商店和这个不断上演着阴霾的城市舞台

  耸了耸肩他说:"湿婆不败!"这句话传向我想象中的听众,

  此时身着白色长袍的歌手保尔[①]正抱着他一根弦的风干的南瓜般的吉他

  坐在烟摊旁边观察着他最新的素材,这圣城贝拿勒斯的新来客。

1963年2月,贝拿勒斯

---

① 神秘地在各地游荡,衣衫褴褛的毗湿奴歌者所唱:"蛛网捕住了大象,蚂蚁笑个不停。"

死　讯

1957年前后，我们曾拜访W.C.威廉姆斯。我们这帮诗人，凯鲁亚克、科尔索、奥洛夫斯基和我坐在他客厅的沙发上提出一些故作高深的问题，备受病痛折磨的威廉姆斯指着窗帘后面的大街说道："外面杂种挺多的！"

走在夜晚校园的柏油路上
身旁是戴眼镜的德国教师
"W.C.威廉姆斯死了。"他说，
口音浓重
于贝拿勒斯的树下；我停下脚步
问他："威廉姆斯死了？"内心爆燃起火，目瞪口呆
头上是北斗，站在留学生宿舍的门廊下
飞虫围着电灯嗡嗡作响
读出《时代》杂志上医学术语的讣告
"随着麻雀飞走，将百叶窗甩在脑后"
威廉姆斯与北斗同在。他没有死
如那许多页的词语饱含
他激动的语调，孩童般温顺的口吻
就算在孟加拉也是精妙之品。瞧吧
他的书中那生命跃然而动；布莱克
也"活在"纸间，经由他千锤百炼的结构。
他可在黑暗中留下什么不为人知的话语？
在卢瑟福他那栋三角屋顶的木屋
铺有地毯的卧室里？不知道他会说些什么
或在语言的王国里留下什么遗迹

是中风与脑梗的厄影侵入他的思想？
假如我去念诵《中阴得度》为他的灵魂祈祷
他或能感受这异国的恩慈间意想不到的震颤。
离群索居业已三周；此刻我看到帕塞伊克河
与恒河交汇，合二为一，赞美他此生的奉献，
因他曾在钢铁般的岸边走过
向河中的女神祈祷，他虚构过
另一位恒河之母①。乘着帕特森博物馆
大厅里破旧而锈涩的贺兰潜水艇②前进
而非神话中的鳄鱼。
哀悼吧，左翼的天使们！那属于街头的诗人
现在已是埋在人行道下的苍苍白骨
再没有哪个老魂灵如此和蔼与谦恭
再没有女人的喋喋不休与直视你的男人的双眼
而你，最好想清楚在外面那群杂种间到底该成为怎样的你。

1963 年 3 月 20 日，贝拿勒斯

---

① 印度教中包容和宽恕的女神，也是其他诸神的母亲。传说她的坐骑是鳄鱼。
② 约翰·贺兰，第一艘铁制潜水艇的发明者，贺兰潜水艇曾在帕特森博物馆展出。

灵鹫峰：耆阇崛山[①]

我要远离这烈日
口干舌燥，红色的
头巾裹在我的头顶
走一步，哭一步，啊！向日葵
旅者的路通向何处
闭上我的眼，身处黑洞之底
把一切结束
甘美的驿站遥不可及
我顺着顽石向上攀爬
频毗娑罗曾在这儿离开他的军队
从大象的背下至地面
上山拜见
拿破仑佛陀正慢慢踱步
在怪石嶙峋的峭壁
红砖砌作的平台上
往往复复
用深邃的双眼
透过燃烧的白日
凝视
下方王舍城的国度
帝国的轮晕中那蚂蚁般的轮转
房子推车街道与信使
水井与涌泉悠悠流淌

---

① 古印度摩竭陀国首都王舍城东北侧的佛陀圣地，释迦牟尼曾在此宣讲佛法。

连起历史的过往
这里的王国迷恋土星
远方的射线眨一下眼
地球上升起无数的砖城
纽约、芝加哥、帕伦克、耶路撒冷
德尔弗斯、马丘比丘、亚柯
赫尔库仑尼尔姆与这座王舍城
此地，风含百鸟之音
蓝色的石头倚着蔚蓝的天——
灵鹫峰荒寂的砖块
苍蝇落在膝盖炙热的阴影
鸦声刺耳，风
自多沙的荒丘掠过山坡
从南方吹向菩提伽耶①——
我用我的嘴尽量制造这噪声
于山上的小径歌唱，加里
我想着那些苍白的年轻人
处女的身上覆盖着白雪
念诵着无声之声，散布四方
但彼得·都·秘鲁却
从旧金山的街道来到
高高灵鹫峰，走进我的心中
我用鞋跟旋转，一圈又一圈
唱着，揪着我的双眼
耳朵舌头鼻子和睾丸
当我晕眩
很久很久，山峦都在抻展
在飞速地盘旋

---

① 印度巴特那城南部的一处佛教圣地，释迦牟尼悟道成佛处。

丘陵波浪翻滚,道路高速前行
包着我周边的溪谷
直到我让大地停止
在我的眼球旋转
绿色的肿胀慢慢
停止

    *

我口渴,从面颊,舌头
到喉咙的深处
口渴将我赶回了家。

1963 年 4 月 18 日,贝拿勒斯

巴特那到贝拿勒斯的速写

无论何物,无论何人
血淋淋的人类都在歌唱,都在,只
不过有一个他死去
他搭上火车车厢
他在黎明醒来,注视着圣洁光芒下一个崭新的宇宙
他什么也无力改变
他只是一副长着眼睛的骸骨
他从长凳上站起来
发现田野和棕榈树都改变了它们的形状
没有钞票在尘土中的银行
也没有国家,只有日出前那些难以名状的灰色云朵
他的钱包里没有身份证
丢在了巴特那广场的敞篷人力车里
宿醉的他醒来无望地看着这一切
在火车站嘴干唇裂
在一群鞋泛着油光身缠腰带睡在肮脏水泥地的男人间
人人涌向这些城市,已经太挤

1963 年 5 月,贝拿勒斯

昨夜在加尔各答

静谧的夜,老钟滴答响。
两点半,一声蟋蟀的鸣叫
自天花板。街上的
城门关了——安睡者,留着小胡子
赤身裸体,但没有欲望。只是痒
被几只蚊子挑弄,风扇缓缓转动
一辆汽车沿着黑色沥青路电闪雷鸣
一头牛打了响鼻,有事情即将发生——
时光在黄色墙面的包围中凝固。
无人之城,火车汽笛声与狗吠
将空虚填补,在一个街区外遥相呼应
普希金安放在书架上,莎士比亚全集
和布莱克的一样还未开封——
啊!诗歌之灵,唤你何用?
在这只有床的空虚里喋喋不休
在椭圆的明镜前——这完美的夜
供给安睡者在恬静的黑暗中融化
经历八个小时的死亡
——醒来手指焦黄,嘴唇苦涩
肺被香烟的渴望撕咬,
这硕大的脚趾,这臂膀
这眼睛在这饥饿的骸骨
塞满了溃疡毒品电车与永恒中
酷热的加尔各答——大汗淋漓牙齿腐烂松脱
里尔克至少可以梦见爱人们,

乳房熟悉的刺激与颤动的肚皮，
不是吗？还有浩瀚的星空——
假如大脑改变物质的形态
恐怖地对人类低语——但此刻
行星和巨厦的崩溃
穿破语言的屏障
将我永远溺死在这沉重的恒河里。
没有出路，只用借由曼谷与纽约的死亡。
皮肤足够成为皮肤，那是唯一企及，
尽管肾那痛难忍的尖叫令它更加虚弱
一个波浪般起伏的梦即将死去
来结束这一切臭名昭著的悲剧
——把不朽留给另一个傻瓜去承受吧，
可不要困在宇宙的某个角落里
往胳膊上扎着吗啡，大嚼肉块。

1963年5月22日

要明白这是梦一场

和梦一样真实
用这自由飞翔的好机会我该做些什么呢?
这星球该如何去澄清,还有月球?
如果我能梦我便梦 / 梦一切可梦之物 / 我可会梦到
自己醒来 / 为何要那么做?
我梦见梦中的自己醒来 / 发生了什么
当我试图移动?
我梦到我移动
努力地移动,移动
直到我懂了 / 我的胳膊疼痛
然后我醒了 / 十分沮丧 / 我在做梦 / 我醒着
当我做梦时我醒着 / 就在此刻。
下次在梦中
我将努力回忆梦中之梦。
并梦到清醒时渴望的一切。
当我在清醒的边缘时,我的欲望是什么?
我希望充实我富有情感的肚皮。
我的全部身心在我的指尖和某些熟悉的满足颤抖着。
纸页里神赐的韵脚燃烧着如火的字词
不可消耗但却消失不见。
我晦涩的羊皮文稿,宇宙,和答案。
肚子贴着肚子,膝碰着膝。
我身体的一股热流喷向你,向你
老伙计 / 梦幻的厄尔 / 你这帕特森的王子 / 我的国王 /
失落的海尔顿

第一个让我褪下裤子的梦
急不可待地展示给那些汽车 / 卡车 / 起伏在大路的山坡
那都是往事我还记得什么 / 那伙人的首领满头金发 / 爱我 /
有天几个街区外在他家的楼梯上我用整个下午向他解释我的魔法咒符
我可以为所欲为 / 价值百万的豪宅 / 毒品套装 / 鸡笼 / 白马
马厩与酷刑的地牢 / 我视察我裸体的牺牲品
大头朝下地锁着 / 我用指尖颤抖着赞许他们的大腿
雪白干净的面颊我想怎么亲就怎么亲
在拷问台上，伴随着我的仁慈。
我和我强壮的随从一起视察 / 只有我没穿衣服
弯腰露出屁股
供他们谴责地拍打 / 啊欲望的热力
像在屁眼里拉屎。这奇异的一伙
横穿马路 / 穿过杂货店 / 在木巷 / 在转角的开阔处 /
因为关于那屋顶上的鸡笼我对牙医了撒谎 / 他车库的石板被人偷走
被我，和我爱的如果知道我多么爱他将会惩罚我的男孩偷走
我如今已经让那男孩以另一种金发碧眼的形式回归
彼得·奥尔洛夫斯基一个曼谷待了十年二十年的中国少年
校园里的大兵 / 白人金发的腰际 / 我的嘴吻了又吻 /
饱含他的阳具 / 我的屁股发烫 / 饱含他的阳具
我渴望它们全部。在梦中或是清醒后
我这具英俊的身体 / 回应着
我全部的欲望 / 无尽的爱恋 / 睁开眼 / 终于显露 / 衣服丢在地上

六　星球新闻：在欧洲和亚洲（1961—1963）

最能揭露出欲望的内衣在床上剥到肚脐之下。
就这样／对对／那平坦的鸡巴那红色的刺那温和的阴毛／和我在一起

我的魔咒。我的力量／在这久久孤独的欲望后／在三十年后／

我一劳永逸的获得了／三十年后／和彼得一起以足够满足／尽我所求／

我知晓这一代的许多男人／我们的精液

在我们的嘴和肚子里传递／美丽无比当爱／付出。

现在梦已成往昔／我已成往昔／我的头发已一年没理／我三十八随的生日渐渐接近。

我梦到

我秃了／我渐渐失踪／校园难以识别／海尔顿大道

被霓虹笼罩／汽车旅馆／超级市场／铁

门廊与林木在我回归时皆以变了模样／我回来看厄尔

他也会变秃／肉乎乎的父亲／我可以比他更快跑到车库

山坡上的车库还在／矗立在地球上／当我从亚洲回来。

我发现

如果我能记起他的名字他的脸／或找到他／

我十岁时／或许他已经以某种形式存在着

有着肚子，车子，和一根皮带

无论他姓什么／我无从知晓／在电话本里／在阿卡西[①]记录里。

我将把我所有的灵感写下供全人类记忆，

我的想法，那秘密的洞穴／在壁橱里／那房子或许已经倒塌／

没有必要再回去／一切都已经消失／只剩我的想法留存

[①] 原文为梵语，意为"以太"或"天空覆盖之下"，是印度文化一种非物理层次的存在。

连那也在淡化 / 甚至在梦中 / 灰暗多尘的痔疮 / 第二次世界大战的

瞬间灭绝，和它所有血盆大口的不锈钢巨炮

更不用说我和我语法学校接的吻 / 我从未按时去接吻 /

只是继续去街上和梦中去吻着 / 就像那吻会延续直到永远一样。

没有什么永远了！连我最老的永远也已遗失，在曼谷，在贝拿勒斯，

被那些身体和词语扫除殆尽 / 顺着棕色的恒河流向远方 /

穿过燃烧的大地 / 流向警察国家。

我的心灵，我的心灵 / 你有六尺的泥土需要耕耘 /

你为何不记得也没有洒下摩西的种子，为何没有收割何种的豆芽？

这金色的怒放来自哪种想法？如果我梦我便梦 / 我的下一个梦

是什么梦？摩托黄包车 / 离别时的灯光 / 微型出租车 / 马匹

在西贡的午夜步进。吴哥窟就在前方，被毁掉的城市那古代印度的一张张面庞

还有一个关于不朽的梦。当我醒来时我又该梦什么？

还有什么可被梦的呢，更多中国的肉？更多魔法的符咒？更多的可供爱恋的年轻人

在我改变并消失之前？

还是更多梦话？这无法永远延续下去。现在我全明白了 /

无论到哪里都是如此？现在我明白了这真的是梦 /

你接下来会怎么样呢艾伦？跑进充满吗啡的总统宫殿里去 /

鸡鸣传来 / 从窗外的街。/ 清晨卡车的声响 / 问题到底是什么？

六　星球新闻：在欧洲和亚洲（1961—1963）

窗外已经蒙蒙亮，我是否还需要睡眠？
我会去睡的。停止活动直到／下一个想法涌现／那辆卡车来了
空空如也，停在医生那摆满中式家具的屋子外面。

1963年5月31日至6月1日，西贡

吴哥窟

吴哥——矗立在梯田上
雨中石块凹陷
处处是观世音的面庞
崇高
在入定的神情中
在白色的烟雨中

偏执的菩提树
蜿蜒向此
拖着强壮的枝干
蔓过房顶
把蛇形的长脚趾
缠住门楣
那红色的根基
庞然如象

佛陀请让先我暂且鞠身
于此处黑色荫凉的庇护
在那豪爽的莲花弟子
盘腿坐禅之前
再冲进雨里
坐在焦虑的摩托车上
被阴湿拍打
我的衬衫布满绿色的塑料
围裙颤抖着

喉咙被恐惧
涌起的浪潮
哽塞住
癌症，黑死病
心力衰竭
翻腾的胃酸
一个肉疣在我肋骨上寄居
我抗议！这绝不是
我！

当我嗨了的时候发生了什么
西塔拉姆的回响，西塔拉姆印度
恐惧——不吞食肉或空寂
身体——在梦中发出警告
大胡子达思·塔库尔——沉迷于
肉，烟，大麻
性，食人的间谍们，这皮肤的
繁殖，清汤寡水的菜羹
有七只斜眼看着我如何喝茶
直至我向那花布婴儿车中
吸吮着自己胖手指的
满脸佛相的婴儿致意
音乐来自沃特·迪斯尼的心灵
和如玫瑰般香甜的小提琴——
黄皮肤们降落在了绿色的蔬菜星球
七个孩子留着一样的发型
温文尔雅，双手合十
鞠躬行礼——
恐惧在法国餐厅里点着豌豆
全套的蒜蓉面包奶酪热咖啡

与

一
根
香
蕉
在餐桌上的账单末尾处

乒
乓
雨声在铁皮屋顶响起
下面是我
在这间霓虹闪烁的饭店
干净整齐的瓦房内
紧闭的百叶窗

风
扇
之
下
是一顶蚊帐

在这孤寂里一切安好，有足够的钱
供我在一个细雨的午后
戴着雾气蒙蒙的眼镜
一身长发胡子阴湿
穿越深深的密林——接着
晕船——昏厥
在海洋的奶油般的搅动中

阿修罗尖牙利齿
肥头大耳的提婆
留着军人的胡须

挂在巨大的蛇链之上
紧实的砂岩围栏
像南门那边
护城河上的桥一样长
观世音菩萨巨大的千佛面
面向不同的角度
空间高耸
四周萦绕着新的黑色道路
那是更高大的树影,虽只有一株

这棵树该理发了,发根正在树枝
长出嫩芽——从这草木丛生的城堡
延伸向小径、倒塌的砂岩石与
没有头的雕像
在潮湿的黑色浅浮雕中
是起舞的湿婆或是天使一样的女人

这巨大的蛇一样的根系,这章鱼一般
的毒蛇的触须覆盖了房顶
在这个四方的院城——卷曲的条脊
如龙背上的石鳞
与这纤弱的石头相比,那正在征服它的
木质的生灵更加强壮,

还有那些引人注目的蟋蟀
与成队的鹦鹉在屋顶上穿行

——昨夜
一轮满月高悬在雾霭中的天国
有一个舞娘缓缓弯曲她的手肘
灵巧的手指蛇一样地从中穿越——

我害怕我的所在
"我很呆滞"……"我只是在
尽自己职业的责任"……"我正在
密谋杀人"……"我正在挖一个故事"
我再也不吃肉了
我要皈依佛法僧
神,能量之神,请将力量赐予。①
是谁在海一般广袤的夜里如此陶醉
那是笑气的出口,
或是三倍于大麻真实的时刻
或是"把人指挥地团团转,冒充上帝,
不沾毒品"

美国的丈夫们穿着运动衫
眼神明媚地在敞篷车里
里伸展着腿脚喧嚣着穿过假日里
美军控制的西贡街边的酒店
我搭上了车
当你看到背包客时你总会变得礼貌些
"我要两边各占一腿"

如果你是希特勒你无权称颂
无畏印的安慰

---

① 原文为曼怛罗咒语,印度吠陀教的一种据称能够创造变化的咒语。

六 星球新闻:在欧洲和亚洲(1961—1963)

掌心伸平，抚摸大地的灵气

只不过是一个虚假的佛陀
惧怕我自己的灭绝，勒鲁瓦·莫伊——
害怕忘记你也还未阻吓这些人
他们狐假虎威身穿制服
梦中也见过凯鲁亚克这只老虎——
直升机飞向——嘘，密探们正用望远镜
看着子弹射向——

罗伊我错怪了你
我一直以来只是伪装成老实的汤姆叔叔
我惧怕实体的坦克。
与这些在颅骨里嗡嗡响的耳机。
和许多自杀的蝴蝶
拍打着翅膀扑向虫蚀的烈焰——
啊！我在大麻和肉的密林的恐惧中呕吐——
永恒的死亡如此愚蠢——懦夫们已死过数遍
甚至不以成为懦夫而恐惧——只为
向着黑暗宣战的金属声音而倍感惭愧

我看到一堆又一堆尸体但没有人的伤口绽开花朵
治愈那裂开的"嘴"和你所见的
那些想抨击战地记者一样
我几乎都为他铁托式的焦虑而莫名兴奋

无论什么将降临在珍妮·性冷淡和
珍妮特·麦当劳身上而尼尔森·艾迪为广播事业
奋斗二十余载在柬埔寨
声音甜得像春天的爱

全在我的脑子里搅成一团担忧着
如何改变这一百块真实的肉
无论你冥思苦想到底是什么降临在
珍妮·性冷淡身上？
你告诉我那性冷淡的姑娘到底是怎么了？
你觉得她会上爱丽的性冷淡新闻节目么？
那性冷淡的宇宙是否即将苏醒？
猜疑可是我的笑声？

另外？从晚上六点开始事物发生了变化
因为肉类的性行为双手湿漉漉
喝茶，喝胡萝卜土豆清汤
面包奶酪咖啡豌豆馅饼咖啡
菠萝苏打水
走在雨里的。（墨水用完了）

越南总统吴庭艳的同性恋图片
——一名间谍在餐馆的长凳上
的中式热汤里——我也是一名间谍
代表左翼领事馆

"啊呀你这个活儿可真来劲啊哥们
加油"

我希望我能活着飞过丛林的树顶
而不被杀死
看那些竹刺
如何刺穿海军陆战队壮汉的脚掌？
或是堆在坦克上的越共成山的尸体
越南的军官在艾巴之战时丢了侦探小说？

六　星球新闻：在欧洲和亚洲（1961—1963）　　447

总统用法语的电文来来回回地传递
迷人的艾克最终同意
从东南亚怀孕的肚皮撤军
印尼排华暴乱——报纸没了——
这个礼拜也没有看《新闻周刊》或《时代杂志》

季风吹过那森林巨门和石像
爬行动物们静悄悄地在塔普轮寺大厅内
狭窄的碎石在沉睡的树下行走——
雨落在荼胶寺①——那些完美的石像
托玛侬神庙中微笑的女人头上的头巾
仿佛燃烧着熊熊火焰
直至经过林子里卖汽水的凉亭
在顶楼露台
那副佛陀轻抚大地的画像边
卷着大麻烟
歪倒的香炉里插着燃尽的香
我将它扶正，脱鞋，叩拜

当我穿过密林，印度的哈里与恩慈的主
争斗纠缠如同提婆与阿修罗的战争
这一切发生在
我蛇般的心灵
它流动，漂移
在树下伺机而动——那
长长的路蹒跚向前
走过的拱廊上
四张微笑的脸——那门通向

---

① 吴哥城东部的一座金刚宝塔式庙宇。

高棉宫殿古老的公园——远古的吗啡
放在房间里——尖嘴的揭路荼有着斯芬克斯的翅膀——

塔上,许多斯芬克斯般的头颅竖起耳朵
环视着十七国,龇牙咧嘴,
在雨中困惑地焦急地想让这座城
永久的控制在占婆(上游的木头建筑的城市
正在燃烧)石像的手里,在密林中永生
但就连这永久性本身也被扭曲,被冲洗干净
在塔普轮寺这座
爱丽丝梦游记般的巨型花园中——后面跟随着

那年轻的守卫者
毛虫如一条绿色的绶带
于他的发间缠绕
——他后背抽搐了一下
当我触摸他的皇冠时

我也赤裸着上身将它们紧紧跟随
柔软的千手工匠或暗色皮肤的
柬埔寨偷自行车的囚犯
修剪着大酒店前面的草坪

凉爽的设有吧台的休息室里
放着美国新闻处免费的小册子
而不是那些令记者们在霓虹灯下浑身瘙痒的
被官方媒体不断转载着
充满皇室密不透风的演讲的报纸——

太多的版面去报导一天的恐怖

都与蛇有关,长着一条羞涩的尾巴,
我看到它消失在乱石之间
如缓慢的花斑蛆虫——观音菩萨咧嘴大笑
就像同柬埔寨的带骨猪排——关于男孩们……
等等,我真的对这座洁净的新兴旅游城市里
那些小巷中穿着黑丝的姑娘们
没有一点点微弱的欲望吗?——
啊这些托玛侬神庙墙上提婆的面庞!
洁美的眉线,昔日那女性的笑颜
娜奥米的声音再现我的耳边——这是一个悲剧的典型
关于人如何抗拒成长、繁衍和死亡——

我在各个方面都是懦夫——咳嗽着
坐在摩托棚车的座位上
但美丽的森林用它的雨水
将我发出的噪音淹没——

回家了,回到针头,更深层的侵害
或是这植物的烟雾与血管中的温情
在友人们宣言的光芒下如此微不足道
或许盖里有那个答案!或许杰克
有那个答案?军方将给我答案么,

会有一声钟鸣
将克里莱上帝的宣言散播向
我寄出的那些冷眉石目的
明信片的收件人那儿么
在草丛中——在危险里

"暇掩的白色泥藓

覆盖在灰色砖雕的鼻子
与微笑的薄唇上"
巨树的叶片爬满绿苔
天空上流动着白色的烟云
数百万滴熟悉的雨
渗进石板的缝隙里
那是那一灰莲花
破碎的花冠
屋顶上的石头凳子
有蛇一样的扶手
很多塔上雕着佛像
森林里的蛇
在高高的树干中
静候
啊那美妙的瓢泼雨声
在钱的百科书下躲雨
发电机盖着蓝色的塑料毡布
吴哥
我在梦中颤抖着写过你的名字——
又再次出现在酷日之后,两天前
在梦中将你安然寻见——回到这
不停地打在
我手肘的雨中

佛陀将我救赎,我在这里
做什么
再次梦回这
庄严的石碑
在岁月的长河
或天上的云朵间

不断改变着——
跪在廊前的塑像前
皈依直入我心
香烟渺渺——该去乘
三轮摩托车
再次穿过
蝙蝠塔，或走入
雨中！

一如此诗或被奥尔森作预言阅读
至少会从感知转移到困惑的境地
根据我那无我的波涛
仍紧贴在大地间微不足道的
我的双眼

困惑于这蓝天上的流云
树顶间的"幻觉"

在我的脑中挥之不去"这具吓坏了的
老化的唠唠叨叨的肉体"
准备离开——？离开谁，离开我？

只是成堆的词语与宣传
我曾被如此传播
开始害怕我自己的狗屎
除非用我的困惑去面对
死亡／肉的词语
心灵的汤羹
昨夜被我吃掉，贪婪地煎通心粉
配生牛肉——伴随着孩子们

在我笨拙的长发里的尖叫,

躺在床上的我痛苦又紧张的把
自己的括约肌张开
期望有次能让某位
柬埔寨甜蜜的警察来操
他头天上班骑着自行车
有着似佛祖高塔上砖雕的嘴唇
——和许多的男孩相似——那罗莱寺
的僧人,抽着烟吃着牛肉,
抚摸我的脚趾,而我的胡子
被这帮黄皮肤秃小子拉扯

神牛在太阳下等待着她的主人
房子外墙剥落,毗瑟挈①的手臂
折断,盘坐的身体上没有脑袋
一大家子蝙蝠倒挂在
门梁的裂缝间——众多的家庭

将地球满溢如科幻小说里
绿眼睛的孩子们——我该炸死
他们吗,教授?——而

啊,佛陀的一叶!当我们
去到那绿色的星球
我们是否要对抗
那怪异而阴险的种族——
如癌症般过剩的人口

---

① 印度教三相神之一,主管"维护"之神。

六 星球新闻:在欧洲和亚洲(1961—1963)

这座面孔的金字塔——斯芬克斯与观世音
混合着,我希望佛陀真的来过此处,
那样我们将全然明了
如果他的思想
在宇宙中四散开去——

主教消亡一个圣人将溶解在
他内心的基督
菲利普·拉曼提亚全真地预言,全然真切

还有那些西贡天主教徒的报纸
他仍未改变他们的打算——
走着,穿过西贡的市场,北翼那边
的商店里
有几尊铜佛

穿过繁忙的交通环岛
两边是壳牌石油的招牌,这里的夜
有军警呼啸而过向顺化开去
有电话里声声的辱骂
命令向学生发射催泪瓦斯——
他们在市政厅前面聚集
为将他们的冤屈昭雪——

苏腊巴亚·强尼没见过婆罗浮屠
下次将在爪哇环绕着
世界的这个部分

所有的通讯社都在大嚼着咕噜肉
与冰糖罐头荔枝雪白的果肉——

雄辩着种种真理，天啊，伙计们——
甚至那从时光中走来的
白发大肚子胖小子
和他丘比特玩偶般的老婆
也能在那电影里雨中曲那样的夜晚
在马路牙子上跳着中式恰恰，歇斯底里
这天外来的孩子从上空飞落万象
老挝难民的肝炎
吓坏了黄皮肤的人，或是军队后勤分析家
迟缓而涨红的酒脸——"我得了艾希曼综合征"[1]
他递交的周报如是说——从未像必须自杀的海明威
一样自杀过的通讯员们，面对着
有布登勃洛克家一般七个孩子[2]的
胖胖的新闻记者
当他们住在希腊时
庞德正许下无声的誓言
"我知道的太多"
但这不过是错误而已，
我从湄公河三角洲溜走，从一万两千名
有着热狗般胆魄的军人
在闹市凉爽的街上的喊话中溜走，
从卡蒂纳酒店溜走，把我的屎从马桶里冲下去——

敏捷地钻进出租车，害怕离开舍利塔后
它就会像新奥尔良的黑鬼一样崩溃，

---

[1] 艾希曼综合征指只做自己的本职工作而丧失人性的一种表现。命名来源于纳粹德国时期忠诚执行灭绝犹太人计划的阿道夫·艾希曼。
[2] 托马斯·曼长篇小说《布登勃洛克一家》中的人物。

害怕出版那玩意①，害怕他们轰炸
我路易斯安那州的排字工人
原木的阳台——

走到哪里我的腹脏内都
充斥着恐惧——肯雅塔总理
手持拂尘，面容恬静

或许莫莫正在地下活动
是茅茅——到处都是我私人的罗得西亚
只为神秘兮兮地选好阵营
并像个"男人"一样死去

我甚至从来不想成为"人"
这就是我的下场———把
我在丛林的雨中未曾使用的
喜马拉雅的条纹雨伞——我的眼皮
沉重地紧闭——我的思想
跳回到我背上那只装着绑在恒河毛巾上的
这些年来草稿的早已超重的背包——
走吧，去喝点
加了甜淡奶的冰咖啡
小玻璃杯装的中国咖啡，
但如果吃动物内脏，
还是谢了，谢了——我不碰禁果

---

① 美国《户外》(Outsider)杂志的编辑韦伯曾致信金斯堡，对于不能刊登其诗歌表示歉意，因为金斯堡曾在诗歌中写过黑人的梦境。该名编辑表示害怕他在新奥尔良的办公室受到种族主义者的报复性毁坏。

"为了孩子放弃欲望"
放弃——这预言——
一切都在梦中烟消云散
甚至那劳氏图书馆的石头房子,
甚至那哥伦比亚大学巨大的圆顶,
甚至那高棉伟大的都市——吴哥窟
大门处虚弱的舞者——我就是在那儿
看见剃发乡下小伙子跪在
最底部台阶的
紫色草垫上祈祷,
男舞者的呼喊与从容地行进地
三联拍鼓击——半人半羊
意识清芬的亚洲人走上
石梯——我性爱的嚎叫
从床上反射进他们
层层叠叠长草的眼里——
摩托骑手们在一起痛哭
由内心的大门
进入那被另外一些印度梦想家
丢于身后的圣殿——来生
或前世——

在佛陀的双臂
令人安心,手掌平伸
登上十三世纪的
素可泰① 女性般
步进向前——

---

① 非常优美的早期泰式佛像,一只手在背后优雅地松垂,另一只手举起作无畏印,单足向前屈伸做走进现实状。

我读过那本1910年的旅行手册
巨人般的树勒住沉重的宫殿几近窒息
一个我从所未见的
爬满黑色小虫的祭坛，
碎裂、歪斜的林伽① 被某个
帝国的历史遗弃，虚作声势的偶像们
被护城河保护着，
国王的蓄水池干了，一定曾有过
木杆林立的巨型城市
在此存在，竹子茅屋里有过
婴孩
在旅者怀中哭闹——双手合十
我致敬，我不在乎，我不明白

佛足石的印记②

请给他们一打鸡蛋——便于分给族人。
让那头猪——绑在脚踏板上
铁丝缠的猪笼里，
——一根尖尖的木棍捆在它的腿上
它用尖号抗议着人类
准备割开它的喉咙
献给族人——没错他们

爱吃猪肉，他们卖熟食的餐馆
以全体白人为原料

---

① 生殖器石刻，在印度文化中被视为造物主湿婆的原始形态。
② 三条共用一个头的鱼，是代表在印度传说中的菩提树下发掘出的巨型佛足石刻。

将在宇宙中开业
黑鬼应该是那家店的老板但
发型酷似犹太人或
加拿大北部的
印第安骑警
他们"曾在冰封的港湾
呕吐出被辐射的海豚①——"?
那里,北方有一块巨大的浮冰
我看到船体上附着的壳
有许多小洞,冰凉的绿色堤堰
被海水拍打着,或是我指甲上
模糊的痕迹——

我坐在吊床上等待——英吉利海峡
有一个缺口
为了让人类通过,成群结队地
从意大利到落雪的安格利亚
英格兰变了——巨石阵
竟要追溯那么遥远的时光
去崇拜太阳?

莫特小姐虫蛀的内脏
总是划过卢浮宫的地下室
两旁铠甲的骑士在
黑色的石桌上矗立
脚下是蒙面的僧侣抬着桌子
如大一号的孩子

---

① 来自于凯鲁亚克的一封信,信中他加拿大的法裔亲戚向他表达了对于 20 世纪的忧虑。

早已麻木,疲惫——

这能不能永存。我在一架
喷气机里,根据我的记忆,
从曼谷到加尔各答
空间分崩离析
从曼谷到西贡
只需两小时
得州搭车时伸出的手指
古老而又优雅
经过乡村、小镇、和绿色的河——

在飞机里咳嗽的我耳朵胀痛
一阵阵头疼出现在
那本地缓慢的汽艇上——于雄伟的
水面,怀揣十尊小佛
菩提伽耶的长老——

在空间穿梭——将超越光速
我就将回到格雷厄姆的从前,快乐地凝视着
窗外的保罗——
经过1942年的百老汇——
那哥特的大学,那街巷与
犹太人教徒聚集的米·歇雷姆,

耶路撒冷那堵憎恶的墙
我无法去它所谓神圣的那面哭泣
那堵我根据世代的律法
本应去的墙
我护照上的印章令我困惑,

迷失在加尔各答火车站的难民中。
风在它的时间与空间内穿梭
那物质的旅者——
终于回到家，正如
多年前的预言，"我是否就应
以这种方式感受？"

身穿噩梦般的内衣，闹市的街道
被午夜的灰色鬼影笼罩
多雾的温哥华是冬天了
这里却是夏天
我的目光将可穿过
伟大的北部山区
洁净的空气
与渴望着孤独的愿景
直达天极的雄峰
在我走回那苦役之前

它来自旧约与新金山奥尔良
卡斯特罗炸弹阴影抗议庇护所
最好写封信警告抗议这一切
那
阿斯旺尼罗河未曾露面
北京缀满珠宝的脚 ① 没有成真
能肯定的是我将住在京都
在后院里禅定地喝着茶！

"让我准备好吧——但不是现在"

---

① 详见金斯堡的另一首诗《魔幻圣歌》。

六　星球新闻：在欧洲和亚洲（1961—1963）

不，我没有"准备好"死去当那窒息
来临我怕自己会尖叫并让
旁人尴尬万分——生命如懦夫
般熄灭，怯懦的恐惧
我走了身后没有留下
路易斯的孩子
背后是七十年来
指指点点的目光
我谈论着谋杀
将赐福于他？——唉
要厚道点但不是我对人
在从午夜俱乐部出来后
的公园长凳上的那种厚道

谁"策划谋杀"如同分析师
为空军服务。
而他们需要分析良心备受煎熬
的分析师，
在宇宙的这出戏里
我是一名专题研讨
良心备受煎熬小组的成员。
向前进，揣测
哪颗子弹哪架飞机哪一次反胃
是糟糕透顶的末日结局
当我仍神志清醒——我会平静下来
去喝一杯午夜的冰咖啡

1963 年 6 月，柬埔寨，暹粒市

改变：从京都到东京的速写

第一章

黑暗魔法师
回家看到：那粉红色肉的图景
黑色与黄色的图景有着
十根手指和两双眼睛
已是如此庞大：那乌黑
蜷曲的阴毛，那
空心的胃囊，
那静静敞开的阴道
带来新生的珍贵子宫
孤独的阴茎，能回家真好
再次
被抚摸，用手，用口，
用多毛的嘴唇——

封闭那通往狂欢的入口？

打开入口让它向其所属，
那床垫有被单覆盖
皮肤般绵软的枕头
轻柔的长发与纤弱
的掌心顺着那臀线
怯懦地划过

等待一个手势,一次睾丸
温柔的颤抖,粗糙的乳头
在黑暗中被一根怪异的手指轻揉;
眼泪也罢,欢笑
也罢
我就是我——

此地之外
阴谋的轮盘赌运转着,
脑波,骨骸,
爆闪的摩托车
鳞片竖立的
巨蟒蜿蜒着穿过
彼处遥远的云端——
"……缠绕着①,扑向
一只蚂蚁,一场大火,—……——"

第二章

该死!内脏在沙土的炙热中沸腾
恐怖的黄色大脑冒出冷汗
大地失衡呕吐满脸是泪
鼻腔里神经嗡嗡作响
电子蛇升起释放催眠的电波
转动着金属眼球与线圈
浮空盘旋的光环
从肛门直冲向脊柱

---

① 见于威廉姆·卡洛斯·威廉姆斯的诗《云》(The Clouds)。

酸液灌入喉咙灌入胸膛
嗓子里卡着颤抖的肿瘤
这团黑色的毛球
是那巨大的
恐惧

哦！

那可怜的巨蟒就在我的床上爬行
一条被蛇群遗弃的
遍布纹理的孩子
从气孔发出沉重的喘息
这受惊的爱恋
窗外的伯利恒飘来金属的味道
迷途，迷途的恶鬼
在喘息着，困在一间
铺设地毯的屋舍
我又怎会被送往地狱
我有血有肉

哦，我想起了我曾经

大口地呼吸，凝视着曼哈顿下城的
晨曦，那钢桥被锈迹覆盖，口中和
屁股里灌满黏液，像婴儿一样吃着
他的阳具操着我的屁眼，和那腐朽
的奴隶做爱，给我力量吧我要抽打
并吃下你的心脏，我拥有你的肚皮，你的双眼

我要用你的尖叫去说话

× 我吧母亲兄长和朋友
一个老朽的白发怪物在
厕所肮脏的澡盆底发抖——

哦多么难受，多么难受
我谋杀了美丽的中国女人

它会顺着铁路而来，
在铁轮之下，醉醺醺的仇恨
叫嚣着从瘦小的机关枪里射出，
从飞行员的口中射出，
从外交官干瘪的嘴唇里射出，
一个毛茸茸的教师射向我
对我的耳朵灌输腐败的臭肉
在我身患癌症后临终的床边

哦哭泣的男人哭泣的女人
哭泣的店主和游击队员
哭泣的脸庞被痢疾所折磨
浮现于本我那条撒满尿液的街道

哦黑人在我家中被眼睁睁地击败
哦白皮肤的黑暗法师烹食着你孩子的胃
你并没有死去，只是在毒蛇和
蛆虫的肉体里永远地颤抖
与火山强大的思想和超人类的咆哮
与肚肠中的火箭——

向你的狂欲致敬，
你敬虔的骄傲，

我天堂的大门不会关闭,
直到我们
全数进入

所有人形的躯体,
所有颤抖的驴子与猿猴,
所有爱的亡灵,
所有火车上的来客与出租车内的身躯疾驰而过
从约会之后的欲望,从黑白的电影,
从所有这些被拒之门外的人们

所有那些不合格的,
那些纳粹定义中饥饿的他者,
亚柯面颊凹陷的阿拉伯裔马克思主义者,
圣地里绝食中濒死的十字军——

在糟糕的敬虔形式里找寻宇宙伟大的灵魂,
哦,在绝望的烈焰中受苦的犹太人
哦,孟加拉瘦弱的苦行僧崇拜着
佩戴梦魇头骨的卡莉母神
哦,我自己
也在她沉重的
足下!

是的,我就是恶魔的马蹄下
卑微的灵魂,
我是躲在竹子里恍惚的
颤抖着死在呕吐物中的
一名人类
不朽的肚皮被红色的手

彬彬有礼地撕扯
中国佬的孩子——温柔地经过
此刻回到正存在的本我——

艾伦·金斯堡说：我是
一块苦疮，一条蛆虫
谢顶，肥胖，又酸臭
我是假名，是怖畏金刚的猎物
是诡异梦中的吞噬者，是辐射，警察
与层层地狱般的法律的猎物

我就是那个我，我就是那个人
是我狮群中亚当的秀发，我栖息的
灵魂与躯壳
这宇宙哭个不停啊
为了我的本性
为此刻的存在

谁会在床上安眠的梦乡
否认自己
甜蜜的形象
除了他自己外
谁又会看到他恐怖的欲望

谁还会，还会那样的畏缩，麻木，
有个血淋淋的婴儿哭着重生了？
又是谁畏缩在那肉状的恐惧中？

我在梦中行走
我也是做梦的人

我就是那个我
啊,并且我全然明了

哦……!为了那些我用于抵抗
自己的形象和诅咒耗尽的愤怒
那些幻觉中挺立的乳房——
对着杀人犯尖叫,
在他们的两腿间发抖,
害怕那支
指向我必死命运的钢铁手枪——

来吧,可爱的孤独心灵,回到
你的身躯,来吧伟大的神明
回到你唯一的所见,
去到你的繁复,你的多眼多乳,
来吧,穿越思想并
舞动你全部的手臂
施以平静与包容的手印
这无畏的手印
这令巨象平静
令战争的恐惧永远结束的手印!

战争,对男人的战争,
对女人的战争,
幽灵组成的大军
消失在它们的国度

中国人美国人中阴得度
所有七千层的地狱
从奥尔良到阿尔及利亚都在震颤

为那些多愁善感的士兵的哭泣

在苏联年轻的诗人们站起来
亲吻那些革命中的亡魂
在越南那些身躯燃烧只为
展示那些克里姆林宫
和白宫中身躯的真理
阴谋家们哭着从
它们的阴谋中撤退——

在我的火车座位上我宣布
放弃一切权力，所以尽管
我还活着但终将死去

越过眼前的呕吐物，
切碎
并从脑壳里钳出来，
这骸骨的恐惧，
紧逼向
男人女人和孩子。

让那条死亡的恶龙
前行吧，从它盘踞的
白色云朵涡流中的
从黑暗的图景中

去吸干做梦的大脑
再索要这些羔羊
做他的肉餐，让他饱食吧
不要再做饥饿的我

轮到我被吃
入到那胃袋，我会变成
一具暗礁，披满雾蒙蒙的蕨类
如我不甚模糊的现在

但有一个宇宙的皮肤与呼吸
和思想的转变，燃烧的手掌
柔软的心房仍在我皮肤这
古老的温床
伴随着它的出生，重生我将——

我的身份现已无名
非人非神，也非恶龙

但做着梦的我
腹中充满物理射线与柔软的红月亮
群星闪耀于我瞳孔的漩涡

而那太阳啊那太阳，那太阳是我可见的父亲
它令我的身躯显现
自我仅有的双眼！

1963 年 7 月 18 日，东京

七

五月之王:从美国到欧洲

(1963—1965)

1963年11月23日：形单影只

　　形单影只
　　身处那个一如既往的相同的自我
　　包含肯尼迪在德克萨斯肝脑涂地
　　电视机闪烁不停连续两天散射着电波
　　包含查理在内衣扔了一地的房间里唠唠叨叨
　　包含尼尔跑过走廊大喊着关于赛马的种种
　　包含安和她白种男孩的屁股静静地躺在丘比特的大腿之下
　　包含露西尔的喃喃自语，给怀孕的名叫爱丽丝的猫喂食
　　包含安妮悼念着她坑坑洼洼的子宫与她爱人结实的胸肌
　　包含大卫的红酒壁炉将阴影投回殷勤的农家男孩威奇托的同性恋者，在大街上激动万分
　　包含蓝斯和他寒酸的油画与花豹蓝色的乳房想买一辆摩托车作横穿美国的旅行微笑着面无血色
　　包含那富有营养的玫瑰茄般的手稿包含纽约包含在厨房桃木圆桌边的自杀
　　包含雷奥·琼斯的翻白眼的充满政治口号的未被读过的稿件，在验尸时咿咿呀呀发出忧郁的冷笑
　　包含我租来的打字机上自己困惑着颤抖不已的指尖
　　包含艾伦用马的牙口形而上学故作深沉地坚持宣称他的热情来自于咖啡的刺激
　　包含格伦所有口齿不清的言语与贾斯廷那裏在破旧的蓝夹克的男性之爱跳进汽车开到墨西哥寻找仙人掌的希望
　　包含那肥胖的女士带着孩子坐在汽车里，喂养着悲伤于她青春期的后排座椅

包含在十一月漆黑的夜里街角下坡路回荡的"下地狱吧"的叫喊

包含朱迪在校园这森林里的头条与白发苍苍的家长出现在电视机上的数周之前装配的火炉中的鲜血

包含克里斯多夫穿着雨衣跑来跑去飞快地说着他的眼窝捕捉到六十年代最真实的街道

包含杰米从纽约打着对方付费的电话侮辱他那些寂寞的贱妇

包含尼米声称她喝醉了在沙发上破口大骂与马克缺损的门牙前悬挂起他缠着绷带的肌腱

包含戴着贝雷帽身穿花呢子大胡子的休伯特百分之百清醒使用变态的安非他命报纸墨点飞溅的罗夏克墨迹测验般[①]的宇宙，喝着牛奶

包含乔丹温柔地打着电话并退休从色彩明艳的贫民区的楼上费劲地琢磨着不可见的曼荼罗

包含白发的拉里磨着他的牙齿在椅子里打盹虚弱又和蔼可亲迷失于无意义间

包含蜷在厨房椅子白色毛皮上的猫

包含晶体收音机在打字机工作台上沉默的数周

包含那本叫幸福的杂种牧羊人来自丹吉尔威奇托疯狂的幼崽昨天今天与明天

包含《现在》，包含《×你》，包含野狗燃烧的灌木诗歌永葆青春小偷日记柔软机器世代反抗接触杀死罗伊等等

包含出现在门口想搞清楚发生了什么的西班牙人你想上床或我十分是神圣的恐惧是安非他命的头晕是卑劣的信任或美味的荷西

包含一身黑西服领带的罗伯特琢磨着该怎么通过他厨房的台布来表现出他的热情好客

[①] 由瑞士精神医生罗夏克于1921年研究的人格检验技术。

包含娜塔莉、彼得、克利须那、拉姆的幽灵在被遗弃的房间内的绒毛地毯上吟诵着

　　包含《蓝典雅》的打印稿墙上的出租车里呼之欲出，从马拉加和芝加哥的来信

　　包含我在此中断打字跑到另一个房间那儿亚当和夏娃正躺着准备让我的头发受精

上帝因何而爱,杰克?

因为我把头
放在枕头上,
因为我在
墓穴般工作室里哭泣
因为我的心
沉陷至我的肚脐之下
因为我有
苍老而轻柔的肚皮
饱含
柔弱的叹息,并铭记
乳房的啜泣——或
手的轻抚遗留的
温存——
因为我害怕——
因为我对着我
挚爱的自我
高声歌词——
因为我也确是爱你
我的亲爱,我的另一半
我眼前的新娘
我的挚友,我那眼目温柔
熟悉的主——
因为我周围
是生命的力量
只能宣称

那种感觉
即
我是那唯一
失落
追寻着沉寂追寻着
刺激——芬芳的
赐福降临
心脏腹腔耻骨
与大腿
并没有拒绝这块
三十八岁一百四十五磅
长着脑袋胳膊腿脚的肉
也没有一根惠特曼疯躁
的指甲被蔑视
也没有头发被预言
放逐到无情的地狱
因为这一切
都被整个的体制包裹着
我忏悔我难以启齿的欲望。

1963 年，纽约

黎 明

啊！这星球呼啸
鸽子在城堡
生锈的飞檐里
凝视着
汽车穿行的交叉路口
一名毒虫披着白色的夹克
在昏黄的灯光下
走向那张躺着黑人的床铺
黑烟在屋顶蒸腾，了不起的
城市正在咳嗽——
垃圾桶盖子和卡车的呜咽
成为东五街的交响曲——
沉闷的一天就在眼前
做些什么？——有无趣的信件
需要回复
还要给马歇尔·杜尚写
一封华丽的信件
今日我还要有类似的种种
确信无疑

问："你想活着还是算了？"
答："我不知道"
朱利叶斯[①] 十二年后

[①] 彼得·奥尔洛夫斯基的哥哥。在伊斯里普州立医院里生活了十二年，后被哥哥接出医院。

在州立医院如是说

啊！哭泣的黑鬼在哈林区
啊！哭泣的执照巡查员，建筑
巡查员，警察议员
与国防部那些副部长。
啊！哭泣的德克萨斯密西西比！
啊！哭泣的印度
啊！哭泣的美国
呃，谁知道呢？

流动着的丰饶呵！
全然自由！去做
些什么？去拍！
去尴尬！去连接那
火车头的怒放到
枝繁叶茂紫色的阴道。
去变傻！羞愧！扎针！
完蛋！落魄！
去在这儿说着完全没有意义的"啊"
去当个讨厌鬼！甚至去
做我自己！满嘴喷粪！

纸上谈兵！噗噗！失败！萎靡不振！
闭上你的大臭嘴！
去吃一口在雨中
飞行的垃圾！
擦好你自己的屁股！扯淡！
你这个大怪胎！同性恋！
一身药瘾的自恋狂！臭犹太佬！

能不够儿！卑鄙小人！就是一个屁！

甜甜！亲爱的！小心肝！
宝贝！爱爱！小鸽子！最亲爱的！
我的人！同性恋女角儿！美丽啊！
动人啊！一堆昵称啊！去操你自己吧。

人人可诛金斯堡！
当你筋疲力尽时
接着来吧？
来什么？来亲我的屁股！

爱情啊，我用嘴亲吻
一个黑人警官的胸膛。

1963年，纽约

在纽约醒来

一

我满含敬畏把手放在胡须上
凝视着帘布半掩的窗外
屋顶袅袅的青天下
拂晓的细云
隔着玻璃，喧嚣而过，
在厚厚的地毯上躺着
在枕间终获安宁，我的膝盖
蜷在喜马拉雅的棕毯里，绵软至极——
握笔的手指颤抖着，痉挛着
在旧金山笔记本上
在这洁白的纸张上，摇摆不定——
我囿于这栋建筑的六楼
寒冷的五月中，第五街的老房子
那慢慢破败的石膏墙公寓里，此人喝得烂醉
只有调频收音机里男中音性感的鼻音与他为伴
纽约啊，看呀，我们的鸟儿
正唧唧喳喳地飞过玻璃窗外
——我们共同生活的窗外
青烟从老房子的烟囱直上黎明的薄雾
先生们，它穿过风自由翱翔——

我们该怎么迎接你,这上帝的春意——?

哪种礼物能将我们自己奉献,哪种警察

不敢搜查午夜的街巷

如果洛克菲勒破门而入大肆搜查

踢坏我白漆的铁门,又该怎么办?

我该去哪儿说理?找国家?

找那些心电感应的官僚衙门——?

于我的病态,我的颤栗,我的恸哭

——与自我中狂喜的歌曲

给我的警察我的法律我的国家我

众多众多的自己——

没错,自我就是法律与国家机器

肯尼迪在被击倒时发现了他的自我

奥斯瓦德①,我们红宝石色的自我

直到我们知晓那种种的欲望

因婴儿的诞生已被祝福,

下定决心,接受这具

我们每日忍受着的肉体,

在内衣中,在浴袍中,在香烟一根接一根的夜里

——寂寥,孤独,压抑,

颤抖的腿脚与手臂——

慢慢接近那孤独的快乐

被孤独施刑,手臂垂下,

头向后仰着眼睛不眨一下

早安,我把歌献给愿意听的人,献给

---

① 刺杀肯尼迪的枪手,被捕后离奇死亡。

我本真的自我
献给我的伙伴们,他们以血肉之躯筑起
布鲁克林大桥或奥尔巴尼的名望——
向那些宾夕法尼亚大道① 上
自我的上帝们致敬!
愿他们能赐我们恩慈
愿他们仅仅为人,而不是杀人的人
更不要以国家的名义去杀人,
愿所有的乞丐都能有一口饭,所有的
濒死之人能得到救治,所有无爱的人
明天就被爱紧紧包围
一切安好,获得安慰。

1964 年 3 月 16 日

二

太阳的射线冲破屋外多云的天空
如火光四溅的火炬高高在上——
汽车喇叭声——那高塔
用它时针的巨臂
明示着长日将尽
在嘈杂的屋顶之间
穷街陋巷的砖瓦松垂的廊檐
小小的白色风筝拍打着和巨人对抗
那丑鄙的虫腮一样的电动巨磨

---

① 美国首都华盛顿的一条街道,连接白宫和美国国会大厦,官方游行和民间抗议的主要地点。

大烟囱的蓝色的浓烟飘向天际
生成红色的讯息随着青云直上，闪耀着，
帝国大厦的一扇扇窗户反射出
点点的光斑，穿过垒砌而成的螺旋，
塔尖，与金色的顶端和多功能的屋顶
——那光如同沙漠中
由参差不齐的石块
组成的金字塔的光芒
一般遥不可及——
这巨人城的巨人在春天
第一口暖润的呼吸中醒来
发出苏醒的声响，
它包含街上许多家庭
喋喋不休的西班牙语，在屋顶下
流动的广播音乐，长发的广播员
真诚的大发牢骚，与雪茄薰过的嗓音
光拉起这阳物遮蔽起来的故事的拉锁
它在红色的天线下喘息，刺穿
屋顶烟囱的黑烟
飘向蓝天——
桥梁被耀眼的公寓墙面包围
一座小小的塔顶传来了光线
就从它的肩膀闪烁至此，就在那
"喜怒无常，酷爱水的巨人"之下

这巨大的建筑产生浓密的灰烟，
克莱斯勒被绿光笼罩，
华尔街如是摩天大楼的岛屿
在安息日的死寂中鳞次栉比——
先父啊，我在这充满人类的

无尽荒野中是多么的孤独
房子叠着房子
搭起这个水泥蜂巢的世界——
这城市太大,熟悉无从谈起,
太多开了窗的房间需要人来管理
从远古的大厅一直到今夕——
"那放出毒气的巨厦呵!"——日暮西沉
从最高的楼宇间倾斜,下落
条纹的窗格间红光点点
车辆穿梭声音刺耳难忍
北桥的绿灯
伴随低闷的轰鸣与人猿泰山
一般的啸叫,尖利的口哨,欢呼!

有没有什么正在这些石头建筑内死去?
孩子们从子宫探出黑色的脑袋
如同眼眸中央的瞳孔?
我难道不是正在这里喘息着恐惧着
惊奇不已——?
我的安慰在何方,心的平静在何方,
带着泪的笑在何方?
伙伴在何方?在史蒂文生城深不可测的居民区
那一扇扇黄色玻璃的窗户后面?
我失败了,书本失败了——这是一种厌倦
一种恐惧——尽管我还活着
看着一切慢慢减退——不!
凝视着那屋顶漆黑的美丽。

1964 年 4 月 18 日

叶芝之后

焚香渺渺
喜悦连着喜悦,
铺有地毯的房间,沉默的晚餐,
丝竹声从遥远的东方一直传进我的耳朵,
熟悉的朋友们一起在鲜亮的褥垫上休憩,
熟悉的画挂在墙上,熟悉的诗句
再次响起,嘲笑一尊涂着金漆的
神秘玩具小塑像,在纯白的桌子上品茶

1963 年 4 月 26 日,纽约

我是电话的受害者

当我躺下准备睡觉并梦到许愿池时它叮叮作响
"您愿意为一家濒临倒闭的剧院写出戏吗？"
当我在笔记本上写诗时它叮叮作响
"巴斯特·基顿在法兰克福的布鲁克林大桥而珍珠……"
当我舒展筋骨抖落我的阳具准备伸向某人那或胖或瘦，或男或女的大腿间时
叮铃铃——"请去监狱捞个人……警察正在镇压"
当我正举起汤勺往嘴里送，地板上的电话就开始像猫一样呜呜叫
"嘿，是我——我在离爱荷华十万八千里的某个公园里……昨晚没地方睡……，一拳打在嘴上"
当我沉思地看着香烟袅袅在房顶上萦绕纯净着窗外的永恒，并用双眼观察着天际下灰蒙蒙的雾气间鳞次栉比的排列时
叮铃铃"您好，我是那谁，请立刻完成你对政治承诺的宣言，乖"
当我听着收音机里总统在大会上的咆哮时
电话仍然来插嘴"快来和我们一起去哈林区看暴乱啊"
总是那台电话连接着世上所有的心脏一起跳动
哭着喊着说我的丈夫走了我的男友永远的破产了我的诗被退稿了
请你来赚这笔钱吧请你帮我写一篇狗屁吧
你怎么样啊亲爱的你能来东汉普顿么我们在海里洗澡呢我们很孤独
而我正躺在我简陋的小床上对着五十美元的电话账单发

愁，破产，迷糊，
　　焦虑，我的心脏这样的惧怕拨电话的手指，死亡，与电话铃声的歌唱
　　铃铃迎黎明，叮叮一下午，铃铃在午夜，叮叮于此刻直到永远。

1964 年 6 月 20 日，纽约

今　天

　　我多么幸福啊！希瓦南达阁下①！——一个微笑！
　　电话这个可爱的小黑玩意啊，看它满身的舌头和话语！
　　今晚我要给杰克打个电话告诉他巴斯特·基顿在布鲁克林桥下
　　在一片红砖墙边穿着红背带裤还是那张毫无表情的脸，大腹便便。
　　今天我经历了电影，出版社，书店，支票——但，仍是穷鬼一个
　　穷，但是幸福！我见了政客我们起草了噪音法案！
　　一部解放诗歌的法案——可怜的柏拉图！啊法西斯来啦！我在一辆出租车上！
　　我乘了公交，吞下意大利热肠，可乐，一个辣汉堡，苦艾酒后就醉了——
　　一整天忙个不停！我睡午觉——我是不是梦到了灯罩和院校，啊！我是不是就要死去？
　　我向自己的胳膊扎了一针低着头享受着昏昏欲睡的幸福……
　　而一个多毛的流浪汉正向基顿先生讨要酒钱！哦巴斯特啊！别理他！
　　今天我震惊万分！塞缪尔·贝克特居然有老鼠的眼睛和金边儿眼镜——
　　我可什么都没说——我照了相就去读报，从时报到日报，我读每位先生的社论，我暗自在脑中抗议，我有这特权

---

①　"你的心是你的老师"是希瓦南达对金斯堡说的话。

疯狂。今天我什么都干了,我穿着粉衬衫上街,穿着内衣在家里混

我讶异于亨利·米勒的铁水槽,那玩意在他的记忆中怎会如此清晰?

一次五十年前于布鲁克林催眠时的幻象——此刻正在我的眼球中

有一支部队在广场集结,整营的便衣将囚犯们拖着向前——

抬起眼皮我看到生有十五只眼睛的蓝色魔鬼在墙头耸立——所有所谓我的东西,

几张西藏古董唐卡,一只侧卧着恬静安睡的暹罗猫——

我向窗外看去,看到了今夜,今夜很黑——有人喊着"喔……!",是波多黎各腔。

但白天到处是光亮的,炙热而流汗的——钢铁的双目向人为的事物眨着眼——

一去不返的今天的我,从贩卖机里买香烟,我真的担心我过于明显的赘肉

独具一格的哲学,戏剧,和唯心的意象——

今天我和我的命运融为一体,今天成就了今天——

像一部神秘的预言——明天我将征服我的赘肉

或被赘肉征服,我将真正的玩弄"选择"这位先生——今天我说了三次"永远"——

走下毁灭那无涯的阶梯,我如此漫不经心,不仅是天真

而是全然的心灰意冷!今晨绝望伴随我醒来,

我先往多毛的嘴里塞上一根好彩烟,接着就给大楼管理处打电话——

我深思熟虑着许可证管理处的种种并用那翻毛儿的牙刷儿刷着牙

客人走后我丢了——在哪儿?伤脑筋啊,就在那儿

就在往昔的某地——和怪胎秀里塌鼻子舅舅的阳具放在

一起

  那个老家伙今日重现，我还不时能想起他，在岁月里，在雨里

  在马萨诸塞州，但那个夏天我只是个孩子，他张开的大腿内飞出了粉色的肿胀玩意

  他指给我看——我呆呆地看着直至震惊不已，当这喝了威士忌的杂耍演员问我的玩意在哪儿时

  我跑开了，跑向大西洋边栈桥的细雨中

  ——那样地快步向前经过无人的阴郁街道，走进家门无言以对

  无论是对母亲父亲阴道果冻橡胶还是那台在壁橱里发现的仪器——

  一个毛骨悚然的秘密回忆——"他将他的阴茎插入了她的阴道"——

  多么怪异的解释！我像J.P.摩根一样收集着火柴盒贴纸

  对于在潮湿的排水沟里发现的湿透的战利品沾沾自喜——

  哦，崇敬是条幸福而肮脏的下水道——

  这令人厌恶的财富——

  绝望的宝藏，一周后我将它们丢弃意识到收集这玩意是没有尽头的旅程

  隔年我集中了我腰间的全部热量将我白色惊喜的液体喷向潮湿的棕色木头

  在蒸汽腾腾的浴室，我用那卫生卷纸的空桶揉擦着它，激动地感受这无意识的自我性交——我如此自娱自乐，法洛克卫的全体居民无人能感受到我的存在——

  就在今天——浮现，之前的年月里思考着卡利·玛与别的问题——

  我惊讶，这就是我，亲爱的读者，我似乎对我是这样生疏——

你将过去的种种再次一件件拾起，被介绍给一个熟知自己的陌生人是多么的美妙啊——

就像成名的感觉——和永恒意识产生的混响——

今天的纹章刻在今天，原始意象的油印机将每个人的诗歌不断再版，

像是完成了一本我这些年未曾阅读的超现实书籍

本杰明·佩雷与雷奈·科维尔的英雄壮举①，新的意识提醒我

我今天——是多么忙碌，多么不幸，像疯人院里的疯人，心烦意乱

如一盘要供人吞咽的食物般存在——今日佳肴"月光下的青豆"

如同今天我多年来第一次带回家的蓝莓派——

还有今天叮了我的蚊子（精确地讲，天刚刚亮时）

（天快要黑的时候在报亭附近吃着棉花糖大口喝着葡萄汽水注视着：

晚报的头条《联邦调查局在哈林区》，我想象出何等下流的

午后古老叙事！）此外，我手持一张十美元钞票，清账完毕，

一个关于咖啡店浓缩咖啡的小插曲——倍感富足后我又买了张二手唱片

录有格特鲁德·斯坦因真实的嗓音——

我的一天是和谐的——尽管没有听任何机械音乐——

我留意到一些纳粹的宣传——我记下梦中那垂死的地球——

我想给长岛打电话——我站在街角不知该走向何方——

我给民权联盟打电话——讨论垃圾问题与最高法院——

---

① 二人都是法国超现实主义诗人，后者在1935年开煤气自杀。

我想我是在给每一个人的自我中播撒建议——
想了几分钟布莱克——他的四行诗——我爬过四架飞机面对费恩莱①的中国城紧闭的大门——这有些不可思议
它到底有何意义？今天请不要问我，我还在思考，
还在试着回忆浮现的事物，在事物仍在浮现时——
我写了首"诗"，我在飞驰而过的命运上胡乱画着引号
有时我自觉高尚，有时我自觉丑鄙，我对时代与时间中的男女发言，
宏伟地概括，刻画，电影般的荣辉，我自吹自擂，巧妙地，一点点——
我真的看透了么？为了看透这一切付出了太多——
除了去两个路口外的公园，我从不孤独，也不是不快乐——
我祝福我的导师，我感到自己像一名不择手段的律师——告诉艾德我是
如何喜欢和女孩子精巧的手造爱——
是真的，更多的女孩应该这么对待我们，我们刷新了另一项错误的纪录
并告诉每一个人去注册去在十一月投票——我在街上停下，和谁握手——
这天我咽下一泡狗屎，这一切是如此不凡！回忆起一个人的一生！
想想看，如果正在写自传这将是一支多么丰富的细节大军！
我看见了未来杂志里的文章，只是今天的匆匆一瞥
今天在缓慢的消失，我愿转身走入它，消失不见。

1964 年 7 月 21 日，纽约

---

① 哈利·费恩莱，1960 年代活跃在纽约地下电影文学圈子的英国诗人。

消息之二

多年以来这些
信件歌曲祷文
双眼还有公寓与被亲吻
的肚皮和在雾中走过的
灰色大桥
如今你的兄弟与社会的福利
已被国家清账
如今拉夫卡迪奥已回家和妈妈团聚,
如今你也和爱好诗歌的姑娘
躺在纽约的床上,还能上街示威抗议
我在哈瓦那把指钹敲得叮当响,我和
小伙子们厮混害怕红色的警察,
我在古巴现代化的厕所里手淫,我坐着
喷气机在蔚蓝的海面上攀升,雾笼罩着
黑色的犹太教堂,我将那魔像① 找寻,
我躲在我酒店附近的大钟下面,现在是
《霍夫曼的故事》② 的幕间休息,十九世纪
的乡愁穿透了我的心如 ③《沃尔塔瓦河》的音符,
我还是孤身一人伴着长长的黑须与闪亮的双眼

---

① 希伯来传说中的人造傀儡,如同西方文化中的佛兰肯斯坦。
② 法国作曲家雅克·奥芬巴赫最后一部歌剧,取材于德国浪漫派作家霍夫曼的小说。
③ 捷克作曲家斯美塔纳创作的交响乐,被称为捷克的第二国歌。

在漆黑的夜走过电车轨道铺陈烟雾缭绕的街
经过老石桥那些线条优美的皇家雕像，
走在勃鲁盖尔①的冬城，今日我再次跨河而过，
布拉格屋顶上的幽幽积雪如此洁白，
向你致敬，挚爱的同志，我会从莫斯科给你寄来我的眼泪。

1965 年 3 月

---

① 勃鲁盖尔（Pieter Bruegel the Elder，1525—1569），荷兰画家，一生以农村生活作为艺术创作题材。金斯堡当时在展览上看到了他的油画《布拉格冬景》。

摇摆舞

奥林匹克已经沦为
世界中枢里
红色天鹅绒的地下舞台
骨瘦如柴的男孩长发飘逸
细细的黑领带,苍白而英俊
的面颊——尖叫着,尖叫着,
管弦乐队乌合之众的狂喜从
这新一代的屁股
双眼与温柔的乳头间
冉冉升起
因为身体的移动在继续,这
身体的舞蹈在继续,歌唱也
在继续
这战后新生的身体尖叫着,
婴儿们被五十年代
冷酷的寒窑诅咒——新的姑娘
有新的乳房,小伙子们长着
柔软的金色阴毛——
一千种声音怒吼足有五分钟之久
一千双手鼓着掌用伟大的古老的方式
向二十世纪血肉的上帝致意
这种情绪在剧场里流动像是
高潮时肚皮里
隐秘的韵律

卡尔基①！天启日的救世主！弥勒菩萨！冷酷的
克罗诺斯②的抽泣声
随萨克斯风飘散，
地球获救了！下一个是谁！
她是个女人
电吉他与红色的铃铛！
伽倪墨得斯出现了
他在台上跺着脚只为愉悦二字
躬身弯向大地，哭泣着，捧出自己。
看啊，那上帝的力量已降临他的王座
那源源不绝清噪的鼓声萦绕四方
他用被授予王权的右手正在敲击黄铜的铙钹！

1965 年 3 月 11 日，布拉格

---

① 印度教中传说，作为最后一个毗湿奴的玛哈化身，卡尔基会终结现世的黑暗和毁灭。
② 希腊神话中代表时间的神。

华沙的咖啡馆

看这些在塑料凳子上栖息的幽灵吧
戴着皮手套的幽灵们无声地穿过咖啡馆已一个钟头有余
幽灵姑娘们那伤痕累累的脸,黑色的丝袜和细眉毛
幽灵小伙子们的金发油光水滑,下巴留着胡楂
新来的幽灵们彼此拥在一起围着午后锃亮的黑桌热烈地交谈
已写进历史的哀伤的女高音柔和的颤声从高保真音箱里传来
——远景的围墙与窗格从十八世纪保存至今新世界大道上[①]西格蒙德三世挺俏
的宝剑高高举起守护着波兰整整三代青春的世纪——
啊波兰的幽灵们你们因何而受苦自从那萧邦的泪滴落至他浪漫的钢琴
古老的建筑已化为瓦砾,彻夜狂欢的聚会经受着从天而降的炸弹,
第一声呐喊来自那渐渐消失的贫民区——工人们走向战前蓝粉色壁纸的卧室墙壁
挥手拆除这阳光下的遗迹——
今天幽灵们却欢聚一堂,亲吻着手臂,女孩们接着吻,烫着巴黎红女妖的发型
胳膊上戴着金表——倚在黄色的墙边身边是巨大的棕色行李箱——
嘴里叼着三根香烟脖子上套着细细的黑领带冲着一部新

[①] 原波兰立陶宛联邦国王。

电影的海报抬了抬下巴——

基督的幽灵啊此刻你的身躯将归还于你

当年轻的你身在战前的天堂衣襟满是共产主义的汗渍,你的爱与你洁白而优雅的

脸在彼此的眼中一瞥而过柔软至极。

幽灵们啊,你们镇静的刮过胡子的脸是如此美丽,你的苍白与口红与围巾,你精妙的高跟鞋,

你茫然的凝视是如此美丽,翘着腿独坐于桌前睫毛俏丽,

你身边读着艺术杂志颇具耐心的情人是如此美丽——

你从天鹅绒帘布的大门笑着走进拥挤的房间的样子是如此美丽,

你如何在那顶帽子里等待着,丈量着一张张脸,又转身离去整整一个小时,

或是对着吧台凝思,等待笨拙的侍者烧着红茶,时间一分一分地流逝

木然地站在那儿直到整点的钟声响起,就算一年后你仍在这新世界大道里,

你抿起双唇的样子如此美丽,嘴里喷出叹息的香烟雾气,摩擦着双手

或和你的朋友笑作一团注意到有个头发凌乱陌生的疯人正混在你们中间哭泣。

1965 年 4 月 10 日

这时刻重现

　　一千个夕阳西沉向电车线缆后万里无云的华沙
　　文化宫外中国式黑漆漆的山峦背靠彩云翻滚的地平线——
　　钢铁的无轨车滚滚而至昆虫般的触角擦出蓝色火花，戴帽子的人顺着居民区锈腐的外墙跛行向前——
　　基督于小教堂的白色绸缎间瞬息一现——颤抖的手指握着长长的念珠——静候着复活
　　面红耳赤的老胖杰克在佛罗里达奄奄一息——泪珠挂在黑色的睫毛上，单身汉对十字架最后的告别——
　　那是二十年前在一台刺耳的留声机上塞巴斯蒂安·桑帕斯[①]向大地宣告的离别——
　　人行道上的我停下脚步回忆起华沙协奏曲，那空灵幽怨的钢琴声破碎如同炸弹，撒下天国的音符
　　在欧松公园[②]的厨房里——这一切竟成真，当太阳落在这荒芜的街——
　　我今夜无所事事只是披着一件皮大衣走在灰色的冷街，多年后，这忧郁的人仍孑然一身——
　　音乐声淡向另一个宇宙——这时刻重现——出租车的声音回荡抵达我公园的长凳——
　　我的胡须是我的苦难，面对这些年轻的眼睛我语尽词

[①] 凯鲁亚克年轻时的友人，寡妇斯特拉的哥哥，死于"二战"时期盟军在意大利的安奇奥登陆战。他临死前曾给凯鲁亚克寄来一份录音："我为阿多尼哭泣，他死了……再见，杰克。"
[②] 位于纽约市的皇后区，凯鲁亚克曾于20世纪40年代在此居住并写下《镇与城》，他的第一本小说。

穷——我忆起在早年间的梦里浑身赤裸的自己——

　　现在却独坐于滚滚车流间脑袋前面是可悲的秃泄胡须之中隐现岁月灰色的印记——

　　头痛或是舞蹈后的精疲力竭或是莫斯科的痢疾，纽约的呕吐——

　　啊——那大都会酒店已拔地而起——人们在路灯下的交通岛里等待——电车沿着耶路撒冷的轨道呼啸而过——

　　国会大厦红砖顶的塔上闪着光——宽阔的石板路昏黄的灯——交通灯眨着眼睛，

　　长长的无轨电车辛劳地奔波难得安息，摩托车经过时爆鸣阵阵——

　　诗歌回归至这个时刻，我记录下的誓言——我冰冷的手指——并且必须坐等我那一份孤独的存在——那第一首圣歌——

　　我也回归到自我，这时刻与我融合成为华沙拥挤的街角那公园长椅上的同一个——

　　我长叹一声——放弃对孩子的渴望吧那面容枯槁的上师在贝拿勒斯曾对我这么说过——我是否已准备好面对死亡？

　　或是长凳上的我身边传来的声音，一个礼貌的问题——从年轻人在蓝灰色帽子下的脸里提出——

　　唉，我只能回一句"听不懂"——我说不出话。

1965 年 4 月 18 日，复活节

上 师[1]

失踪的是月亮
躲起来的是星辰,不是我
是那城市正在消失,我留下
还有被我遗忘的鞋子
与不见的袜子
摧人的晚钟鸣响

1965 年 5 月,樱草花山

---

[1] 本诗创作于伦敦樱花草山布满青草的山顶,黄昏中,半梦半醒的诗人在神秘德鲁伊的遗址附近,眺望远处伦敦高塔林立的天际线。

昏昏欲睡的低语

谄媚的言语带来的触动
出现在你唤醒我们的黄昏
快乐的斯芬克司遮蔽的
眼球沉重地凝固着
包含它全部神秘的特征,
这是世界的尽头
无论是原子弹将它击中
或是我堕入死亡的深渊
没有人来救我,救命啊
是我,是我困在这痛苦的
呼唤中!他们捉住了我,是谁
是柔软的床铺上他挺立的阳具
以迷失的野兽错误的方式,动物学
又将如何去阐述,在公园长椅上看着
此时的奇观,我,是我的身体将走向死亡,
是我的那艘船将永远地沉沦,啊,船长
这恐怖的旅程即将结束!我只有自己,
这就是人类吧,而猫舔着自己的屁股
寿命也不算长久将变成毛茸茸的幽灵
我从我最后的思考中惊醒
在自己的枕头上猛然跃起
如同猫从餐凳上猛然跃起,决意去舔它的爪子,
我舔了我的思想观察着管道
沿着砖墙龟裂向上,看着屋子里挂的画
挂在钉子上的象征物

抽象油彩滑稽的符号，裸体的姑娘
信件与报纸，地图上彩色的表示
强调此地曾有某人出生——
我的思潮几近迷失，我全神贯注地注视着
天花板上的地球灯发出的光芒，
听着鸟鸣，比我年轻
也会更快的毁灭，喷气机从房顶
呼啸而过有着更强的臂膀
比那瘦小下颚的鸟儿——这精确的机械
为飞行而造甚至比我更加强壮，
尽管金属的疲劳或在我九十岁之前来临——
我抓挠我生毛的头颅，靠着我胳膊的骨骼
闹铃在星期六的早上在隔壁鬼叫
唤醒沉睡的身躯面对他的一日。
此地如此奇妙，此时的报纸已成为历史，
就在这叫做地球的星球旋转时
他们说它围绕着一个太阳
在地外星系的怀抱里太阳缓慢地盘旋
中心如此广袤如风车一般
我脚下的星球好似没有瑕疵隐形的微粒
凝固而静止，在这个清晨思想的快感
传向四面八方深深印入精神的星雨
刻画死亡的虚空刻画这令人觉醒的
砖块，分秒，鸟鸣与管道的水声
胳膊靠着柔软的枕头记下这乐园绿色的笔记。

1965 年 6 月

善待何人

善待自己，你只有一个
易腐烂的自己
这星球上众多人里，你是那
希望有柔软的手指过电般从乳头划到阴毛的一个——
希望有舌头亲吻你的腋窝，有嘴唇亲吻你雪白大腿间臀部的一个——
善待自己吧，哈利，因为不幸来临时
你的身体将引爆
癌症的燃烧弹，越南的临终之床
也是梦中陌生的地方，那儿有倾斜的树木
与美国人狂暴的脸庞
带着狞笑梦游，你最后一眼看到的也是恐惧
善待自己，因为你仁慈的喜悦
将会把明日的警察淹没，
因为那乳牛在原野上哭泣
那老鼠在猫洞中哭泣——
善待此地，这是你现存的
居所，有着起重机和雷达的哨所
有古老小溪边的花朵——
善待你的邻居他坐在沙发上
对着电视流下晶莹的泪水
他没有别的家，听不到别的话语
除了电话里那沉重的嗓音
滴答，喀嚓，换着频道而那充满灵感的
情节剧消失了

他被夜晚独自留下，他在床上消失
善待你正在消失母亲与父亲
他们凝视着阳台的窗口
看着送奶车与灵车从街角经过
善待那些政客，他们在长廊抽泣
怀特霍尔宫，克里姆林宫，白宫
卢浮宫与凤凰城
年老力衰，大鼻子，愤怒，神经质地
拨打连接着四面八方地底秘密电极的
光秃秃的电话机线路繁复小猫的
眼睛无法看清电流直通向安睡的
爱因斯坦博士蘑菇状的
恐惧脑叶
和虫一起蠕动，和虫一起蠕动，和虫一起蠕动的时刻
来了——
恶心，不满，缺爱，那首领总理总统先生和同志们庞大前额的恐惧！
善待你身旁受了惊吓的那个人
他正在默念圣经中的《哀歌》
预言来自被钉上十字架的亚当
所有搬运工和圭卫亚贝尔家杂役的儿子
善待那个在莫斯科的月光下哭泣的自己
在雨衣与利维斯的麂皮下
藏起你幸福的发髻——
就这样吧快乐即将诞生，
驶过肯辛顿的巴士上
陌生的眼镜后面传来善意的目光，
伦敦人的手指触摸你的手指
去借你的香烟对个火，
纽卡斯尔中央车站里传递着清晨的微笑，

当长发的某人金发碧眼的丈夫向打电话的陌生人示意——
　　在利物浦的溶洞里隆隆的吹嘘声跳动在吟游诗人喜悦的肚肠
　　响起他们喜悦的声音非洲的电琴为耶路撒冷欢呼——
　　圣徒正徐徐走来，苦恼着，呼喊着，而伊甸园的大门再次被冠以不列颠之名
　　希望唱着尼日利亚黑人的圣歌垫子，
　　于底特律的白人圣歌一同回响
　　这回响再次反射，放大，从诺丁汉到布拉格
　　中国人的圣歌也将响彻，如果我们还能再活六十年——
　　善待你胸中红色晶体管内的中国圣歌——
　　善待五号俱乐部孤身一人弹奏着大钢琴的孟克①
　　迷失在空间里在琴凳上听到自己的声音
　　在那俱乐部的宇宙中——
　　善待那些报纸未曾披露过的英雄
　　他们只听到自己的恳求
　　为了性的平静的亲吻
　　在这星球巨大的听众席
　　管弦乐团里为诵奏着仁慈的无名哭诉，
　　幸福降临时痛苦的尖叫
　　麻雀再为白发的婴儿们
　　唱上整整一百年
　　诗人们变成被欲望奴役的白痴——哦！阿克那里翁和天使般的雪莱！
　　引导这乳臭未干的新一代登上驶向火星外层空间的宇宙飞船

---

① 赛隆尼斯·孟克（1918—1982），美国爵士音乐大师，波普音乐的开拓者，曾因非法持有毒品而被纽约政府吊销演出执照，后回到五号爵士俱乐部演出。

这祈祷为男人，也为女人，为唯一的主，为情感国度里唯一的主，活生生的肋骨中的基督——
自行车链与机关枪，对嘲讽与梦想的炸弹冰冷逻辑的恐惧
降临到西贡，约翰内斯堡，多米尼加城，金边，五角大楼，巴黎与拉萨——
善待在二十世纪仍颤抖战栗摇晃不停的自我的宇宙，
它展开双眼，展开多肉的肚皮与乳房，感受那无数我献给你的幸福花朵——
大梦一场！大梦一场！我不要一个人生活！
我要感受到人的爱！
我要我们肉体的狂欢，所有慧眼们的狂欢，灵魂的狂欢，凡人之身的接吻与祝福，
让我们都去做爱吧，就在今晚的伦敦，就像是到了2001那令神明震惊的年份——
善待在人行道的缝隙里哭泣的孤魂，它没有肉身——
也为孤魂野鬼祈祷，为缺爱的资本和国会在收音机上发出虐待狂的噪音——
把驱逐舰与坦克的车长塑成雕像，还有湄公河与斯坦利维尔忧心忡忡的谋杀犯，
一个新的人类来了，他祈求冷战的结束，他忍受同类的血肉，从有蛇的岁月走来。

1965 年 6 月 8 日

对招牌的研究[①]

写在读过《布瑞格法拉茨》[②]之后

白光为城市的柏油路上了一层湿漉漉的釉,
那"吉尼斯时间"的酒店大钟挂在雾气朦胧的天空下,
中华餐馆的黄色招牌一闪一闪,雨打在
摄政拱门里"斯沃琪手表"的玫瑰色霓虹灯上,
"太阳联盟"与"伦敦保险集团"坚毅的伫立——
"每个人都被拆除"……一辆高大的黑色出租车
带着它黄色的门灯在附近闲逛
铁栏杆的花纹刻着红色神秘的"地下"——
啊,汽车无声滑行围绕着的厄洛斯
击落了那个站在帝王中心的人
顺着他闪亮的银色胸脯,从半伸半展的
金属翅膀下俯视着人们困倦的脸——
"斯万·埃德加"碉堡似的围墙巡游的马戏团,
豪华的高窗筑着铁杆(遮蔽起银行
内部的办公室与大理石的楼梯)后面是坚固
的绿色阳台,每个纹章上都有一只天鹅漂浮着
看上去却像白色的茶杯——"靴子"的蓝色招牌亮了
那个搪瓷秤亮晶晶的指针盘
在门上的磨光玻璃间夹着"露华浓"
还有减肥饼干的饰板与炼金术般血红的药瓶

[①] 诗人参加完国际诗歌化身(International Poetry Incarnation)的朗诵会后,在午夜对伦敦皮卡迪利广场一次三百六十度的速写。
[②] 巴西诗人尔班廷于1965年发表的一首长诗。

高悬于街道的视野中。一个"断头"
"滋味玄妙捧腹大笑"的牌子撩着戏院入口盖着帘布
"标准"字样的大遮檐，还包括泰斯庇斯与刻瑞斯
火警钟上的壁龛里美惠三女神的石膏像抬起洁白的手臂
下面的木柱正面双重斜坡的山墙
被黑蓝色天空的毛毛细雨淋湿，细瘦的旗杆也在雨中。
如同玛丽皇后号的船首像，这曲线优美的建筑
与"玩家"招牌的整体呈现里，蓝帽子的海员们拥簇着
救生衣间那一个硬朗胡楂的侧脸
抗击着十九世纪的海浪——
最后是"可口可乐"巨大而美味的红色招牌
占据半栋大楼的空间背靠金色的"中华"二字。
汽车停在红绿灯前足有三列，向前急驶而去，
穿高领毛衣的年轻人翻过栅栏奔向有酒喝的地方，
这些午夜党身着新潮的宽松长裤与领带
在"斯耐克全自动"招牌下街角开着的门里抿着咖啡，
一个男孩在"卡通影城"下面举着夹烟的胳膊
喷出白色的烟雾凝视中有等待的意味——一只从睡梦中
惊醒的鸽子拍打着它的翅膀从路灯飞向喷泉，
拘谨地行走啄食空无一物的地面——这星球那深蓝色
黎明的微光浮现在皮卡迪利大街低矮的天际。

　　　　　　　　　　　　1965 年 6 月 12 日

波特兰大剧场

钻石般璀璨的白色射灯下
有一架棕色的钢琴
庞然如巨兽的观众席
吊挂起的管风琴
有着金属弦缠绕的
钢铁的肋骨,音色
带来一连串的阴郁
那一记风琴的啸声
包含一万个孩子
喉咙里的童音
将耳膜刺穿
在胃中翻腾
因这刹那的存在
欣喜若狂

幽灵般闪现出,留着耶稣发型的
四个古铜色皮肤英国小男孩
那吸了毒的林格和明亮的
白色的架子鼓作着搏斗
沉默的乔治头发静止不动
如同灵魂的骏马
矮个子黑头发的保罗手中
充满智慧的电吉他
列侬船长,他嘴角上扬
淡淡地微笑,

在结尾时他们一齐起跳
真是催人泪下的感人曲目
来自两年前的古代,

一百万的儿童
一千个世界
都在他们的椅子上雀跃
不由自主地和旁人拥抱
一起按压着大腿激动不已
又来了,这尖叫与掌声
我们凝聚成了一只野兽
在这新世界的大剧场里
——挥舞的手就是无数只
思想的蛇
尖叫声超越了听觉的范围
警察站成一排
抱着他们的胳膊
这些哨兵试图牵制那
身穿红色毛衣的喜悦
直冲向遍布线缆的屋顶

1965 年 8 月 27 日